縱橫天下事

The Roads Taken: Readings in Chinese Newspaper 2

總編輯／陳振宇、主編／杜昭玫、編著者／孫懿芬、陳懷萱

華語新聞教材2

純網銀時代 無痛免出門

金純網銀執照花落誰家，金管會預計下午公布 目前 申設純網銀團隊有三，包括將來銀行、樂 際商業銀行和連線商業銀行（LINE Bank） 後誰上線，純網銀時代來臨，最快明年初 年底，凌晨 3 時在北極也能開立「第一 帳戶」。

純網銀除了便利 24 小時服務，因為 等成本，還要端牛肉回饋消費者，在目 仍有一些無可避免要把人叫回分行一趟 發出無痛使用方式，人人都能上手的純網 是消費者埋單的基本條件。

Money101 台灣董事總經理周純如表示，純 須設立實體分行，初期不僅節省下硬體設備 費用，長期也省下租金、折舊等成本。

雲門舞集英國舞壇發光 林懷民喜獲肯定

【中央社記者洪健倫台北 20 日電】
雲門舞集榮獲第 19 屆英國國家舞蹈獎的「年度傑出舞團」，創辦人林懷民昨晚在其執導的歌劇「托斯卡」排演空檔表示，倫敦是近 10 年世界舞蹈的中心，很高興雲門舞集在此獲得肯定。

第 19 屆英國國家舞蹈獎得獎名單 18 日公布，雲門舞集以去年在倫敦演出的舞作「關於島嶼」榮獲「年度傑出舞團」，從入圍的英國皇家芭蕾舞團、蘇格蘭芭蕾、德勒斯登歌劇院芭蕾，以及英國北方芭蕾等歐陸大團中脫穎而出，

也是本屆唯一入圍的亞洲團隊；林懷民同時入圍「最佳現代舞編舞家」。

昨天是 林懷民 72 歲生日，當天他在國家音樂廳排演 NSO 國家交響樂團歌劇「托斯卡」，林懷民在排演空檔接受中央社訪問表示，英國國家舞蹈獎是很難得到的榮譽，而過去 10 多年，倫敦已經取代紐約成為世界舞蹈的中心，全球舞團爭相到倫敦演出。

林懷民昨天也對外表示，感謝勤奮工作的雲門員工，以及多年支持關愛雲門的各界人士，還是大家一起得的大獎。

總編輯序

　　做為全台灣規模最大、歷史最久的華語教學中心，臺師大國語中心一向使用自編教材，因此研發編寫教材也成為本中心的重要業務之一。雖說後方法時代的教學理論強調無教材原則，但這只是在提醒教師要能根據學生的學習目標，彈性靈活地運用各種學習資源，整理成為學生學習的材料，並不表示一個教學領域裡不需要教材；恰恰相反，一個教學領域裡需要各式各樣的教材，做為教師與學生可以參考運用的資源寶庫。每一份教材的設計與編寫都有其特定的需求、目的與對象，也都隱含設定了某種特定的教學方法。各式各樣的教材指的是能滿足各種學習者、多樣的學習需求、以及不同的教學方法的課本、作業本、學習單、測驗卷等。各式各樣的教材也指的是與時俱進、定期更新的內容和學習活動。做為一份語言的教材，在當前國際移動便利、社會接觸頻繁的時代裡，定期更新既有教材的內容或甚至重編教材都成為必要。《縱橫天下事》就是在這樣的環境特性下產生。本中心高級課程部分教材已有些歷史，有些學生反應不想使用過時的教材，尤其是新聞系列教材，之前使用的新聞教材《讀報學華語》已有十年以上，因應外在環境變遷，新聞教材應該與時俱進；另外，更新教材也能讓中心課程開課兼顧各程度及多元，特別是學生學完《當代中文課程》第四冊之後，華語的能力已進步到可以接觸比較多元的內容，也很希望可以學到不同層面的華語，一份能夠反映當前台灣與國際社會的新聞教材正能符合學生這方面的需求。《縱橫天下事》正是秉持這樣的理念，由杜昭玫副主任帶領孫懿芬與陳懷萱兩位資深的華語老師，在中心同仁蔡如珮小姐的協助下，歷經近三年的編寫、試用、調整，終於得以正式出版。身為總編輯，本人在此感謝他們的辛勞與貢獻，也懇請華語教學界不吝選用這份教材、並給予指正。

陳振宇

國立臺灣師範大學國語教學中心主任

2021.4

i

編輯大意

　　《縱橫天下事：華語新聞教材》為一套新聞類教材。本套教材共兩冊，分別為《縱橫天下事1》及《縱橫天下事2》。每冊有八個單元，每單元兩篇新聞，一冊有十六篇（課）。語言程度約在國立臺灣師範大學國語教學中心教材的第5級（CEFR B2），適合學完《當代中文課程第四冊》的學生學習，約140-160個學時可以學完一冊。

　　取材範圍以臺灣國內外新聞為主，涵蓋各類新聞，並以新聞長短及內容深淺排序。每冊的八個單元設定不同的主題，以期讓使用者學習到不同主題的新聞常用詞語。第一冊主題包括氣象報導、物價上漲、喝酒開車、全球暖化、節慶活動、網際網路、疾病防治、經濟趨勢。第二冊主題包括天然災害、招募人才、高壓工作與遺傳疾病、恐怖攻擊、網銀時代、貿易戰爭、表演藝術、兩岸關係等。

教材編排介紹：

◎ 課本（每課編排順序如下）

1. 學習目標：具體寫出學生能學到的語言能力。

2. 課前閱讀：在課文前有「課前閱讀」，透過閱讀新聞標題來掌握新聞重點，同時培養學習者利用閱讀的猜測、分析、判斷、推理文字意涵等策略來掌握新聞大意。

3. 課文：每單元的兩課課文與單元主題相關，但各以一篇新聞為主。課文根據報紙或網路新聞版型設計，學習者可以熟悉不同報社及網路新聞的編排形式，尤其是新聞特殊的文字由右至左、由上而下直行的編排方式。

4. 生詞：每篇新聞後有生詞（含書面語及專有名詞）。生詞以中英文解釋，並以例句來說明用法。標音採注音符號、漢語拼音並列。

5. **句型**：選取常用之句型，並以例句示範用法，期加強學習者對新聞句型的運用能力。

6. **課文理解與討論**：針對課文內容提出問題，檢測學習者理解程度，並延伸討論。

7. **課堂活動**：以具任務性的活動來促使學生自主學習，以提升整體語言能力。

8. **簡體字版課文(新聞)。**

◎ 作業本

1. 每課有三到四部分練習題，包括詞彙、書面語和句型的練習。練習形式包括：生詞填空、連連看、完成句子、選擇題、根據圖文回答問題、短文閱讀。

2. 每單元（兩課）之後另有一綜合練習，以閱讀與單元主題相關之新聞來進一步提升理解及運用能力。

本教材特別感謝國語中心前主任周中天教授費神翻譯審閱，以及本中心多位資深華語教師使用及提供意見，另在出版過程中，編輯李芃小姐給予諸多協助，在此一併致謝。若教材還有任何疏失錯誤之處，尚祈各方見諒，並懇請惠賜卓見。

謹識於
國立臺灣師範大學國語教學中心
2021 年 4 月

目錄
CONTENTS

天然災害

學習目標

第一課：強烈地震
第二課：超級颱風

1 能學會地震災害相關詞彙
2 能學會有關地震知識中文說法
3 能學會颶風起源與颱風之差異
4 能說出各種災難對人類及環境之影響

強烈地震

北海道強震

規模 6.7 已 2 死 38 失蹤 陸空交通全癱

課前閱讀

請看新聞標題，再回答以下問題：

❶ 這個地震的規模大不大？

❷ 「陸空交通全癱」的「陸空」指的是哪方面的交通？

❸ 「陸空交通全癱」的「全癱」指的是交通狀況怎麼樣？

北海道強震

規模 6.7 已 2 死 38 失蹤 陸空交通全癱

【東京記者蔡佩芳、記者洪安怡／連線報導】日本北海道胆振地區今日凌晨3時8分發生芮氏規模6.7地震，到截稿為止已造成2死38失蹤、140輕重傷。北海道全區域近300萬戶停電，新千歲機場關閉，鐵公路中斷。

日本氣象廳指出，清晨強震震央位於北海道胆振地方中東部，震源深度37公里。未來一周還可能出現最大震度6強的地震。

北海道厚真町消防單位表示，町內至少十棟房子倒塌，遭活埋人數不明。強震發生兩個小時後，札幌市區內出現道路液化，路面瀝青凹陷，部分路段有泥水溢出。札幌市清田區里塚因土壤液化一片泥濘，泥流甚至到汽車輪胎一半的高度。

位於震央附近的苫東厚真火力發電廠因地震緊急停止運轉，由於該廠是北海道境內最大的火力發電廠，緊急停機造成電力供需失衡，其他火力發電廠也緊急停機，北海道全域約295萬戶停電。

這是北海道首度全區域停電，日本經產省估計，北海道全面恢復供電需費時一周。

新千歲機場因地震停電，航廈多處漏水、受理登機櫃台破損，牆壁剝落。由於北海道全域停電，JR北海道宣布所有列車停駛，北海道今日大眾運輸幾乎全面停擺。

我觀光局指出，目前已知有25台灣旅行團共764人，因新千歲機場關閉而滯留當地。

本周稍早日本關西才遭強颱「燕子」侵襲，關西機場迄今仍關閉，今日地震侵襲再造成新千歲機場關閉。日本前五大機場有兩座關閉，十分罕見。關西機場與新千歲機場分別為關西與北海道的航空門戶，兩座機場關閉影響重大。

日本首相安倍晉三上午宣布，關西機場國內線將在明天恢復使用，國際線要等無線電等設施確認修復後才會開放。由於關西機場連外橋梁遭油輪撞擊位移，短時間內要完全恢復運作難度很高。

（取自 2018/9/6 聯合晚報）

01 失ㄕ蹤ㄗㄨㄥ shīzōng
to disappear
不見了

強颱過後，救災人員發現有兩位居民失蹤了。

02 癱ㄊㄢ tān
to be paralyzed; limp, weak
本意是指四肢無力、不能動。此處指交通不能運轉。多半使用「癱瘓」(tānhuàn) 一詞

他因車禍而癱瘓在床。

他跑了十公里，累得癱在地上。

03 凌ㄌㄧㄥ晨ㄔㄣ língchén
early morning (before dawn)
接近天亮的時候

賣早餐的小店，老闆每天凌晨就得起床準備。

04 截ㄐㄧㄝ稿ㄍㄠ jiégǎo
deadline for editors, press time
停止接受稿件

報社 (newspaper) 每天的截稿時間是晚間 12 點。

05 區ㄑ域ㄩ qūyù
area, zone
地區

雖然每個警察局管理的區域不同，不過民眾可以跨區報警。

06 近ㄐㄧㄣ jìn
to come close to, to approach
書「接近」的縮略

此波麻疹疫情近萬人受到感染。

07 關ㄍㄨㄢ閉ㄅ guānbì
to close, to turn off
關

出門前要記得關閉瓦斯，免得發生意外。

08 鐵ㄊㄧㄝ路ㄌㄨ tiělù
railroad, railway

09 中ㄓㄨㄥ斷ㄉㄨㄢ zhōngduàn
to be halted, to be suspended
到一半停了

伺服器出了問題，使訊號中斷了好幾個小時。

10 震ㄓㄣ央ㄤ zhènyāng
epicenter
地震時距離震源最近的地球表面位置

11 震ㄓㄣ源ㄩㄢ zhènyuán
hypocenter
發生地震時的起始點

12 深ㄕㄣ度ㄉㄨ shēndù
depth
深淺的程度

此次地震震央位於花蓮市沿海地區，震源深度約為五十公里。

生詞 New Word

⑬ 震度ㄓㄣˋ ㄉㄨˋ　zhèndù
seismic intensity
地震時人感受到的程度或物體受到振動後破壞的程度

此次地震各地最大震度，台北市 3 級，花蓮縣 4 級。

⑭ 消防ㄒㄧㄠ ㄈㄤˊ　xiāofáng
fire control
滅火和防火

⑮ 單位ㄉㄢ ㄨㄟˋ　dānwèi
unit
機構、組織中的部門

我們雖然在同一所學校工作，但是在不同單位。

⑯ 遭ㄗㄠ　zāo
to encounter, to suffer from
書「遭到、遭受」的縮略

許多動物遭大量屠殺，面臨消失。

⑰ 活埋ㄏㄨㄛˊ ㄇㄞˊ　huómái
to be buried alive
有生命的物體被埋在土裡

地震發生在半夜，大家都來不及逃生，因此多人遭到活埋。

⑱ 道路ㄉㄠˋ ㄌㄨˋ　dàolù
road
路

⑲ 液化ㄧㄝˋ ㄏㄨㄚˋ　yèhuà
liquefaction
地震時，因震動使土壤內的水分流出，土壤變得像流砂一般

⑳ 瀝青ㄌㄧˋ ㄑㄧㄥ　lìqīng
asphalt

氣溫高得連路面的瀝青都快融化 (to melt) 了。

㉑ 凹陷ㄠ ㄒㄧㄢˋ　āoxiàn
(the road) is pitted and uneven
低於四周地面

這條路因大雨造成路面凹陷，走路要當心。

㉒ 泥ㄋㄧˊ　ní
mud
水太多的土

一下雨，鄉下的小路就變成了泥水路，鞋底也容易都是泥。

㉓ 溢出ㄧˋ ㄔㄨ　yìchū
to overflow
滿出來

茶杯太小，茶水若倒得太滿會從杯中溢出。

㉔ 土壤ㄊㄨˇ ㄖㄤˇ　tǔrǎng
soil
土

土壤液化嚴重的地方，建築物較易倒塌。

㉕ 泥濘ㄋㄧˊ ㄋㄧㄥˋ　nínìng
mud
1. 雨後土與水混合
2. 使路面髒、濕的樣子

剛下過雨，路上滿是泥濘，寸步難行。

26	輪胎 ㄌㄨㄣ ㄊㄞ	lúntāi	tire 汽車的輪子
27	停止 ㄊㄧㄥ ㄓˇ	tíngzhǐ	to stop 停

股價疲弱,許多投資者在觀望,有的甚至暫時停止了投資。

28	運轉 ㄩㄣ ㄓㄨㄢˇ	yùnzhuǎn	to run, to be in operation 轉動

經過五年的建設,核能電廠終於順利運轉了。

29	電力 ㄉㄧㄢ ㄌㄧ	diànlì	(electric) power supply 供應電的能力
30	供需 ㄍㄨㄥ ㄒㄩ	gōngxū	demand and supply 供應與需求

商品的價格會因市場的供需狀況而調整。

31	失衡 ㄕ ㄏㄥˊ	shīhéng	imbalance 失去平衡

少子化會導致人口結構失衡。

32	首度 ㄕㄡˇ ㄉㄨˋ	shǒudù	for the first time 第一次

今年經濟成長燈號首度出現綠燈。

33	費時 ㄈㄟˋ ㄕˊ	fèishí	time consuming 花很多時間

政府坦言要修法過止酒駕是很費時的事。

34	航廈 ㄏㄤˊ ㄒㄧㄚˋ	hángxià	(airport) terminal 機場航空大廈

不同機場的航廈設計也不同,旅客很容易迷路。

35	漏水 ㄌㄡˋ ㄕㄨㄟˇ	lòushuǐ	to leak 東西破了,水滲透 (to seep) 出來

那棟大樓老舊,只要雨勢稍大,就會漏水。

36	受理 ㄕㄡˋ ㄌㄧˇ	shòulǐ	to accept (an application) 接受辦理

因為帶去的資料不齊,移民署無法受理他的居留證申請。

37	登機 ㄉㄥ ㄐㄧ	dēngjī	to board (a flight) 上飛機

這班飛機在 15 號登機門登機。

38	櫃台 ㄍㄨㄟˋ ㄊㄞˊ	guìtái	counter, desk 辦事的服務台

雖然有 10 個櫃台辦理報到,但是每個櫃台前面仍排了很長的隊。

39 破損 pòsǔn
to be broken, to be damaged
破了、壞了

搬家公司搬東西時非常小心，避免物品破損。

40 剝落 bōluò
to fall off
從物體上掉下來

宿舍牆面油漆 (yóuqī, paint) 多處剝落，學生要求校方盡速改善。

41 列車 lièchē
train
火車或捷運多個車廂成為一列車

受到颱風影響，高鐵今晚停駛了八班列車。

42 大眾運輸 dàzhòng yùnshū
mass transportation
公共交通

一般來說，大眾運輸包括公車、捷運、火車等。

43 停擺 tíngbǎi
to halt, to stop
停止運轉

忽然停電，所有事情都停擺了。

44 滯留 zhìliú
to be stranded
被迫留下來

飛機停飛，許多旅客被迫滯留在機場。

45 迄今 qìjīn
so far
書 到今天

此波流感傳染人數迄今已破百人。

46 罕見 hǎnjiàn
rare
非常少見

德國麻疹不是一種罕見的疾病。

47 分別 fēnbié
separately, namely
把各個分開

麻疹傳染方式分別為飛沫傳染或吸入漂浮著病毒的空氣。

48 航空 hángkōng
aviation
以飛機運輸客人

那家航空公司服務非常好，客人這麼多就不足為奇了。

49 門戶 ménhù
hub, gateway
此處指國家進出的機場、港口

機場是國家的門戶，也是給外籍旅客的第一個印象。

50 首相 shǒuxiàng
prime minister
有皇室制度國家的領導人名稱，如：英國首相、日本首相

| 51 | ～ 線ㄒㄧㄢˋ | xiàn | (transportation) lines, routes
大眾運輸之路線，如：飛機之國內線、火車之花東線 |

颱風接近，飛機陸續停航，東部國內線首當其衝。

| 52 | 無ㄨˊ線ㄒㄧㄢˋ電ㄉㄧㄢˋ | wúxiàndiàn | radio
通訊設備 |
| 53 | 設ㄕㄜˋ施ㄕ | shèshī | facilties
設備 |

這個城市的公共設施，如：道路、公園、學校都相當良好。

| 54 | 確ㄑㄩㄝˋ認ㄖㄣˋ | quèrèn | to confirm
確定 |

颱風來時，若要搭機出國，出發前一定要先確認航班 (flight) 資訊。

| 55 | 修ㄒㄧㄡ復ㄈㄨˋ | xiūfù | to repair
修理、恢復 |

航廈破損嚴重，預估需要三個月才能完全修復。

| 56 | 連ㄌㄧㄢˊ外ㄨㄞˋ橋ㄑㄧㄠˊ梁ㄌㄧㄤˊ | liánwài qiáoliáng | bridge for outreach
聯絡外界的橋，也有連外道路 |

綠島是個小島，若能建造一座連外橋梁，交通就便利多了。

| 57 | 油ㄧㄡˊ輪ㄌㄨㄣˊ | yóulún | oil tanker
運輸石油的船 |
| 58 | 撞ㄓㄨㄤˋ擊ㄐㄧ | zhuàngjí | to hit, to collapse
撞到、強烈碰撞 |

那個肇事者因為頭部遭到撞擊而傷重死亡。

| 59 | 位ㄨㄟˋ移ㄧˊ | wèiyí | to move
位置移動 |

那棟大樓因為地震而位移了三公分。

| 60 | 運ㄩㄣˋ作ㄗㄨㄛˋ | yùnzuò | to promote, to negotiate
推展、進行 |

修法提高酒駕刑期並不順利，支持的立法委員努力運作中。

專有名詞　Proper Noun

| 01 | 北ㄅㄟˇ海ㄏㄞˇ道ㄉㄠˋ | Běihǎidào | Hokkaido (a place in Japan)
日本北部地名 |

⑫	胆振地區	Dǎnzhèn dìqū	Iburi chihou (a place in Hokkaido) 地名
⑬	芮氏	Ruìshì	the Richter scale 表示地震強度的級表
⑭	新千歲機場	Xīn Qiānsuì jīchǎng	New Chitose Airport 機場名字
⑮	氣象廳	Qìxiàng tīng	Japan Meteorological Agency 日本政府單位
⑯	厚真町	Hòuzhēn tǐng	Atsuma chou (a place in Hokkaido) 地名
⑰	札幌	Zháhuǎng	Sapporo (a city in Hokkaido) 北海道最大城市
⑱	清田區里塚	Qīngtián qū Lǐzhǒng	Kiyota ku Satozuka (a place in Hokkaido) 地名
⑲	(苫東厚真) 火力發電廠	(Shāndōng Hòuzhēn) huǒlì fādiànchǎng	(Tomatou Atsuma) Thermo Power Plant 地名＋發電廠
⑩	經產省	Jīngchǎn shěng	Ministry of Economy, Trade and Industry (of Japan) 日本政府單位，經濟產業省
⑪	JR	JR	Japan Railways 日本鐵道公司
⑫	關西（機場）	Guānxī (jīchǎng)	Kansai Airport 日本西部機場
⑬	安倍晉三	Ānbèi Jìnsān	Shinzo Abe (name) 日本當時首相名字 (2012 ～ 2020)

句型 Sentence Pattern

1 到…為止

到目前為止，受到流感傳染人數已破百人。

從地震停電到恢復電力為止，修復時間共二十餘小時。

2 因…（而）…，甚至…

因全球經濟疲弱，產業出口情況不佳，甚至內需數量也大受影響。

除了因直接接觸患者而感染疾病，甚至連搭同班機也可能遭受感染。

3 分別為…

午後連續發生兩次地震，分別為芮氏規模 6.5 及 5.2。

代表景氣變化的燈號有五種，分別為紅燈表示過熱、紅黃燈表示尚穩、綠燈表示穩定、黃藍燈表示趨衰、藍燈表示衰退。

課文理解與討論 ▶▶

❶ 北海道地震何時發生？規模多大？

❷ 到截稿為止，傷亡情形如何？

❸ 除了人員傷亡，還有哪些災情？

❹ 地震震央在哪裡？震源深度如何？

❺ 厚真町的傷亡情形如何？

❻ 札幌市的道路情況如何？

❼ 北海道大停電的原因是什麼？多少戶受影響？多久能恢復？

❽ 新千歲機場的破損情況如何？台灣旅客受到影響嗎？

❾ 北海道的大眾交通情況如何？

❿ 稍早日本大阪關西機場為何關閉？

⓫ 北海道機場及大阪機場都關閉有何嚴重影響？

⓬ 大阪關西機場何時可以恢復使用？

⓭ 世界上曾經發生過很多次大地震，你知道哪些？請說一說。

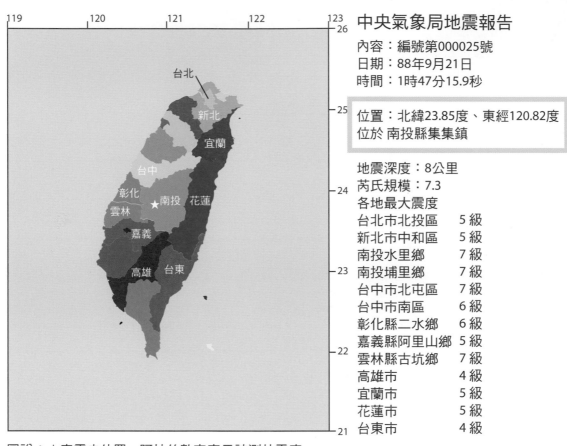

中央氣象局地震報告

內容：編號第000025號
日期：88年9月21日
時間：1時47分15.9秒

位置：北緯23.85度、東經120.82度
位於 南投縣集集鎮

地震深度：8公里
芮氏規模：7.3
各地最大震度
台北市北投區　　5 級
新北市中和區　　5 級
南投水里鄉　　　7 級
南投埔里鄉　　　7 級
台中市北屯區　　7 級
台中市南區　　　6 級
彰化縣二水鄉　　6 級
嘉義縣阿里山鄉　5 級
雲林縣古坑鄉　　7 級
高雄市　　　　　4 級
宜蘭市　　　　　5 級
花蓮市　　　　　5 級
台東市　　　　　4 級

圖說：★表震央位置，阿拉伯數字表示該測站震度

回答問題：

❶ 地震發生在什麼時候？

❷ 地震位於哪裡？

❸ 地震的規模多大？

❹ 在哪些地區會感受到地震時搖晃得最屬害？

附錄：地震相關知識 ▸▸

中央氣象局地震預測中心 https://scweb.cwb.gov.tw/zh-TW/Guidance/FAQ/2

震源	地震錯動的起始點。
震央	震源在地表的投影點。 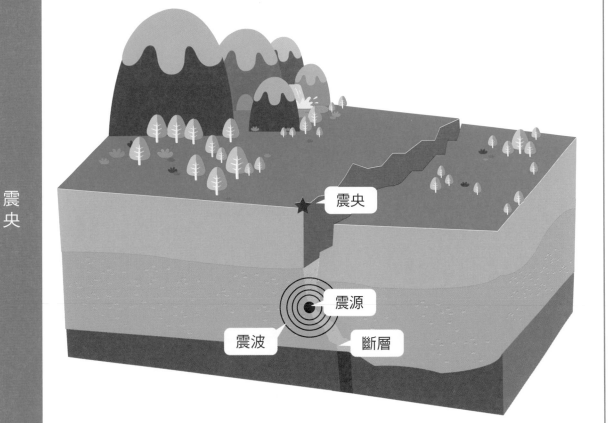
地震規模	指地震所放出的能量，臺灣所採用的計算方式為芮氏規模，在敘述時以「規模5.0」、「規模7.3」的方式來表示，數字的後面不加「級」字。地震規模每增加「1」，所釋放的能量約為前一個等級的 31~32 倍。

震度	指地震時人們對於地面振動的感受程度，或物品因振動遭受破壞的程度。中央氣象局利用地震觀測站 所記錄的最大加速度，計算出各地區的最大震度，表達方式為數字後加「級」，如：「臺中市6級」、「臺北市4級」。
地震大小	地震之大小若以規模區分，規模小於3.0者稱微小地震，等於或大於3.0而小於5.0者稱小地震，等於或大於5.0而小於7.0者稱中地震，等於或大於7.0者稱大地震。

影響某個地點震度大小的因素包括：地震規模、震源深度、與震央的距離、該地的地層特性等。一般來說，地震規模越大、震源越淺、離震央越近、地層越軟弱，感受的震度越大，對建築物的傷害也越大。

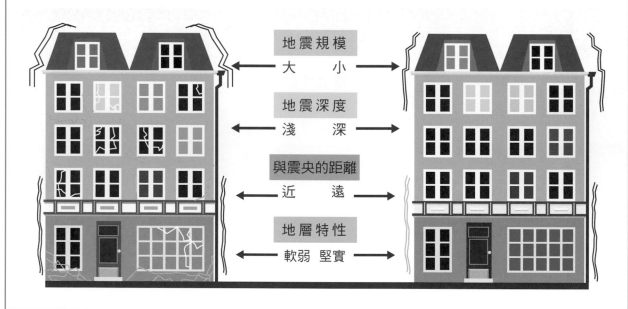

地震規模　大　小
地震深度　淺　深
與震央的距離　近　遠
地層特性　軟弱　堅實

超級颶風

狂風、暴雨、巨浪齊襲 加油站斷油 數萬居民無電可用

佛羅倫斯颶風降級 對美威脅不減

課前閱讀

請看新聞標題,再回答以下問題:

❶ 標題上指出幾種天然災害?

❷ 「颶風」是不是「颱風」?

❸ 這個颶風的威脅是不是已經逐漸減少了?

狂風、暴雨、巨浪齊襲 加油站斷油 數萬居民無電可用

佛羅倫斯颶風降級 對美威脅不減

【記者顏伶如／綜合報導】佛羅倫斯颶風已經開始發威，由於民眾忙著撤離，南卡、北卡州沿海地區的加油站，已經無油可加。

北卡羅萊納州外灘（Outer Banks）13日受到颶風佛羅倫斯外圍環流影響，大樹被風速高達每小時100哩（160公里）的強風吹得東倒西歪，一波波巨浪更把海水直接沖上馬路。

根據氣象預測，如此惡劣天候可能會持續到整個周末，目前數以萬計的居民無電可用。

氣象專家估計，佛羅倫斯14日從南卡、北卡交界之處登陸後，摧毀力道將逐漸增強，而且在內陸地區緩慢盤旋。沿海地區可能出現高達超過三公尺的浪湧，連日大雨則可能帶來累計900毫米以上的降雨量，嚴重洪災極可能發生。

接近陸地時，佛羅倫斯風力減弱，已經沒有本周稍早的每小時140哩風速，目前已經從四級颶風降為二級。

雖然威力降級，但佛羅倫斯仍然具有高度危險；南卡羅萊納州州長麥克馬斯特與北卡羅萊納州州長庫柏，都對大約100萬名已經接獲撤離通知、卻不願離開的居民發出警告說，接下來只能自求多福。

庫柏13日對執意留守家園的民眾喊話：「留下來，將面臨生命危險。一旦風雨變強，千萬不要嘗試離開。」

麥克馬斯特說：「就連救難人員也不能留在這邊。」南卡羅萊納州萊特威爾海灘警察局長豪斯說，等到颶風來臨，「打電話叫警察也沒用了」。

（取取自 2018/9/14 聯合晚報）

01 超˙ 級ㄐㄧˊ　chāojí　super

02 颶ㄐㄩˋ 風ㄈㄥ　jùfēng　hurricane
像是颱風

發生在北大西洋、北太平洋中部和東北太平洋的熱帶風暴,被稱為「颶風」。

03 狂ㄎㄨㄤˊ 風ㄈㄥ　kuángfēng　strong wind, gale
很大、很厲害的風

04 暴ㄅㄠˋ 雨ㄩˇ　bàoyǔ　ranistorm
很大的雨

05 巨ㄐㄩˋ 浪ㄌㄤˋ　jùlàng　roaring waves
很大的海浪

颶風帶來狂風暴雨,沿海更可看見一波波巨浪。

06 數ㄕㄨˋ～ (萬ㄨㄢˋ)　shù~ (wàn)　tens of thousands of
幾(萬)

強震導致發電廠停擺,數萬戶人家沒有電可以使用。

07 發ㄈㄚ 威ㄨㄟ　fāwēi　to demonstrate one's power
發出威力

近幾日,太陽發威,熱得民眾受不了。

08 撤ㄔㄜˋ 離ㄌㄧˊ　chèlí　to evacuate
因危險而離開

氣象局呼籲山區民眾緊急撤離,因雨勢預估將會很大。

09 哩ㄌㄧˇ　lǐ　mile
1 英哩＝1.6 公里

參加馬拉松 (marathon) 比賽的選手,要跑 26 英哩 385 碼或 42 公里 195 公尺。

10 東ㄉㄨㄥ 倒ㄉㄠˇ 西ㄒㄧ 歪ㄨㄞ　dōngdǎo xīwāi　to lean to this side and that
被弄倒或弄歪

颱風來勢洶洶,路上的樹都被颳得東倒西歪。

11 沖ㄔㄨㄥ　chōng　to flush
被大水撞擊

停在港口的小船被巨浪沖到岸上來了。

12 惡ㄜˋ 劣ㄌㄧㄝˋ　èliè　mean, abominable
壞得不得了

反對陣營以非常惡劣的態度抨擊政府的政策。

13 天ㄊㄧㄢ 候ㄏㄡˋ　tiānhòu　weather
天氣

⑭ 交ㄐㄧㄠ 界ㄐㄧㄝˋ　　jiāojiè　　border
　　　　　　　　　　　　　　　兩地相連的地方

淡水河是台北市與新北市的交界處，從台北市過了河就是新北市。

⑮ 登ㄉㄥ 陸ㄌㄨˋ　　dēnglù　　to make a landfall
　　　　　　　　　　　　　　　從海上到陸地

氣象局預估逐漸接近的強颱將在台灣北部登陸。

⑯ 摧ㄘㄨㄟ 毀ㄏㄨㄟˇ　　cuīhuǐ　　to destroy
　　　　　　　　　　　　　　　破壞

戰爭不僅摧毀了都市建築，更摧毀了兩國關係。

⑰ 內ㄋㄟˋ 陸ㄌㄨˋ　　nèilù　　inland
　　　　　　　　　　　　　　　大陸的內部地區

颶風摧毀了沿海地區的建築，卻未對內陸地區造成傷害。

⑱ 緩ㄏㄨㄢˇ 慢ㄇㄢˋ　　huǎnmàn　　to slow down
　　　　　　　　　　　　　　　很慢

人的年紀大了，動作就緩慢了許多。

⑲ 盤ㄆㄢˊ 旋ㄒㄩㄢˊ　　pánxuán　　to hover in the sky
　　　　　　　　　　　　　　　在一地方圍繞 (to circle) 著、旋轉 (to rotate) 著

因為風勢太強，飛機在機場上空盤旋半天都無法降落 (to land)。

⑳ 連ㄌㄧㄢˊ 日ㄖˋ　　liánrì　　for days in a row
　　　　　　　　　　　　　　　連續幾日

連日大雨造成道路凹陷，交通中斷。

㉑ 毫ㄏㄠˊ 米ㄇㄧˇ　　háomǐ　　millimeter
　　　　　　　　　　　　　　　一毫米等於千分之一公尺

雖然只是午後雷陣雨，卻也降下近 100 毫米的雨量。

㉒ 洪ㄏㄨㄥˊ 災ㄗㄞ　　hóngzāi　　flood disaster
　　　　　　　　　　　　　　　洪水 (flood) 造成的災害

短時間內降雨量過大，就會造成洪災。

㉓ 陸ㄌㄨˋ 地ㄉㄧˋ　　lùdì　　land
　　　　　　　　　　　　　　　地球上非海洋、河流的地方

世界上陸地最大的國家是哪個國家？

㉔ 威ㄨㄟ 力ㄌㄧˋ　　wēilì　　strong power
　　　　　　　　　　　　　　　強的力量

颱風路徑雖然可以預估，但是破壞的威力卻難以預測。

㉕ 具ㄐㄩˋ 有ㄧㄡˇ　　jùyǒu　　to have, to possess
　　　　　　　　　　　　　　　有

藝術家需具有與一般人不同的創造力與想像力。

26 高度　gāodù　high
程度很高、很強

研發電子產品的工程師需要具有高度專注力。

27 接獲　jiēhuò　to receive
接到

校方接獲通知才知道網站遭駭客攻擊。

28 警告　jǐnggào　to warn
用言語使人警覺

麻疹疫情嚴峻，政府警告即將前往該國旅行者最好取消 (to cancel) 行程。

29 自求多福　zìqiú duōfú　to depend on one's own luck, to have fingers crossed
靠自己的能力讓自己運氣較好，多用在可能發生危險時

若是你堅持前往戰爭地區旅行，你的安全只能自求多福了。

30 執意　zhíyì　to insist
堅持自己意見

父親執意在股市低迷時下單，認為不需再多觀望，結果損失一大筆錢。

31 留守　liúshǒu　to stay on the watch
留下來守著

新年時學校只有一人留守，其他人都回家過節了。

32 家園　jiāyuán　homeland
指家人生長、居住很久的地方，家鄉

33 喊話　hǎnhuà　to yell loudly, to urge strongly
對人大聲喊叫，多在情況壞時說一些正面鼓勵的話

預估明年景氣不樂觀，部長向投資者喊話，希望增強他們的信心。

34 一旦　yídàn　once, in case
如果有一天

一旦在校區爆發流感，全校師生都是高風險群。

35 救難　jiùnàn　rescue
救助災難

一旦在高山上因迷路而受傷，救難人員趕到時往往來不及了。

36 來臨　láilín　to come
來到

你不應該逃避現實，等問題來臨時會更難解決。

01 佛ㄈㄛ羅ㄌㄨㄛ倫ㄌㄨㄣ斯ㄙ	Fóluólúnsī	Florence (name of a hurricane) 颶風名
02 南ㄋㄢ卡ㄎㄚ州ㄓㄡ	Nán Kǎzhōu	South Carolina (a state in the US) 南卡羅萊納州，位於美國的東南部
03 北ㄅㄟ卡ㄎㄚ州ㄓㄡ	Běi Kǎzhōu	North Carolina (a state in the US) 北卡羅納州，位於美國的東南部
04 外ㄨㄞ灘ㄊㄢ	Wàitān	Outer Banks (a place in North Carolina) 地區名
05 州ㄓㄡ長ㄓㄤ	zhōuzhǎng	govenor 美國一州之長

句型　Sentence Pattern

1 雖然⋯，但⋯仍然具有⋯

雖然他已施打過疫苗，但在傳染高峰期內仍然具有被傳染的可能性。

雖然我們只是口頭約定，但在某些方面仍然具有一定的作用。

2 一旦⋯，千萬⋯

一旦懷疑自己可能感染了麻疹，千萬別再到處活動。

一旦下一季經濟展望不如預期，千萬要先觀望一陣子再投資。

3 ⋯就連⋯也⋯

流感疫情迅速擴大，就連防疫專家也控制不了。

為了滿足老饕的口腹之慾，就連瀕危動物也成了他們的盤中飧。

課文理解與討論 ▶▶

❶ 為什麼美國北卡州沿海的居民無油可加？

❷ 北卡州受到颶風外圍環流影響，出現哪些現象？

❸ 颶風造成天氣惡劣的情況會持續多久？

❹ 氣象專家估計颶風在哪裡登陸？降雨量會高達多少？

❺ 颶風接近陸地後，風力和風速有何改變？仍然具有危險嗎？

❻ 北卡州和南卡州州長要求部分居民怎麼做？

❼ 若是居民不願撤離，北卡州長說什麼？

❽ 警察局長警告居民什麼事？

❾ 如果你是該地居民，已經了解颶風的威脅，你會撤離嗎？

❿ 你認為人們在天災來臨時仍執意留在家中不願離開的原因是什
麼？

❶ 閱讀以下內容，並查出颱風、颶風常發生在哪個季節。

❷ 根據分類，你的國家可能會被哪種熱帶氣旋侵襲？一年大約有幾次？損害情形如何？最嚴重的是哪次？請做個報告。

颶風「佛羅倫斯」（Hurricane Florence）將於星期五當地時間 0800 時登陸美國東海岸。超級颱風「山竹」（Super Typhoon Mangkhut）正攜帶狂風暴雨逼近菲律賓。

從太空拍攝的照片上看，兩個天氣系統看起來幾乎相同，都很壯觀。為何我們將其中一個稱為颶風，另一個稱為颱風？什麼又是旋風？

(參考：每日頭條 原文網址：https://kknews.cc/world/ve8gyx4.html)

❸ 若貴國無此類天災，請搜尋近年與颱風或是颶風有關的國際新聞。

統稱	熱帶氣旋	氣象學家用來描述一個有規律旋轉著的雲團和雷暴氣象系統的通用術語。依不同地區有不同名稱，見下方。
依地區	颱風	北太平洋西部
	颶風	北大西洋、北太平洋中部及東北部
	旋風	南太平洋和印度洋
依風速	颱風、颶風、旋風	中心持續風速達到 74 英里（約 119 公里）或以上
	熱帶風暴	熱帶低氣壓增強達每小時 39 英里（約為 63 公里）
	熱帶低氣壓	熱帶氣旋最弱，39 英里（約為 63 公里）以下
最常發生季節	颱風	
	颶風	
	旋風	

附錄：兩篇主新聞內容的簡體字版 ▸▸

第一课 北海道强震 规模 6.7 已 2 死 38 失踪 陆空交通全瘫

【东京记者蔡佩芳、记者洪安怡／连线报导】日本北海道胆振地区今日凌晨 3 时 8 分发生芮氏规模 6.7 地震，到截稿为止已造成 2 死 38 失踪、140 轻重伤。北海道全区域近 300 万户停电，新千岁机场关闭，铁公路中断。

日本气象厅指出，清晨强震震央位于北海道胆振地方中东部，震源深度 37 公里。未来一周还可能出现最大震度 6 强的地震。

北海道厚真町消防单位表示，町内至少十栋房子倒塌，遭活埋人数不明。强震发生两个小时后，札幌市区内出现道路液化，路面沥青凹陷，部分路段有泥水溢出。札幌市清田区里冢因土壤液化一片泥泞，泥流甚至到汽车轮胎一半的高度。

位于震央附近的苫东厚真火力发电厂因地震紧急停止运转，由于该厂是北海道境内最大的火力发电厂，紧急停机造成电力供需失衡，其他火力发电厂也紧急停机，北海道全域约 295 万户停电。

这是北海道首度全区域停电，日本经产省估计，北海道全面恢复供电需费时一周。

新千岁机场因地震停电，航厦多处漏水、受理登机柜台破损，墙壁剥落。由于北海道全域停电，JR 北海道宣布所有列车停驶，北海道今日大众运输几乎全面停摆。

我观光局指出，目前已知有 25 台湾旅行团共 764 人，因新千岁机场关闭而滞留当地。

本周稍早日本关西才遭强台「燕子」侵袭，关西机场迄今仍关闭，今日地震侵袭再造成新千岁机场关闭。日本前五大机场有两座关闭，十分罕见。关西机场与新千岁机场分别为关西与北海道的航空门户，两座机场关闭影响重大。

日本首相安倍晋三上午宣布，关西机场国内线将在明天恢复使用，国际线要等无线电等设施确认修复后才会开放。由于关西机场连外桥梁遭油轮撞击位移，短时间内要完全恢复运作难度很高。

第二课　狂风、暴雨、巨浪齐袭　加油站断油　数万居民无电可用
佛罗伦斯飓风降级　对美威胁不减

【记者颜伶如／综合报导】佛罗伦斯飓风已经开始发威，由于民众忙着撤离，南卡、北卡州沿海地区的加油站，已经无油可加。

北卡罗莱纳州外滩 (Outer Banks)13 日受到飓风佛罗伦斯外围环流影响，大树被风速高达每小时 100 哩（160 公里）的强风吹得东倒西歪，一波波巨浪更把海水直接冲上马路。

根据气象预测，如此恶劣天候可能会持续到整个周末，目前数以万计的居民无电可用。

气象专家估计，佛罗伦斯 14 日从南卡、北卡交界之处登陆后，摧毁力道将逐渐增强，而且在内陆地区缓慢盘旋。沿海地区可能出现高达超过三公尺的浪涌，连日大雨则可能带来累计900毫米以上的降雨量，严重洪灾极可能发生。

接近陆地时，佛罗伦斯风力减弱，已经没有本周稍早的每小时 140 哩风速，目前已经从四级飓风降为二级。

虽然威力降级，但佛罗伦斯仍然具有高度危险；南卡罗莱纳州州长麦克马斯特与北卡罗莱纳州州长库柏，都对大约 100 万名已经接获撤离通知、却不愿离开的居民发出警告说，接下来只能自求多福。

库柏 13 日对执意留守家园的民众喊话：「留下来，将面临生命危险。一旦风雨变强，千万不要尝试离开。」

麦克马斯特说：「就连救难人员也不能留在这边。」南卡罗莱纳州莱特威尔海滩警察局长豪斯说，等到飓风来临，「打电话叫警察也没用了」。

招募人才

學習目標

第三課：徵才博覽會
第四課：金控招新血

1 能閱讀招募人才相關新聞
2 能瞭解台灣徵才博覽會的形式和意義
3 能運用徵才相關詞彙

徵人

工作時間：可配合聘僱單位時間，原則每天八小時(時薪制)。
工作內容：協助初步的電子郵件收發回覆、課程諮詢、資料整理以及行
政庶務協助等。
適合對象：英文佳，善於溝通，喜歡與國際學生交流互動，適合目前準
備考試或預計出國讀書，可以工作至少半年以上者。
聘用時間：預計從○年○月○日起（可面議）福利待遇：比照勞基法
每小時最低工資。
應徵方式與面談：
請檢具履歷表（歡迎附上自傳及其他可反映個人工作能力與相關經驗之
說明），以電子郵件方式寄送，郵件主旨請註明「應徵長期工讀生理一
您的姓名」（例：應徵長期工讀生一王大同）。

徵才博覽會

台大徵才博覽會 釋出 2.5 萬職缺

課前閱讀

請看新聞標題，再回答以下問題：

❶ 什麼是「博覽會」？

❷ 你想「台大徵才博覽會」會在哪裡舉行？什麼時候舉行？

❸ 你想 2.5 萬個職缺代表什麼意義？

台大徵才博覽會 釋出 2.5 萬職缺

【記者馮靖惠、沈婉玉／台北報導】台大校園徵才企業博覽會昨登場，今年兩百九十七家企業、四百廿三個攤位參加，都創歷年最高，共釋出二點五萬個工作機會。包括鴻海、台積電、聯發科等多家指標大廠，都祭出一百到一百五十萬元年薪搶才；準台大畢業生說，最在意的不見得是薪資，更看重興趣和培訓機制。

昨天下著雨，但知名大廠的攤位仍擠得水洩不通，搶填履歷的準畢業生滿到攤位外。台積電今年預計聘用兩千名新人，以碩士工程師為例，年薪加員工分紅約一百四十萬元，換算平均月薪約十二萬元，若以本薪四萬多元估算相當於卅二個月。

鴻海今年擴大展開「AI人才招募計畫」，徵才人數不設限，新進工程背景大學畢業生起薪四萬元以上，碩士畢業生起薪四萬一千元以上，並以工作績效為導向，發放員工分紅及績效獎金，第一年就高。

聯發科表示，因應公司布局AI、5G、AIoT（智慧物聯網）等關鍵技術領域，今年招募逾千名的研發創新人才，提供碩士畢業生保障年薪一百萬元起跳、博士一百五十萬元以上的高薪，每年還提撥員工績效與分紅獎金。

台大土木系許姓學生說，他較不在意薪資，「不要太誇張都能接受」，主要是看職缺類別是否符合需求。台北科大工業工程系莊姓學生也說，較在意工作環境和團隊氣氛，薪水不是優先考量。他也瞭解產學落差問題，希望公司有完善培訓計畫。

台大環境工程所博士生許明皓說，未來考慮到台積電等半導體業工作。他坦言，大學教職因職缺太少，不是他的選項。談到流浪博士現象，他則認為念博士的人愈來愈少，反而出現斷層，業界若有博士缺，競爭應較小。

國內十家金控則共開出逾三萬個職缺，因應數位金融趨勢，今年金融業徵才也吹著濃濃科技風，各家都要擴編數位、智能金融部門，非金融背景專才也有機會進金融領域。

儲備幹部（MA）是進入金融業待遇佳、升遷快的「快速超車道」，今年十家金控公司共計要招募四四一位MA，包括富邦、中信金等，今年都開出六十名MA職缺，創新高。

（取自2019/3/10聯合報）

01 招ㄓㄠ募ㄇㄨ　　　zhāomù　　　to recruit

許多公司在三、四月到各大學校招募員工。

02 人ㄖㄣˊ才ㄘㄞˊ　　　réncái　　　talent
有特別能力的人

政府全力發展教育事業，為國家培養更多有用的人才。

03 徵ㄓㄥ才ㄘㄞˊ　　　zhēngcái　　　to recruit talents
公開尋找有能力的人

我們公司目前需要新的人員，所以在網路上公開徵才。

04 博ㄅㄛˊ覽ㄌㄢˇ會ㄏㄨㄟˋ　　　bólǎnhuì　　　fair (as a public event)

05 釋ㄕˋ出ㄔㄨ　　　shìchū　　　to release
從限制中放出來

人民要求領導者釋出部分權力，加快改革的速度。

06 職ㄓˊ缺ㄑㄩㄝ　　　zhíquē　　　(job) vacancy
空出來的工作位子

我們辦公室有一個秘書的職缺，你趕快來應徵。

07 校ㄒㄧㄠˋ園ㄩㄢˊ　　　xiàoyuán　　　campus

學校有特別的警察維護校園安全。

08 攤ㄊㄢ位ㄨㄟˋ　　　tānwèi　　　street vending stand
攤子的位子

師大夜市那家水煎包的攤位前總是很多人在排隊。

09 歷ㄌㄧˋ年ㄋㄧㄢˊ　　　lìnián　　　in the past years
過去每一年

今年平均高溫創歷年最高，是最熱的一年。

10 年ㄋㄧㄢˊ薪ㄒㄧㄣ　　　niánxīn　　　annual salary
一年的薪水

11 搶ㄑㄧㄤˇ才ㄘㄞˊ　　　qiǎngcái　　　to poach, to headhunt
搶人才

12 準ㄓㄨㄣˇ　　　zhǔn　　　quasi-XXX, XXX to be
就快要成為（一種身分 (identity)）

他將在下個月拿到博士學位，現在是準博士了。

13 看ㄎㄢˋ重ㄓㄨㄥˋ　　　kànzhòng　　　to highly regard
重視

我們選總統，看重的是工作能力，不是學歷。

生詞 New Word

⑭ 培訓 péixùn — preparation and training
培養訓練

在正式開始工作以前，公司都會安排一些培訓課程。

⑮ 水洩不通 shuǐxiè bùtōng — to be jam-packed
非常多的人，走路時難以通過

春節前，各大市場常常是擠得水洩不通。

⑯ 履歷 lǚlì — résumé
工作經驗的紀錄

應徵工作時，一定要準備好履歷和自傳 (autobiography)。

⑰ 聘用 pìnyòng — to hire, to employ
請人擔任一個工作

我們學校在聘用老師時，看重的是教學經驗和研究能力。

⑱ 分紅 fēnhóng — to share dividends

那家公司每年賺了錢，都會分紅給員工。

⑲ 換算 huànsuàn — to convert
把一種單位換成另外一種單位

現在台幣升值，一塊美金換算成台幣大約 30 多塊。

⑳ 本薪 běnxīn — basic salary
原本的薪水，不加其他的錢

台灣現在年輕人的本薪大概只有 2.3 萬元，如果加上加班費可以多一點。

㉑ 相當於 xiāngdāngyú — to equal to

台灣的國中三年級相當於美國的九年級。

㉒ 設限 shèxiàn — to confine, to set a limit
設置一個限制

不要給自己設限，才有發展的空間。

㉓ 新進 xīnjìn — new, greenhand
剛進來的

所有新進的員工都要接受培訓。

㉔ 績效 jīxiào — performance, effectiveness
完成工作的效率 (efficiency) 和成績

為了提高績效，本公司將提供績效獎金以鼓勵員工。

25　導向　ㄉㄠˇㄒㄧㄤ　dǎoxiàng
to be oriented
讓某件事往某個方向發展

現在的教學以考試為導向，大考會考什麼老師就教什麼。

26　發放　ㄈㄚㄈㄤˋ　fāfàng
to dispense
發給

因為颱風帶來嚴重的災害，政府發放食物給災民。

27　獎金　ㄐㄧㄤˇㄐㄧㄣ　jiǎngjīn
bonus
為了鼓勵完成工作而給的錢

在台灣每一年過年前，公司都會發放年終獎金，感謝員工一年的努力。

28　海外　ㄏㄞˇㄨㄞˋ　hǎiwài
overseas
國外

我們公司為了擴大營業，積極發展海外市場。

29　因應　ㄧㄣㄧㄥˋ　yīnyìng
to cope with
隨著某件事情的發生來處理

為因應時代的變遷，教學的模式也必須改變。

30　布局　ㄅㄨˋㄐㄩˊ　bùjú
to allocate (resources)
對情況做全面的安排

因為國際情況改變，我們對公司未來的發展也要重新布局。

31　關鍵　ㄍㄨㄢㄐㄧㄢˋ　guānjiàn
key point
事情最重要的部分

你要找到問題的關鍵才能解決問題。

32　創新　ㄔㄨㄤˋㄒㄧㄣ　chuàngxīn
to innovate
創造新的

所有的產品要不斷地創新，才有競爭力。

33　起跳　ㄑㄧˇㄊㄧㄠˋ　qǐtiào
to start at
從某個基礎點開始往上增加

在台北搭計程車，計算價錢的方式是 70 元起跳，1.25 公里後每 200 公尺跳 5 元。

34　提撥　ㄊㄧˊㄅㄛ　tíbō
to allocate, to put aside (money)
從一筆錢當中拿出一些錢來

學校每個月會從我的薪水當中提撥 5% 儲存起來，做為未來的退休金。

35　金控　ㄐㄧㄣㄎㄨㄥˋ　jīnkòng
finance holding company

㊱ 開ㄎㄞ 出ㄔㄨ　　　kāichū　　　to release, to open up (vacancies)
提出來，釋出

台積電今年開出 200 個職缺，所以很多人前去應徵。

㊲ 吹ㄔㄨㄟ　　　chuī　　　to blow

窗外吹來一陣風，把桌上的東西都吹掉了。

㊳ ～風ㄈㄥ　　　fēng　　　wind, style
～風格，如：極簡風、復古風

最近的家具設計吹極簡風，都是很簡單的樣子。

㊴ 擴ㄎㄨㄛ 編ㄅㄧㄢ　　　kuòbiān　　　to enlarge (the staff)
擴大組織裡的人員分配

為因應實際工作的需要，公司擴編服務的員工，增加更多的服務人員。

㊵ 智ㄓ 能ㄋㄥ　　　zhìnéng　　　intelligence

㊶ 智ㄓ 能ㄋㄥ 金ㄐㄧㄣ 融ㄖㄨㄥ　　　zhìnéng jīnróng　　　Intelligent finance
人工智能與金融結合

㊷ 專ㄓㄨㄢ 才ㄘㄞ　　　zhuāncái　　　expert
有一種特別能力的人才

她是電腦專才，所有關於電腦的問題都可以問她。

㊸ 儲ㄔㄨ 備ㄅㄟ　　　chúbèi　　　reserved
儲存準備以後用

學校這個月招募了一些儲備老師，以因應暑期學生人數增加。

㊹ 幹ㄍㄢ 部ㄅㄨ　　　gànbù　　　staff
在一個組織裡主要的人員

他是社團的幹部，管社團的花費，買東西都要跟他拿錢。

㊺ 升ㄕㄥ 遷ㄑㄧㄢ　　　shēngqiān　　　(job) promotion
工作的地位提高

這個公司的升遷制度完善，只要表現好就有升遷的機會。

㊻ 快ㄎㄨㄞ 速ㄙㄨ　　　kuàisù　　　rapidly
速度很快

隨著經濟快速發展，人民的生活品質也提高了。

㊼ 超ㄔㄠ 車ㄔㄜ　　　chāochē　　　to pass, to overtake (other vehicles)
從旁邊超過前面的車子

他因為超車而撞到對面車道的車子，造成嚴重的車禍。

48 道 ㄉㄠ   dào   lane
路，如：快車道、人行道

49 類別 ㄌㄟˋ ㄅㄧㄝˊ   lèibié   category
不同的種類

圖書館裡的書都是按類別擺放，很容易搜索需要的資料。

50 符合 ㄈㄨˊ ㄏㄜˊ   fúhé   to meet (conditions)
跟需要的一樣

他各方面都符合需要的條件，可以成為我們重要的幹部。

51 需求 ㄒㄩ ㄑㄧㄡˊ   xūqiú   need, demand
因需要而產生的要求

為因應數位化的需求，學校把所有的課本內容都輸入電腦。

52 團隊 ㄊㄨㄢˊ ㄉㄨㄟˋ   tuánduì   team
一個團體的全部人員

對一個團體來說，團隊合作很重要。

53 優先 ㄧㄡ ㄒㄧㄢ   yōuxiān   in high priority
放在別的事或人的前面

安全是我優先考量的重點，至於價錢我比較不在意。

54 瞭（了）解 ㄌㄧㄠˇ（ㄌㄧㄠˇ）ㄐㄧㄝˇ   liǎojiě   to understand
知道

要瞭解一個地方的文化，最好是到當地住一段時間。

55 產學 ㄔㄢˇ ㄒㄩㄝˊ   chǎnxué   Industry-academy
產業界和學術界

教育部推動產學合作，希望企業跟學校合作，替產業培養人才。

56 完善 ㄨㄢˊ ㄕㄢˋ   wánshàn   sound (system)
完美，沒有不好的地方

這個公司有非常完善的升遷制度，所以吸引很多人才。

57 教職 ㄐㄧㄠˋ ㄓˊ   jiàozhí   teaching (job)
教書的工作

他在學校擔任教職，為國家培養人才。

58 選項 ㄒㄩㄢˇ ㄒㄧㄤˋ   xuǎnxiàng   choice, option
選擇的項目

妳不要太堅持，人生有很多的選項可以選擇。

59 流浪 ㄌㄧㄡˊ ㄌㄤˋ   liúlàng   to stray
沒有一定的住的地方

台北街上有很多沒有人養的流浪狗。

60 斷層 ㄉㄨㄢˋ ㄘㄥˊ   duàncéng   fault zone, break
連續的事中間出現不連續的部分

> 有一些傳統產業沒有繼續培養人才，因此出現斷層。

61 業界 ㄧㄝˋ ㄐㄧㄝˋ   yèjiè   industry
產業界

專有名詞 Proper Noun

01	台大	Táidà	National Taiwan University 台灣大學
02	鴻海	Hónghǎi	Foxconn Technology Group
03	台積電	Táijīdiàn	Taiwan Semiconductor Manufacturing Company, Limited (TSMC)
04	聯發科	Liánfākē	MediaTek Inc. (MTK)
05	物聯網	Wùliánwǎng	Internet of Things (IoT)
06	富邦金	Fùbāngjīn	Fubon Financial Holding Co Ltd.
07	中信金	Zhōngxìnjīn	Chinatrust Banking Corporation
08	土木系	Tǔmù xì	Department of Civil Engineering
09	台北科大	Táiběi Kēdà	National Taipei University of Technology
10	工業工程系	Gōngyè Gōngchéng xì	Department of Industrial engineering
11	環境工程所	Huánjìng Gōngchéng suǒ	Institute of Environmental Engineering
12	許明皓	Xǔ Mínghào	Ming-hao Hsu 人名

1 最⋯不見得是⋯，更⋯

氣象變遷影響最大的不見得是人類，更嚴重的可能是瀕危動物。

我們公司聘用員工最重要的不見得是學歷，更看重的是潛力。

2 以⋯為導向

我們的經營是以市場為導向，產品研發均以市場需求為主。

一般技術學校是以職業為導向，培養學生工作上的專業技術和能力。

3 吹⋯風

現在服裝設計吹復古風，回到 40 年前流行的樣子。

最近台灣的百貨業吹北歐風，各大百貨公司都在舉辦當地產品特賣會。

4 ⋯主要是看⋯（是否）⋯

改革成功主要是看領導人是否有決心。

台股是否穩定，主要是看美股發展的趨勢。

課文理解與討論 ▸▸

❶ 台大校園徵才博覽會哪些情況創歷史新高？

一共有多少工作機會？

❷ 指標大廠指的是哪些企業？他們怎麼搶才？

你認為為什麼這些公司叫做指標大廠？

❸ 準台大畢業生他們在意的是什麼？

❹ 請說明台積電的薪資狀況以及他們需要多少新員工。

❺ 鴻海的招募計畫是以什麼人才為主？招募多少人？薪資如何？

❻ 聯發科要往哪一方面發展？所以要招募什麼樣的人才？

怎麼吸引人才？

❼ 金控公司釋出多少職缺？要擴展哪些部門？為什麼？

一定要金融方面的人才嗎？

❽ 金控公司一共要招募多少儲備幹部？應徵儲備幹部有前途嗎？

❾ 受訪問的兩位大學生，他們選擇工作的條件各是什麼？

❿ 受訪問的博士生，他要選擇什麼工作？為什麼？

現在博士缺的競爭激烈嗎？為什麼？

⓫ 根據新聞內容，你認為台灣的大學生就業機會如何？為什麼？

⓬ 你選擇工作的主要考量是什麼？

❶ 請兩人一組，根據下面兩家公司提供的福利：討論你想要進入哪家公司，並說明理由。

台麗公司

公司福利

☆ 年終獎金及績效獎金

☆ 中秋、端午節禮金

☆ 婚喪喜慶津貼

☆ 生日禮金，祝你HAPPY BIRTHDAY~

☆ 員工旅遊→
連絡同事的感情，享受度假的快樂，
公司出錢讓你出去玩！

☆ 豐富的培訓課程→
提供升遷與進修機會，增加競爭力

台美公司

福利制度

隨時照顧你的健康

■ 保團體醫療保險

■ 每年做健康檢查

■ 上下班時間自己安排，一天8小時！

■ 每日供應免費午餐，中午無需浪費外出覓食的時間！

■ 隨時提供咖啡、茶點

■ 員工活動：員工每月聚餐、定期出國旅遊

金控招新血

LESSON.4

中信金控招新血 歡迎 AI 新人類

課前閱讀

請看新聞標題，再回答以下問題：

❶ 「新血」是什麼意思？

❷ 在這裡的「新人類」是剛進公司的新人嗎？還是別的意思？

❸ 你想金控公司跟「AI」有什麼關係？

中信金控招新血 歡迎 AI 新人類

圖片來源：*mingyang su*

【記者沈婉玉／台北報導】中國信託金融控股公司昨前進台大校園徵才博覽會，與現場青年學子互動、暢談職涯發展，邀請不同領域、不分國籍的人才加入中國信託金控。活動現場亦展示中信金控數據科技的實力，設置「FinFace For Future」人臉掃描趣味遊戲，吸引學生

由」，在金融轉型中持續「適當的彈性、自律的自球鞋上班，鼓勵同仁追求的同仁可穿牛仔褲、T恤、要對外會議，非營業單位金融業職場文化，若無重施行彈性服裝制度，改變劃師、個金業務、資訊、

中國信託金融控股公司昨前進台大校園徵才博覽會，是新世代年輕人或IT（資訊科技）人才卻步的原因之一，今年中信金控宣布（ACM）、個金理財規洗錢防制、保險業務、大數據、AI開發工程師、商業分析師、資料科學家為重點。

中信金控表示，今年徵才項目以儲備幹部（MA）、法金信用分析人員業傳統制式的服裝規定，

中信銀行全球人力資源處處長羅宏瑜表示，金融位化浪潮。

的發展，迎向國際化與數數據、區塊鏈等金融科技應AI（人工智慧）、大多元背景人才加入，以因的金融專業人才，歡迎具除高移動性、外語能力佳計徵才五千人，徵才重點

中信金控表示，今年預與求職者排隊體驗。

中國信託銀行數據研究發展中心資深副總王俊權在活動現場解說「FinFace For Future」趣味遊戲，參備創新思維、跨界潛力的加者可透過人臉掃描，經過數據資料庫分析，了解自己是屬於典型、多元或是創新類型的金融人才。此遊戲展現目前中信金控擁有的AI及大數據科技，以及未來金融服務發展的趨勢。

創新。

（取自 2019/3/10 聯合報）

01 新ㄒㄧㄣ血ㄒㄧㄝ　　xīnxiě　　new blood
新進一個組織的人

我們需要新血來刺激公司的代謝。

02 新ㄒㄧㄣ人ㄖㄣ類ㄌㄟ　　xīn rénlèi　　new generation
有新觀念新思想的人

現在新人類的想法不是老一代的人可以了解的。

03 前ㄑㄧㄢ進ㄐㄧㄣ　　qiánjìn　　to move forward
往前進入

台灣的電腦前進歐洲市場。

04 學ㄒㄩㄝ子ㄗˇ　　xuézǐ　　student
學生

七月考試季，許多學子在很熱的天氣參加考試。

05 互ㄏㄨ動ㄉㄨㄥ　　hùdòng　　to interact
用語言或其他方法互相交流

那位老師上課時，用了很多跟學生互動的活動。

06 暢ㄔㄤ談ㄊㄢ　　chàngtán　　to talk freely
非常高興舒服的談話

跟老同學見面暢談以前上課時的情況。

07 職ㄓ涯ㄧㄚ　　zhíyá　　career

快要畢業的學生都要做未來職涯的計畫，考慮將來的工作。

08 分ㄈㄣ　　fēn　　to be separated as, to be divided as
分別

學校宿舍分男生宿舍和女生宿舍。

09 亦ㄧ　　yì　　also
也

不僅石油價錢上漲，一般物價亦跟著上漲。

10 展ㄓㄢ示ㄕ　　zhǎnshì　　to exhibit, to show
把東西或結果拿出來讓大家看到

汽車博覽會上各家公司都展示最新型的汽車。

11 掃ㄙㄠ描ㄇㄧㄠ　　sǎomiáo　　to scan

我把護照掃描下來傳給旅行社。

⑫ 趣味　qùwèi　fun
讓人有興趣的、很有趣的

這個電腦遊戲不但有趣味，也可以學到很多歷史知識。

⑬ 除　chú　in addition to, except
書 除了

除歐洲地區氣溫創新高，美洲高溫亦打破紀錄。

⑭ 思維　sīwéi　thinking
思考方式

老一輩的人不太瞭解現代年輕人的思維模式。

⑮ 跨界　kuàjiè　cross-disciplinary
在不同領域

現在藝術強調跨界合作，音樂、科技綜合創作。

⑯ 潛力　qiánlì　potential
看不見、有待發展的能力

政府應該投資有發展潛力的企業。

⑰ 以　yǐ　for, in order to
書 為了

政府施行空汙防制法以保障空氣品質。

⑱ 人工智慧　réngōng zhìhuì　artificial intelligence

⑲ 迎向　yíngxiàng　to move forward to, to greet
走向前迎接

新的一年就要展開，讓我們迎向美好的未來。

⑳ 浪潮　làngcháo　tidal wave

現在在世界各地都吹起維護主權的浪潮。

㉑ 人力　rénlì　manpower
可以工作勞動的力量

一些國家因為人口老化而缺乏人力。

㉒ 制式　zhìshì　uniformed
規定大家一樣

在中學的時候，學校規定大家要穿制式的服裝。

㉓ 卻步ㄑㄩㄝˋㄅㄨˋ　　quèbù　　to halt, to hesitate
不敢往前走一步

一些廠商不敢漲價，因為怕消費者卻步，不來消費了。

㉔ 同仁ㄊㄨㄥˊㄖㄣˊ　　tóngrén　　colleague, co-worker
同事，一起工作的人

我們歡迎新進同仁加入我們公司。

㉕ 牛仔褲ㄋㄧㄡˊㄗㄞˇㄎㄨˋ　　niúzǐkù　　jeans

㉖ T恤ㄒㄩˋ　　T xù　　T-shirt

㉗ 球鞋ㄑㄧㄡˊㄒㄧㄝˊ　　qiúxié　　sneakers, trainers

㉘ 適當ㄕˋㄉㄤˋ　　shìdàng　　adequate, proper
合適

說話的藝術就是在適當的時候說適當的話。

㉙ 自律ㄗˋㄌㄩˋ　　zìlǜ　　to be self-disciplined
自己管理自己

即使法律沒有規定，媒體也應該自律，不能隨便報導。

㉚ 轉型ㄓㄨㄢˇㄒㄧㄥˊ　　zhuǎnxíng　　to transform

因應時代的進步，傳統產業必須思考如何轉型。

㉛ 資深ㄗㄕㄣ　　zīshēn　　senior
在工作上有很久的經驗

他在金控領域已經二十多年了，是資深的金融專業人員。

㉜ 解說ㄐㄧㄝˇㄕㄨㄛ　　jiěshuō　　to comment and explain
解釋說明

資深導遊為參觀者解說這地方的歷史。

㉝ 資料庫ㄗㄌㄧㄠˋㄎㄨˋ　　zīliàokù　　database

㉞ 分析ㄈㄣㄒㄧ　　fēnxī　　analysis, to analyze

透過專家的分析，讓我們更加了解目前的經濟情況。

㉟ 屬於ㄕㄨˇㄩˊ　　shǔyú　　to belong to...
是另一個的一部分

國家的主權是屬於全人民的。

㊱ 典ㄉㄧㄢˇ型ㄒㄧㄥˊ　diǎnxíng　typical
有代表性的人或事物

台灣的故宮博物院是典型的中國式建築。

㊲ 類ㄌㄟˋ型ㄒㄧㄥˊ　lèixíng　kind, type
種類型態

不管什麼類型的比賽，都是一種競爭。

㊳ 展ㄓㄢˇ現ㄒㄧㄢˋ　zhǎnxiàn　to show, to demonstrate
表現出來讓大家看到

學生在學期末展現他們的學習結果。

㊴ 理ㄌㄧˇ財ㄘㄞˊ　lǐcái　to manage finances, to manage money
管理財務

他很會理財，每個月的薪水，一部分存銀行，一部分投資。

㊵ 規ㄍㄨㄟ劃ㄏㄨㄚˋ　guīhuà　to plan
做完整長期的計畫

即將畢業的學生，應該要好好規劃未來職涯。

㊶ 業ㄧㄝˋ務ㄨˋ　yèwù　job, business
工作上要做的事情

我是理財規劃師，替別人理財就是我的業務。

㊷ 洗ㄒㄧˇ錢ㄑㄧㄢˊ　xǐqián　to launder money
把不合法得到的錢，透過金融方式變成合法的錢

有一些政府官員把貪汙的錢，透過到國外買房子的方法洗錢。

㊸ 防ㄈㄤˊ制ㄓˋ　fángzhì　control and prevention
預防控制阻止

根據空氣汙染防制法，不能隨便燒東西汙染空氣。

㊹ 開ㄎㄞ發ㄈㄚ　kāifā　to dcvclop (business)

台灣企業積極開發歐洲市場，擴大經營規模。

01	中國信託控股公司	Zhōngguó xìntuō kònggǔ gōngsī	CTBC Financial Holding Co., Ltd.
02	區塊鏈	qūkuàiliàn	blockchain
03	羅宏瑜	Luó Hóngyú	Hung-yu Luo (name) 人名
04	副總	fùzǒng	deputy general manager 副總經理
05	王俊權	Wáng Jùnquán	Chun-chuan Wang (name) 人名
06	法金	fǎjīn	corporate trade finance 法人金融
07	個金	gèjīn	personal finance 個人金融

句型 *Sentence Pattern*

1 …以因應…

政府將研擬防治措施，以因應流感疫情的擴大。

政府提出各項激勵消費的措施，以因應景氣趨緩對經濟的衝擊。

2 …是…的原因之一

企業投資意願不高是景氣低迷的原因之一。

覓食困難是北極熊攻擊人類的原因之一。

3 以…為重點

這一次主計處的報告以穩定國內經濟為重點。

本公司未來發展以開發人工智慧為重點

課文理解與討論 ▸▸

❶ 中信金控在台大校園徵才博覽會如何展現其科技實力？

❷ 在活動現場，中信金控如何讓求職者更了解這家公司？

❸ 中信今年要徵多少人？徵才的重點是什麼？

❹ 中信銀行人力資源處長認為新世代年輕人不加入金融業的原因是什麼？

❺ 今年中信在職場文化上有什麼改變？為什麼？

❻ 「FinFace For Future」是什麼樣的遊戲？

這遊戲對中信有什麼意義？

❼ 中信今年徵才以哪些職缺為重點？

❽ 從這篇文章中，你可以看出金融業有什麼樣的發展趨勢嗎？

❾ 你認為要進入金控公司，應該要具備哪些條件？

❿ 看完這篇文章，你認為要怎麼規劃你未來的職涯？

❶ 請根據下面的培訓系統，完成連連看任務。

第一年	第二年

六大共通學程+金融專業學程

系統化且與時俱進的六大訓練學程+紮實專業訓練

新人訓練
快速融入企業文化
認識金融專業

廣度學習
各事業單位輪調，奠定業務知識基礎
提供派駐歷練及海外出差訓練

深度學習
企業單位輪調
提升策略視野高度

完訓分發
（國內或海外）
持續依職位需求
提供訓練

導師制度
提供專案建議、企劃力指導、職涯上的諮詢與關懷

資料來源：中國信託金控公司 2020 儲備幹部計畫

(a) 提供專案建議　　　　　　　　　　（　　　　　）新人訓練

(b) 提供海外出差訓練

(c) 認識金融專業　　　　　　　　　　（　　　　　）廣度學習

(d) 企業單位輪調

(e) 奠定業務知識基礎　　　　　　　　（　　　　　）深度學習

(f) 提升策略視野高度

(g) 職涯諮詢與關懷　　　　　　　　　（　　　　　）導師制度

(h) 融入企業文化

(i) 依職位需求持續訓練　　　　　　　（　　　　　）完訓分發

附錄：兩篇主新聞內容的簡體字版 ▶▶

第三课 台大征才博览会 释出 2.5 万职缺

【记者冯靖惠、沈婉玉／台北报导】台大校园征才企业博览会昨登场，今年两百九十七家企业、四百廿三个摊位参加，都创历年最高，共释出二点五万个工作机会。包括鸿海、台积电、联发科等多家指标大厂，都祭出一百到一百五十万元年薪抢才；准台大毕业生说，最在意的不见得是薪资，更看重兴趣和培训机制。

昨天下着雨，但知名大厂的摊位上仍挤得水泄不通，抢填履历的准毕业生，满到摊位外。台积电今年预计聘用两千名新人，以硕士工程师为例，年薪加员工分红约一百四十万元，换算平均月薪约十二万元，若以本薪四万多元估算相当于卅二个月。

鸿海今年扩大展开「AI人才招募计画」，征才人数不设限，新进工程背景大学毕业生起薪四万元以上，硕士毕业生起薪四点五万元以上，并以工作绩效为导向，发放员工分红及绩效奖金，第一年就能挑战百万年薪，也有机会赴海外挑战。

联发科表示，因应公司布局AI、5G、AIoT（智慧物联网）等关键技术领域，今年招募逾千名的研发创新人才，提供硕士毕业生保障年薪一百万元起跳、博士一百五十万元以上的高薪，每年还提拨员工绩效与分红奖金。

国内十家金控则共开出逾三万个职缺，因应数位金融趋势，今年金融业征才也吹着浓浓科技风，各家都要扩编数位、智能金融部门，非金融背景专才也有机会进金融领域。

储备干部（MA）是进入金融业待遇佳、升迁快的「快速超车道」，今年十家金控公司共计要招募四四一位MA，包括富邦金、中信金等，今年都开出六十名MA职缺，创新高。

台大土木系许姓学生说，他较不在意薪资，「不要太夸张都能接受」，主要是看职缺类别是否符合需求。台北科大工业工程系庄姓学生也说，较在意工作环境和团队气氛，薪水不是优先考量。他也瞭解产学落差问题，希望公司有完善培训计画。

台大环境工程所博士生许明皓说，未来考虑到台积电等半导体业工作。他坦言，大学教职因职缺太少，不是他的选项。谈到流浪博士现象，他则认为念博士的人愈来愈少，反而出现断层，业界若有博士缺，竞争应较小。

第四课　中信金控招新血　欢迎 AI 新人类

【记者沈婉玉／台北报导】中国信托金融控股公司昨前进台大校园征才博览会，与现场青年学子互动、畅谈职涯发展，邀请不同领域、不分国籍的人才加入中国信托金控。活动现场亦展示中信金控数据科技的实力，设置「FinFace For Future」人脸扫描趣味游戏，吸引学生与求职者排队体验。

中信金控表示，今年预计征才五千人，征才重点除高移动性、外语能力佳的金融专业人才，欢迎具备创新思维、跨界潜力的多元背景人才加入，以因应AI（人工智能）、大数据、区块链等金融科技的发展，迎向国际化与数位化浪潮。

中信银行全球人力资源处处长罗宏瑜表示，金融业传统制式的服装规定，是新世代年轻人或 IT（资讯科技）人才却步的原因之一，今年中信金控宣布施行弹性服装制度，改变金融业职场文化，若无重要对外会议，非营业单位的同仁可穿牛仔裤、T恤、球鞋上班，鼓励同仁追求「适当的弹性、自律的自由」，在金融转型中持续创新。

中国信托银行数据研究发展中心资深副总王俊权在活动现场解说「FinFace For Future」趣味游戏，参加者可透过人脸扫描，经过数据资料库分析，了解自己是属于典型、多元或是创新类型的金融人才。此游戏展现目前中信金控拥有的 AI 及大数据科技，以及未来金融服务发展的趋势。

　　中信金控表示，今年征才项目以储备干部（MA）、法金信用分析人员(ACM)、个金理财规划师、个金业务、资讯、洗钱防制、保险业务、大数据、AI 开发工程师、商业分析师、资料科字家为重点。

高壓工作與遺傳疾病

第五課：壓力與疾病
第六課：遺傳疾病

學習目標

1 能學會在高壓下工作之職業名稱
2 能說明高壓工作對身體之影響
3 能學會與遺傳有關之疾病名稱
4 能說明遺傳疾病之症狀及比率

壓力與疾病

熬夜高壓工作
胃潰瘍機會大

醫師呼籲別隨便熬夜 否則得花5、6天才能補回來

課前閱讀

請看新聞標題，再回答以下問題：

❶ 「熬夜」是什麼意思？

❷ 「胃潰瘍」是身體哪個器官的疾病？

❸ 「補回來」是補「什麼」回來？

熬夜高壓工作
胃潰瘍機會大

醫師呼籲別隨便熬夜 否則得花5、6天才能補回來

記者鄧桂芬／專題報導

昨天華航勞資的「紅眼協商」會議從凌晨1點連續交戰11小時，包括政府官員等三方人馬都相當疲憊、呵欠連連，還有一名華航法務經理，出現了胃痙攣及流鼻血等不適情形，醫師看了都搖頭。

醫師呼籲民眾千萬別隨便熬夜打亂生理時鐘，否則自律神經及內分泌系統都會大亂，社會人士還得花5到6天，才能把睡眠補回來。

振興醫院精神醫學部主治醫師嚴烽彰說，在一般正常生理時鐘運作下突然熬夜，且進行高壓緊張的會議，體內壓力荷爾蒙就會上升，打亂生長激素。

嚴烽彰解釋，生長激素幫助小孩子成長，但對成人來說，可修補耗損細胞，讓心肺及腸胃獲得休養。若於該睡覺的時間不睡，本來應該休息的腸胃繼續蠕動，此時可能就會造成痙攣，「這可是非常痛的！」

此外，若熬夜又喝咖啡等提神飲料，還可能造成胃發炎及胃潰瘍。嚴烽彰舉例，包括常飛長程跨時區的機師及空服員、需輪值大小夜班的護理師或早市工作者等，只要是得動腦筋或於緊張工作狀態下的人，胃潰瘍機會都很大。

嚴烽彰說，熬夜後補眠，年輕學生可能只需要1至2天即可，一般人恐得花5到6天才能補回來，代謝更慢的老人家更要花半個月以上。

門診就遇過不少空姐長期有睡眠障礙，得拿安眠藥才能睡著，還會特別於國外購買褪黑激素服用。

熬夜工作不只可能發生睡眠剝奪、胃痙攣或胃潰瘍，台北榮總臨床毒物與職業醫學科主治醫師吳明玲指出，因血壓會升高，心血管疾病風險也隨之升高，若短時間壓力太大，嚴重者還可能突發心臟病昏倒。

另因身體疲勞，注意力也不集中，幾乎是全面性影響。

嚴烽彰表示，雖然夜班工作者幾乎有工作加給，但「都是用生命換的。」也許熬夜一天還好，但再熬第二天，「你就知道了。」而紅眼協商會議，常熬夜的機師也許撐得過去，但對朝九晚五的主管級人員恐一天就受不了。

嚴烽彰說，站在醫師立場，呼籲民眾不要隨便亂熬夜，工作也盡量別選夜班。若實在不得已，上夜班者應持續上夜班，讓身體與器官記住並習慣你的作息，否則上「花花班」會更傷身。

吳明玲也提醒，有糖尿病、心血管疾病、腸胃疾病、甲狀腺機能不佳、癲癇及中風病史者，因為健康耐受性差，熬夜工作發病機會也高，平時工作盡量別加班或輪值夜班，如果不得已加班，一定要休息足夠。

（取自 2019/2/14 聯合報）

01 高壓 gāoyā
stressful, high pressure
壓力很大

在高壓環境下，人的判斷力及專注力都會變差。

02 胃 wèi
stomach
人的器官

03 潰瘍 kuìyáng
ulcer
消化道、內臟等組織，因為破損而產生傷口

壓力大是導致胃潰瘍的重要原因之一。

04 補回來 bǔ huílái
to make up (loss)
把失去的再補充回來

中醫相信如果身體裡的營養失去了，可以靠食物補回來。

05 勞資 láozī
labor and employer
勞方跟資方，員工跟老闆

員工重視工作的福利好壞、薪資高低，而經營者在乎利潤，因此常常產生勞資糾紛。

06 紅眼 hóngyǎn
red-eye
眼睛發紅。延伸意思是指因為工作時間太晚而使眼睛累得發紅

航空公司為了降低成本而安排很多在深夜起飛的紅眼班機。

07 協商 xiéshāng
to discuss, to negotiate
共同商量

這次兩國的交流活動內容，由雙方共同協商決定。

08 會議 huìyì
meeting
大家一起開的會

今天的會議是要討論如何防範公司的資料外洩。

09 交戰 jiāozhàn
to battle
雙方發生衝突如作戰

大家針對企劃案的內容爭論 (to argue) 得很激烈，有如多方在交戰。

10 官員 guānyuán
(government) official
地位較高的政府人員

11 人馬 rénmǎ
(close) staff
人員

國民都認為錢先生是總統的人馬，他說的話能代表總統的立場。

12 疲憊 píbèi
to be exhausted
非常疲累

若我熬夜工作，第二天一定疲憊得不得了。

⑬ 呵欠 hēqiàn — to yawn
想睡覺時張大口呼氣

由於昨晚睡眠不足，今天開會時我不斷地打呵欠。

⑭ 連連 liánlián — subsequently, one after another
一個接著一個、連續

晚會內容既豐富又精采，真是好戲連連，得到觀眾喜愛。

⑮ 法務 fǎwù — legal affairs
與法律有關的事務

每家跨國公司都會請法務人員來處理與國外業務有關的合約問題。

⑯ 痙攣 jìnglüán — spasm
肌肉忽然發生不自主的收縮，並有疼痛的感覺

姊姊容易緊張，壓力一大就會胃痙攣，胃常痛得無法忍受 (to endure)。

⑰ 流鼻血 liú bíxiě — to have a nose bleed
鼻子流血

弟弟被籃球打到了鼻子，立刻就流出了鼻血。

⑱ 不適 búshì — to feel discomfort
不舒服

很難調整時差的人，長程飛行後就會感到身體不適。

⑲ 搖頭 yáotóu — to shake head
搖動頭部

華人的習慣，「點頭」表示「要、是」，「搖頭」表示「不要、不是」。

⑳ 生理時鐘 shēnglǐ shízhōng — internal clock
由大腦控制的生理反應，對時間具有估計功能，使生理呈現週期性的運作。動物的睡眠、進食、活動等都受生理時鐘影響。

我一定要準時吃飯、睡覺，否則我的生理時鐘會抗議。

㉑ 自律神經 zìlǜ shénjīng — autonomic nervous system (ANS)

從台北坐飛機到紐約，因為日夜相反，打亂了生理時鐘，使得自律神經也受到影響。

㉒ 內分泌 nèifēnmì — endocrine

㉓ 系統 xìtǒng — system
由身體裡不同的器官共同組成，以進行某種特定的生理作用

我們身體裡有很多系統，比如：呼吸系統、內分泌系統、神經系統等。

㉔ 睡ㄕㄨㄟˋ眠ㄇㄧㄢˊ　　shuìmián　　sleep
睡覺的狀態

睡眠環境會影響睡眠品質，若環境不舒適，人就無法擁有足夠的睡眠。

㉕ 突ㄊㄨˊ然ㄖㄢˊ　　túrán　　suddenly
忽然

蜂炮突然發射出來，咻咻的爆炸聲掀起活動高潮。

㉖ 荷ㄏㄜˊ爾ㄦˇ蒙ㄇㄥˊ　　hé'ěrméng　　hormone

荷爾蒙分泌 (secrete) 不正常，會影響孩子的成長。

㉗ 生ㄕㄥ長ㄓㄤˇ　　shēngzhǎng　　growth
成長過程

㉘ 激ㄐㄧ素ㄙㄨˋ　　jīsù　　hormone

動植物的生長和發育是由很多不同的激素控制的。

㉙ 修ㄒㄧㄡ補ㄅㄨˇ　　xiūbǔ　　to mend, to repair
修理與補充

我們受傷後經過治療，身體細胞及組織會慢慢修補到健康狀態。

㉚ 耗ㄏㄠˋ損ㄙㄨㄣˇ　　hàosǔn　　wearout
消耗 (consumption)、損失

手機電池 (diànchí, battery) 在充電過程中會造成一些耗損，這些耗損會逐漸減少使用時間。

㉛ 細ㄒㄧˋ胞ㄅㄠ　　xìbāo　　cell

人體內有幾十兆 (zhào, trillion) 個細胞，細胞會不斷地生長及代謝。

㉜ 肺ㄈㄟˋ　　fèi　　lungs

肺是呼吸系統裡的一個器官。

㉝ 獲ㄏㄨㄛˋ得ㄉㄜˊ　　huòdé　　to receive
得到

環保聯盟呼籲禁止使用塑膠產品的方案獲得大量民眾支持。

㉞ 休ㄒㄧㄡ養ㄧㄤˇ　　xiūyǎng　　to rest
休息、恢復

因病開刀後都需要一段休養期來恢復健康。

㉟ 蠕ㄖㄨˊ動ㄉㄨㄥˋ　　rúdòng　　to creep, peristalsis
慢慢動。指腸胃或毛蟲類動物的動作

毛蟲 (caterpillar) 在樹葉上蠕動著身體。

㊱ 舉ㄐㄩˇ 例ㄌㄧˋ   jǔlì   to give examples
舉一個例子

老師常用舉例的方式來說明生詞怎麼使用。

㊲ 長ㄔㄤˊ 程ㄔㄥˊ   chángchéng   long-haul
長途

他規劃到歐洲作一次長程旅遊,深入了解歐洲文化習俗。

㊳(跨ㄎㄨㄚˋ)時ㄕˊ 區ㄑㄩ   (kuà) shíqū   (cross) time zone
全球時間的區間

全球以英國格林威治 (Greenwich) 經線 (meridian) 為零度做標準,往東及往西各十二個時區,也就是共有二十四個標準時區。

㊴ 機ㄐㄧ 師ㄕ   jīshī   pilot
飛機駕駛

㊵ 空ㄎㄨㄥ 服ㄈㄨˊ 員ㄩㄢˊ   kōngfúyuán   flight attendant
飛機上的服務員

很多人羨慕機師及空服員可以一邊工作,一邊環遊世界,但是沒感受到他們辛苦的一面。

㊶ 輪ㄌㄨㄣˊ 值ㄓˊ   lúnzhí   on duty
輪流擔任工作

醫院裡二十四小時都得有人輪值,才能照顧患者。

㊷ 大ㄉㄚˋ / 小ㄒㄧㄠˇ 夜ㄧㄝˋ 班ㄅㄢ   dà/ xiǎoyè bān   night shift
夜間工作

㊸ 護ㄏㄨˋ 理ㄌㄧˇ 師ㄕ   hùlǐshī   (registered) nurse
護士

醫院裡的護理師分三班輪值,小夜班從下午 4 點上至 12 點,大夜班從夜裡 12 點上到早上 8 點。

㊹ 早ㄗㄠˇ 市ㄕˋ   zǎoshì   mornnig market
清晨的市場

媽媽於假日時喜歡到供應蔬菜水果的早市去買菜,她說新鮮又便宜。

㊺ 動ㄉㄨㄥˋ 腦ㄋㄠˇ 筋ㄐㄧㄣ   dòng nǎojīn   to stretch one's mind, to be imaginative
使用頭腦想出方法

老闆要企劃部門動動腦筋,設計吸引人的廣告,為公司招募到最佳人才。

㊻ 即ㄐㄧˊ 可ㄎㄜˇ   jíkě   ...will do
就可以

疾管局要求可能感染麻疹但尚未確診的民眾在家隔離 (home quarantine) 即可。

㊼ 空ㄎㄨㄥ 姐ㄐㄧㄝˇ   kōngjiě   stewdardess
空中小姐,女性空服員

㊽ 安ㄢ眠ㄇㄧㄢ藥ㄧㄠ   ānmiányào   sleeping pills, soporific drugs
讓人吃了可以睡覺的藥

若是睡眠品質不佳,多運動比吃安眠藥好。

㊾ 褪ㄊㄨㄣ黑ㄏㄟ激ㄐㄧ素ㄙㄨ   tùnhēi jīsù   melatonin

常搭長程飛機的人喜歡吃褪黑激素來調整時差。

㊿ 服ㄈㄨ用ㄩㄥ   fúyòng   to take (medicine)
吃(藥)

若不按時 (on time) 服用藥物,會降低藥物的功效。

51 血ㄒㄧㄝ壓ㄧㄚ   xiěyā   blood pressure

52 (心ㄒㄧㄣ) 血ㄒㄧㄝ管ㄍㄨㄢ   (xīn) xiěguǎn   of heart and blood vessels, cardiovascular
輸送血的通道。心血管是心臟的血管

53 隨ㄙㄨㄟ之ㄓ   suízhī   afterward
跟著…(就)

空服員接觸了流感病患後也隨之發病。

54 突ㄊㄨ發ㄈㄚ   túfā   sudden, unexpected
突然發生、出於意外

颱風導致大眾運輸停擺,這是突發狀況,難以避免。

55 昏ㄏㄨㄣ倒ㄉㄠ   hūndǎo   to faint
失去意識 (consciousness)

他因為體力不足,在跑了一千五百公尺後就昏倒了。

56 疲ㄆㄧ勞ㄌㄠ   píláo   fatique
疲累

日積月累的疲勞導致她的心臟出了問題。

57 集ㄐㄧ中ㄓㄨㄥ   jízhōng   to concentrate, to focus
往一個地方集合

睡眠不足使他無法集中精神,失去了專注力。

58 加ㄐㄧㄚ給ㄐㄧ   jiājǐ   extra pay
因工作有特別要求而多得的薪資

由公司派遣到國外工作的員工能領到不少的職務加給。

59 撐ㄔㄥ (得ㄉㄜ) 過ㄍㄨㄛ去ㄑㄩ   chēng (de) guòqù   to survive (hardship)
熬過去

到一個新環境工作往往不易適應,但是只要前三個月撐得過去,大概就沒問題了。

60 朝九晚五 zhāojiǔ wǎnwǔ
nine-to-five
從早上九點工作到下午五點

一般朝九晚五的上班族只能在周末假日做一些休閒活動。

61 主管 zhǔguǎn
manager, superintendant
負責管理的人，如：經理

當一位好主管要按照員工的能力來調整工作，不能只要求利潤績效。

62 立場 lìchǎng
position
批評、觀察問題時所在的地位和所保持的態度

站在主管的立場，員工做完工作才下班是應該的。

63 不得已 bùdéyǐ
to have no choice but...
不願意，但不能不這樣…

王小姐因為懷孕後身體嚴重不適，不得已才辭職的。

64 記住 jizhù
to remember, to keep in mind
不忘記

我得記住後天早上有個重要會議，不能遲到。

65 作息 zuòxí
life pattern
工作與休息、生活時間

爸媽兩人的作息不同，爸爸喜歡熬夜，而媽媽喜歡早睡早起。

66 花花班 huāhuā bān
chaotic shift schedule
形容輪值、排班沒有規律 (regularity)

姊姊是空服員，輪值的時間常是花花班，使她內分泌不太正常。

67 傷身 shāngshēn
to be harmful to health
傷害身體

喝酒、抽菸過量都會傷身。

68 糖尿病 tángniàobìng
diabetes

69 甲狀腺 jiǎzhuàngxiàn
thyroid

70 機能 jīnéng
function
功能、作用

甲狀腺機能低下的人，容易疲勞、體重增加、心跳變慢、體溫下降。

71 癲癇 diānxián
epilepsy

癲癇病人應避免作息不正常或是熬夜，才可以減少發病次數。

㊲ 中ㄓㄨㄥˋ風ㄈㄥ　　　　zhòngfēng　　　stroke

現代人得到糖尿病及中風的年齡有降低的趨勢。

㊳ 耐ㄋㄞˋ受ㄕㄡˋ性ㄒㄧㄥˋ　　nàishòuxìng　　endurance
忍耐及承受的程度

㊴ 發ㄈㄚ病ㄅㄧㄥˋ　　　　fābìng　　　outbreak (of disease)
疾病發生

麻疹患者往往發病後才知道遭受感染。

專有名詞　*Proper Noun*

㉑	華ㄏㄨㄚˊ航ㄏㄤˊ	Huáháng	China Airlines 中華航空公司
㉒	振ㄓㄣˋ興ㄒㄧㄥ醫ㄧ院ㄩㄢˋ	Zhènxīng yīyuàn	Cheng Hsin General Hospital 台北一家醫院名字
㉓	精ㄐㄧㄥ神ㄕㄣˊ醫ㄧ學ㄒㄩㄝˊ部ㄅㄨˋ	Jīngshén yīxué bù	Department of Psychiatry
㉔	主ㄓㄨˇ治ㄓˋ醫ㄧ師ㄕ	zhǔzhì yīshī	visiting staff (doctor), attending physician
㉕	台ㄊㄞˊ北ㄅㄟˇ榮ㄖㄨㄥˊ總ㄗㄨㄥˇ	Táiběi Róngzǒng	Taipei Veterans General Hospital 台北榮民總醫院
㉖	臨ㄌㄧㄣˊ床ㄔㄨㄤˊ毒ㄉㄨˊ物ㄨˋ與ㄩˇ職ㄓˊ業ㄧㄝˋ醫ㄧ學ㄒㄩㄝˊ科ㄎㄜ	Línchuáng dúwù yǔ zhíyè yīxué kē	Division of Clinical Toxicology and Occupational Medicine

1 千萬別…，否則…

颱風來襲前，千萬別出國旅行，否則可能會因機場關閉而滯留在外。

專家說千萬別空腹喝咖啡，否則可能會造成胃潰瘍。

2 S1 只…即可，S2 恐得 (děi)…

一般人感冒只需休息即可，得到流感的患者恐得治療一個月才行。

跑 1000 公尺，16 歲的學生只要 4、5 分鐘即可，60 歲的人恐得跑 10 分鐘才跑得完。

3 因（主題一）…，（主題二）也隨之…

因原物料價錢上漲，餐廳食物也隨之漲價。

颱風登陸後，因雨量過大造成洪災，大眾運輸系統也隨之關閉。

4 站在…立場

擴大投資這個方案的風險太大，我是站在反對的立場。

站在創業者的立場，能招募到人才並有效培訓人才是能否成功的關鍵。

課文理解與討論 ▸▸

❶ 為什麼說華航勞資的協商會議是「紅眼協商」？

❷ 協商會議之後，華航的法務經理出現了什麼狀況？

❸ 醫生呼籲民眾千萬別熬夜，為什麼呢？

❹ 一個人在生活正常時突然熬夜，會產生什麼問題？

❺ 生長激素對小孩及成人各有什麼重要性？

❻ 在該睡覺的時間不睡覺，會對腸胃造成什麼問題？

❼ 哪些行業的員工胃潰瘍的機會較大？

❽ 熬夜之後，學生、一般成人跟老人得花多少時間才能補回來？

❾ 空姐如何解決睡眠障礙問題？

❿ 熬夜除了睡眠障礙、胃潰瘍外，還會引起什麼疾病？

⓫ 為什麼醫生說「夜班加給都是用命換的」？

⓬ 站在醫師立場，呼籲不得已上夜班時應該怎麼做？

⓭ 醫師表示，哪類民眾最好不要上夜班？

⓮ 你會熬夜嗎？為什麼熬夜？

⓯ 你熬夜後有什麼影響？多久才能補回來？

❶ 請參考以下資料,你認為熬夜最可怕的影響是什麼?

❷ 在了解熬夜會產生這麼嚴重的影響後,為什麼還有不少人會熬夜?請說說你的想法。

熬夜也沒什麼壞處!頂多有 10 個影響
原文網址:ETtoday 健康雲 | ETtoday 新聞雲
https://health.ettoday.net/news/887158#ixzz5y3TSrRMo

1.	也就是讓你眼睛長點眼結石,頂多失明 -- 長期熬夜造成的過度勞累,可能引發視網膜 (Retina) 炎,導致視力驟降。
2.	也就是讓你猝死的機率再大一點 -- 慢性睡眠剝奪會促進高血壓、肥胖和糖尿病的發展,而高血壓、肥胖等剛好是誘導 (to trigger off) 心臟病發作的因素。
3.	也就是能讓你離癌症更近一點 -- 長期熬夜是腫瘤 (tumor) 高發的一個誘因 (incentive),因為熬夜會導致內分泌激素紊亂,使得細胞代謝異常,影響人體細胞正常分裂,導致細胞突變,提高患癌風險。
4.	也就是讓年輕愛美的你變胖變醜而已 -- 倫敦睡眠學校一項研究顯示,每天少睡兩小時,持續一周,女性長出細紋和皺紋 (wrinkles) 的數量增加了 45%,長出斑點 (speckles) 的數量增加了 13%。
5.	也就是讓你再也睡不著覺而已 -- 人的交感神經 (sympathetic nervous system) 應該是夜間休息、白天興奮,但熬夜者的交感神經卻是在夜晚興奮,熬夜後的第二天白天,交感神經就難以充分興奮了,會使人沒精神、頭昏腦脹、記憶力減退、反應遲鈍、健忘等。

6.	也就是讓你不孕、不育機率增加而已 -- 男性長期熬夜會使體內激素紊亂，內分泌失調，雄激素低了，雌 (female) 激素升高，就會引起不育。而女性的話，同樣會導致體內激素發生變化，一旦雌激素分泌不足，造成卵巢 (ovary) 功能衰退。
7.	也就是讓你早點高血壓而已 -- 據統計，美國 20% 的心肌梗塞 (infarction) 和 15% 的心源性猝死發生在夜間。熬夜加班可導致交感神經興奮，並誘發致命性心律失常及血壓升高。
8.	也就是讓你心臟病早點發作而已 -- 熬夜的人可能出現心肌暫時性缺血缺氧，發生心絞痛。夜間血液處於高凝結 (condensed) 狀態，也更容易形成血栓 (thrombus)，進而引發腦中風和心肌梗塞等。
9.	也就是讓你更快成為禿子而已 -- 晚上長時間工作，大腦中樞 (central) 神經長時間處於高度緊張狀態，導致神經紊亂，皮膚、毛細血管收縮功能失調，頭皮局部血管收縮使供血量減少，造成毛囊 (hair follicle) 所需營養供應不足，引起脫髮。
10.	也就是讓你腦子變笨點而已 -- 大腦在工作時會因腦細胞的高度消耗而產生大量的代謝廢物，直到睡覺的時候，大腦才會切換到「清理模式」。如果一直在熬夜工作，腦內代謝廢物聚集太多，會使人反應變得遲緩，情緒低落或者暴躁，到一定程度甚至會對大腦造成損害。

遺傳疾病

高中巴金森氏症發病
醫師：與基因有關

課前閱讀

請看新聞標題，再回答以下問題：

❶ 高中生得到巴金森氏症常見嗎？

❷ 根據標題，巴金森氏症是不是遺傳疾病？

高中巴金森氏症發病
醫師：與基因有關

【記者簡浩正／台北報導】巴金森氏症並非老年人專利，一對姐妹，妹妹17歲時出現手腳抖動、動作慢、表情僵硬等情形，原以為是學業造成焦慮，就醫竟確診為巴金森氏症，姐姐照顧妹妹多年後，在28歲時也得到相同診斷，所幸在醫療團隊協助下穩定治療，與巴金森氏症和平共處10多年。

台大醫院近年透過基因篩檢找出近200名「年輕型巴金森」患者，除了上述姐妹，還有一名18歲高中男學生，年初自覺小腿無力，運球扣籃時，使不上力，基因檢測確認為年輕型巴金森氏症。

台大醫院神經部主任吳瑞美表示，巴金森氏症非老人病，近年有年齡層下降趨勢，近兩成患者於年輕時期發病。

吳瑞美指出，全台約4萬名巴金森氏患者，巴金森氏症好發55歲以上族群，多在55到60歲間發病，年齡愈大、比率愈高，全台65歲以上長者中，每百人就有1人，主要因環境與基因交互作用導致，但也有基因異常導致的年輕型巴金森氏症，多為40歲以下患者。

年輕型巴金森氏症的發生多半與基因、家族遺傳有關。吳瑞美說，20到40歲年輕型約占15%，20歲以下少年型約5%，上述姐妹即為年輕與少年型；年輕型患者罹病，容易因不了解而延誤就醫。

上述姐妹個案，因基因異常，使大腦內多巴胺缺乏，影響大腦動作傳輸迴路，而致動作遲緩、手抖等。另外，若夫妻有巴金森氏症隱性基因，小孩有四分之一機率患病。

吳瑞美說，巴金森氏症初期症狀包含單側手抖、行走緩慢小碎步、面癱無表情等，其中3至4成患者走路不穩，若無法及早治療，更有併發失智、憂鬱症的風險，若儘早服藥加上復健，可維持正常生活。

（取自 2018/12/13 聯合報）

01 遺-傳ㄔㄨㄢˊ　yíchuán　genetic
父母的基因傳給子女

為了避免遺傳性疾病，在結婚或生育前都應做基因檢測。

02 巴ㄅㄚ金ㄐㄧㄣ森ㄙㄣˊ氏ㄕˋ症ㄓㄥ　Bājīnsēn shì zhèng　Parkinson's disease

03 老ㄌㄠˇ年ㄋㄧㄢˊ人ㄖㄣˊ　lǎoniánrén　the elderly
老人

04 專ㄓㄨㄢ利ㄌㄧˋ　zhuānlì　patent, an exclusive feature
1. 獨占利益
2. 政府對創造發明者，在一定的時間內，所給的獨自享有的利益

電腦遊戲不是年輕人的專利，老年人也能玩得很開心。

05 抖ㄉㄡˇ動ㄉㄨㄥˋ　dǒudòng　to tremble, tremor
身體或是四肢發抖、搖動

爺爺的手不停地抖動，根本拿不住悠遊卡。

06 表ㄅㄧㄠˇ情ㄑㄧㄥˊ　biǎoqíng　(facial) expression
臉上表現出的樣子，如：高興的表情、生氣的表情

那個演員演出時面無表情是為了符合劇情需求。

07 僵ㄐㄧㄤ硬ㄧㄥˋ　jiāngyìng　stiff
不能靈活轉動，可用於身體、思想、表情等

現代人由於長時間使用電腦工作，常有肩膀 (jiānbǎng, shoulder) 僵硬的問題。

08 學ㄒㄩㄝˊ業ㄧㄝˋ　xuéyè　studies, academic performance
學校的課業

老師最期盼學生的就是「態度認真、學業進步」。

09 就ㄐㄧㄡˋ醫-　jiùyī　to see a doctor
去看醫生

奶奶只要身體有個小病痛就堅持非就醫不可。

10 相ㄒㄧㄤ同ㄊㄨㄥˊ　xiāngtóng　the same
一樣

颱風與颶風名字不同，但是有相同的威力。

11 診ㄓㄣˇ斷ㄉㄨㄢˋ　zhěnduàn　to diagnoze, diagnosis
醫生按照症狀判斷是什麼疾病

經實際檢測，再加上醫師診斷，確定他感染了麻疹。

生詞 New Word

⑫ 所幸 suǒxìng
fortunately
還好、幸好

機場航廈因颱風漏水，所幸相關單位迅速處理，才未導致更大災情。

⑬ 協助 xiézhù
to help, to assist
幫助

在政府協助下，開發人工智慧的公司有了新的研發成果。

⑭ 治療 zhìliáo
to remedy, to treat (a disease), remedy, treatment
治（病）

糖尿病若經過治療可以保持病情穩定，但不容易完全治療好。

⑮ 和平共處 hépíng gòngchǔ
co-exisit in peace
和平地相處在一起

世界和平的目標就是希望文化、觀念不同的各國、各族群能和平共處。

⑯ 年初 niánchū
early the year
一年開始的頭一、兩個月時間

⑰ 自覺 zìjué
to notice, to realize
自己察覺

弟弟自覺在研發能力上不如哥哥，就往管理方面發展了。

⑱ 無力 wúlì
powerless, to be exhausted
沒力氣

感染流感，除了發燒、喉嚨痛，還會全身無力。

⑲ 運球 yùnqiú
to dribble
籃球場上球員拍著球移動

⑳ 扣籃 kòulán
to dunk
跳起來用雙手直接把球放進籃框內

那個球員運著球往前跑，閃躲過好幾個對方球員，接著就扣籃成功了。

㉑ 使不上力 shǐ bú shàng lì
not to be of any help
沒辦法用力、沒辦法幫忙做事，可用於抽象事情

我對人工智慧完全不懂，你的投資計畫我使不上力。

㉒ 檢測 jiǎncè
to check, to test
檢查、測驗

食品賣給消費者前都需要經過檢測，看看是否安全。

㉓ 年齡層 niánlíngcéng
age group
按照不同年齡分層

有些網路遊戲適合各年齡層，無論老少都喜愛。

㉔ 好ㄏㄠˇ發ㄈㄚ　　　hàofā
to occur mostly
容易發作，多指疾病

高血壓、心臟病好發於年齡層較高的族群。

㉕ 比ㄅㄧˇ率ㄌㄩˋ　　　bǐlǜ
ratio
比例

搭大眾運輸工具的人口比率漸增，但仍未達人口數的一半。

㉖ 交ㄐㄧㄠ互ㄏㄨˋ作ㄗㄨㄛˋ用ㄩˋ　jiāohù zuòyòng
interaction
兩種事物因為互相影響所產生的作用

在兩個颱風交互作用下，給島上居民帶來更大的威脅。

㉗ 異ㄧˋ常ㄔㄤˊ　　　yìcháng
abnormal, abnormality
跟平常不同

氣候異常導致動植物的生理時鐘也亂了。

㉘ 家ㄐㄧㄚ族ㄗㄨˊ　　　jiāzú
family
相同姓氏的大家庭

有些企業是由整個家族一起經營，這種家族企業有時較保守。

㉙ 少ㄕㄠˋ年ㄋㄧㄢˊ　　　shàonián
adolescent, youthful
年輕時

他少年時期由於膽子大，敢接受挑戰，因此留下許多美好回憶 (memory)。

㉚ 即ㄐㄧˊ為ㄨㄟˊ　　　jíwéi
to be
📖 就是

許多疾病會遺傳給下一代，色盲 (color-blindness)、血友病 (hemophilia) 即為遺傳性疾病。

㉛ 罹ㄌㄧˊ病ㄅㄧㄥˋ　　　líbìng
to fall ill
患病

整天暴露在廢氣、二手菸 (secondhand smoke) 的環境中，罹病的比率比其他人高很多。

㉜ 延ㄧㄢˊ誤ㄨˋ　　　yánwù
to delay
延遲耽誤 (to delay)

因為所招募的人才能力不足，延誤了新產品的推出時間。

㉝ 大ㄉㄚˋ腦ㄋㄠˇ　　　dànǎo
cerebrum
腦子

㉞ 多ㄉㄨㄛ巴ㄅㄚ胺ㄢˋ　　　Duōbā'ān
Dopamine
一種大腦的分泌物 (secretion)，會影響人的情緒 (emotions) 和行動

35 傳輸ㄕㄨ　chuánshū　to transmit
傳導輸送

電信公司以「本公司網路傳輸速度最快」來吸引使用者。

36 迴ㄏㄨㄟˊ路ㄌㄨˋ　huílù　circuit
大腦內傳送訊息的環狀 (circular) 路線

37 致ㄓˋ　zhì　to cause, to lead to
書 「致使、導致」的縮略

因狂風暴雨侵襲全島而致陸上交通全癱。

38 遲ㄔˊ緩ㄏㄨㄢˇ　chíhuǎn　to be retarded
晚而慢

唐氏症 (Down syndrome) 是一種遺傳性疾病，會導致幼兒生長遲緩。

39 夫ㄈㄨ妻ㄑㄧ　fūqī　husband and wife
丈夫與妻子

40 隱ㄧㄣˇ性ㄒㄧㄥˋ　yǐnxìng　recessive
在遺傳中某個基因不易顯現的性狀，相對為顯性

遺傳基因分為兩種，一種是隱性基因，一種是顯性基因。很多隱性遺傳 (recessive trait) 疾病不易事先發現。

41 患ㄏㄨㄢˋ病ㄅㄧㄥˋ　huànbìng　to fall ill
得病、罹病

42 初ㄔㄨ期ㄑㄧˊ　chūqí　initial (symptom)
剛開始

43 包ㄅㄠ含ㄏㄢˊ　bāohán　to include
包括

物價上漲不只是東西變貴了，還包含了社會安定也會受到影響。

44 單ㄉㄢ側ㄘㄜˋ　dāncè　unilateral
身體的一個側邊

爺爺中風後，出現身體單側無力的症狀。

45 行ㄒㄧㄥˊ走ㄗㄡˇ　xíngzǒu　to walk
走

在雪地行走極為不易，只能以緩慢的速度前進。

46 碎ㄙㄨㄟˋ步ㄅㄨˋ　suìbù　to scurry
小而快的腳步

幼兒踏著小碎步，向爸爸奔跑過去。

47 及早　jízǎo　as early as possible
書趁早

業界為了因應人才斷層之情況，都及早招募儲備幹部。

48 失智　shīzhì　dementia
認知能力 (cognitive ability) 產生障礙

失智者很容易忘記回家的路。

49 憂鬱症　Yōuyù zhèng　Depression

現代科技發達，生活舒適，但得到憂鬱症的人卻愈來愈多。

50 儘早　jǐnzǎo　as early as possible, at the earliest possible instance
書儘量早一點

民眾促政府儘早完成酒駕重罰的修法工作。

51 復健　fùjiàn　to rehabilitate
利用物理治療 (physiotherapy) 使身體恢復健康

他被車撞傷了腿以後，天天到醫院復健，希望能早日正常行走。

專有名詞　*Proper Noun*

01 神經部　Shénjīng bù　Department of Neurology

句型　*Sentence Pattern*

1 原以為…，竟…

原以為飛機能順利起飛，沒想到竟因雨勢過大而滯留在機場。

政府原以為這個政策會得到支持，沒想到人民竟強烈反對。

2 …，所幸…

國際原油大漲，所幸本公司已及早大量購入，才未增加成本。

該班高鐵的旅客都暴露在麻疹威脅之下，所幸他並未感染到。

3 …愈…，…愈…

醫師接觸的病患愈多，感染傳染病的機會愈大。

公司制度愈完善，愈能吸引優秀 (outstanding) 人才。

4 因…，使…，而致…

因經濟衰退，使投資者採取觀望態度，而致房地產銷售不佳。

因爆發流感，使至醫院施打疫苗者大增，而致疫苗不敷使用。

課文理解與討論 ▸▸

❶ 巴金森氏症是老人的專利嗎？

❷ 新聞裡得到巴金森氏症的姊妹是何時發病的？

　妹妹是怎麼發現得的病？

❸ 除了這對姊妹，另一個年輕的患者是怎麼發現的？

❹ 近年發現年輕人得到巴金森氏症的比率是多少？

❺ 一般來說，巴金森氏症好發的年齡層是幾歲？

❻ 65 歲以上的巴金森氏症患者比率有多高？

❼ 年輕人得到巴金森氏症多與什麼有關？20 歲以下比率有多少？

❽ 巴金森氏症患者會出現什麼症狀？是怎麼造成的？

❾ 若父母都有巴金森氏症隱性基因，小孩遺傳到的機率是多少？

❿ 若未及早治療巴金森氏症，未來會有什麼風險？

⓫ 得了巴金森氏症的患者能過正常的生活嗎？

⓬ 你知道還有哪些遺傳性疾病在年輕時或幼兒時就會發病嗎？

⓭ 你覺得結婚前是否應規定夫妻做遺傳性疾病篩檢？為什麼？

請站在不同立場說說看法。

❶ 男方父母：兒子結婚前請女方去做基因篩檢，確認能生育且沒有遺傳性疾病。若有則取消婚禮。

❷ 女方父母：覺得不太高興，要求男方也做相同基因檢查。但對是否能生育不太堅持。若婚禮被取消，要求對方賠償已花費的婚禮費用。

❸ 要結婚的男生：完全不在乎遺傳性疾病問題，認為結婚是兩個人的生活，有沒有孩子無所謂。若一方有病就不生孩子，也可以領養孩子。

❹ 要結婚的女生：喜歡孩子，希望有自己的孩子，雖然很愛這個男生，但若男生不能生育，需要再考慮是否結婚。

❺ 跟男女雙方都非常熟悉的大學同學：他們兩個真的非常合適，若因不確定的遺傳疾病而分手，非常可惜。結婚是兩個人的事，雙方父母為何管那麼多？

附錄：兩篇主新聞內容的簡體字版 ▸▸

第五课 熬夜高压工作　胃溃疡机会大
医师呼吁别随便熬夜　否则得花 5、6 天才能补回来

记者邓桂芬／专题报导

　　昨天华航劳资的「红眼协商」会议从凌晨 1 点连续交战 11 小时，包括政府官员等三方人马都相当疲惫、呵欠连连，还有一名华航法务经理，出现了胃痉挛及流鼻血等不适情形，医师看了都摇头。

　　医师呼吁民众千万别随便熬夜打乱生理时钟，否则自律神经及内分泌系统都会大乱，社会人士还得花 5 到 6 天，才能把睡眠补回来。

　　振兴医院精神医学部主治医师严烽彰说，在一般正常生理时钟运作下突然熬夜，且进行高压紧张的会议，体内压力荷尔蒙就会上升，打乱生长激素。

　　严烽彰解释，生长激素帮助小孩子成长，但对成人来说，可修补耗损细胞，让心肺及肠胃获得休养。若于该睡觉的时间不睡，本来应该休息的肠胃继续蠕动，此时可能就会造成痉挛，「这可是非常痛的！」

　　此外，若熬夜又喝咖啡等提神饮料，还可能造成胃发炎及胃溃疡。严烽彰举例，包括常飞长程跨时区的机师及空服员、需轮值大小夜班的护理师或早市工作者等，只要是得动脑筋或于紧张工作状态下的人，胃溃疡机会都很大。

　　严烽彰说，熬夜后补眠，年轻学生可能只需要 1 至 2 天即可，一般人恐得花 5 到 6 天才能补回来，代谢更慢的老人家更要花半个月以上。

　　门诊就遇过不少空姐长期有睡眠障碍，得拿安眠药才能睡着，还会特别于国外购买褪黑激素服用。

　　熬夜工作不只可能发生睡眠剥夺、胃痉挛或胃溃疡，台北荣总临床毒物与职业医学科主治医师吴明玲指出，因血压会升高，心血管疾病风险也随之升高，若短时间压力太大，严重者还可能突发心脏病昏倒。另因身体疲劳，注意力也不集中，几乎是全面性影响。

严烽彰表示，虽然夜班工作者几乎有工作加给，但「都是用生命换的。」也许熬夜一天还好，但再熬第二天，「你就知道了。」而红眼协商会议，常熬夜的机师也许撑得过去，但对朝九晚五的主管级人员恐一天就受不了。

严烽彰说，站在医师立场，呼吁民众不要随便乱熬夜，工作也尽量别选夜班。若实在不得已，上夜班者应持续上夜班，让身体与器官记住并习惯你的作息，否则上「花花班」会更伤身。

吴明玲也提醒，有糖尿病、心血管疾病、肠胃疾病、甲状腺机能不佳、癫痫及中风病史者，因为健康耐受性差，熬夜工作发病机会也高，平时工作尽量别加班或轮值夜班，如果不得已加班，一定要休息足够。

第六课　高中巴金森氏症发病　医师：与基因有关

记者简浩正／台北报导

巴金森氏症并非老年人专利，一对姐妹，妹妹 17 岁时出现手脚抖动、动作慢、表情僵硬等情形，原以为是学业造成焦虑，就医竟确诊为巴金森氏症，姐姐照顾妹妹多年后，在 28 岁时也得到相同诊断，所幸在医疗团队协助下稳定治疗，与巴金森氏症和平共处 10 多年。

台大医院近年透过基因筛检找出近 200 名「年轻型巴金森」患者，除了上述姐妹，还有一名 18 岁高中男学生，年初自觉小腿无力，运球扣篮时，使不上力，基因检测确认为年轻型巴金森氏症。

台大医院神经部主任吴瑞美表示，巴金森氏症非老人病，近年有年龄层下降趋势，近两成患者于年轻时期发病。

吴瑞美指出，全台约 4 万名巴金森氏患者，巴金森氏症好发 55 岁以上族群，多在 55 到 60 岁间发病，年龄愈大、比率愈高，全台 65 岁以上长者中，每百人就有 1 人，主要因环境与基因交互作用导致，但也有基因异常导致的年

轻型巴金森氏症，多为 40 岁以下患者。

年轻型巴金森氏症的发生多半与基因、家族遗传有关。吴瑞美说，20 到 40 岁年轻型约占 15%，20 岁以下少年型约 5%，上述姐妹即为年轻与少年型；年轻型患者罹病，容易因不了解而延误就医。

上述姐妹个案，因基因异常，使大脑内多巴胺缺乏，影响大脑动作传输回路，而致动作迟缓、手抖等。另外，若夫妻有巴金森氏症隐性基因，小孩有四分之一机率患病。

吴瑞美说，巴金森氏症初期症状包含单侧手抖、行走缓慢小碎步、面瘫无表情等，其中 3 至 4 成患者走路不稳，若无法及早治疗，更有并发失智、忧郁症的风险，若尽早服药加上复健，可维持正常生活。

恐怖攻擊

學習目標

第七課：炸彈攻擊
第八課：紐國傳恐攻

1 能閱讀與恐怖攻擊相關的新聞
2 能理解與恐攻相關新聞的詞彙
3 能討論恐怖攻擊事件相關內容

炸彈攻擊

索馬利亞汽車炸彈攻擊 26死

飯店挨炸後 伊斯蘭激進分子闖入掃射 警匪駁火 11 小時 4 匪全喪命 逾 56 傷

課前閱讀

請看新聞標題，再回答以下問題：

❶ 這個恐怖攻擊的事件是在什麼地方發生的？

❷ 這是什麼樣的攻擊？

❸ 從標題可以知道攻擊的人是誰嗎？

索馬利亞汽車炸彈攻擊26死

飯店挨炸後 伊斯蘭激進分子闖入掃射 警匪駁火 11 小時 4 匪全喪命 逾 56 傷

【編譯羅方妤／綜合報導】索馬利亞南部港都奇斯梅耀一家飯店十二日晚間先遭汽車炸彈襲擊，接著三名伊斯蘭武裝分子進入掃射，警匪對峙十一小時，已知廿六死五十六傷。

索馬利亞軍方當地時間十二日晚間通報稱，四名武裝分子當天在麥地那酒店入口處發動汽車炸彈爆炸襲擊，三匪隨後闖入酒店並與安全部隊交火，雙方交火至十三日早上七點才結束。一人在引爆炸彈時當場喪命，三人遭安全部隊擊斃。

罹難者包括肯亞、坦尚尼亞、美國、英國等外國公民，以及部落族長、選舉候選人和記者。兩名中國公民受傷。襲擊發生時，當地官員和部落領袖正在該酒店內舉行會議，就八月將舉行的地區選舉進行會談。

極端組織「青年黨」在網站發表聲明，宣布對此次襲擊負責，並宣稱襲擊是針對政府官員、議員及選舉候選人。索馬利亞青年黨是與「凱達」組織有關聯的極端組織，曾多次在索馬利亞和肯亞等鄰國發動襲擊。奇斯梅耀曾是青年黨的主要據點之一。

（取自 2019/7/14 聯合報）

01 炸ㄓㄚˋ彈ㄉㄢˋ　zhàdàn　bomb

02 飯ㄈㄢˋ店ㄉㄧㄢˋ　fàndiàn　hotel

03 挨ㄞ　āi　to get (beaten)
被（打、罵）

那個小孩兒挨打後，哭個不停。

04 炸ㄓㄚˋ　zhà　to explode, to blast

在法國的炸彈攻擊事件，估計有 20 多人被炸傷。

05 激ㄐㄧ進ㄐㄧㄣˋ　jījìn　radical
思想行為比一般人激烈得多

有人認為切斷激進組織的經濟來源，可以減少恐怖攻擊的事件。

06 分ㄈㄣ子ㄗ　fènzi　member (of a group)
屬於一個特別團體的人，如：知識分子

911 是歷史上死傷最慘重的恐怖分子攻擊事件。

07 掃ㄙㄠˇ射ㄕㄜˋ　sǎoshè　to shoot with a machine gun
用槍對周圍的人或動物左右來回射殺

那個年輕人闖入校園對學生掃射，造成很多學生死傷。

08 〜 匪ㄈㄟˇ　fěi　bandit
搶東西、傷害人的壞人，如：搶匪

警匪在馬路上發生槍戰，附近居民嚇得不敢出門。

09 駁ㄅㄛˊ火ㄏㄨㄛˇ　bóhuǒ　to be engaged in cross fire
互相對戰

警匪駁火將近二十分鐘，才將受傷嚴重的炸彈客逮捕。

10 喪ㄙㄤˋ命ㄇㄧㄥˋ　sàngmìng　to be killed
死亡

根據統計，去年因酒駕喪命的人比前年增加 12%。

11 港ㄍㄤˇ都ㄉㄨ　gǎngdū　harbor city
因在港口而發展起來的都市

高雄是台灣南部的港都。

12 晚ㄨㄢˇ間ㄐㄧㄢ　wǎnjiān　evening
晚上

本圖書館晚間不開放借書服務，僅供民眾在館內閱讀。

⑬ 襲擊 xíjí
to attack, to strike
在對方不注意或沒有準備的情形下攻擊

台灣沿海地區昨天遭颱風襲擊，造成嚴重損失。

⑭ 武裝 wǔzhuāng
to be armed

軍人們全身武裝地在太陽底下接受嚴格訓練。

⑮ 對峙 duìzhì
to confront each other
兩方互相對抗

兩國的軍隊在河的兩岸已對峙數週，不知誰會先發動攻擊。

⑯ 通報 tōngbào
to report
通知報告

經由一名學生通報，老師才知道兩班的學生在校外打了起來。

⑰ 稱 chēng
to say, to claim
說

抗議團體稱此次參與人數高達 10 萬人。

⑱ 入口 rùkǒu
entrance
進入一個地方的門口

在飛機場的每個入口處都提供行李 (luggage) 推車。

⑲ 發動 fādòng
to start, to launch
開始（戰爭、攻擊）

為了抓恐怖分子 (terrorist)，警方發動大規模的搜捕行動。

⑳ 部隊 bùduì
troops
軍隊

政府派出武裝部隊進入大樓搜捕恐怖分子。

㉑ 交火 jiāohuǒ
cross fire
互相發動攻擊

兩國軍隊在此次交火中，各有傷亡。

㉒ 引爆 yǐnbào
to detonate, to ignite
引發爆炸

那個人在引爆沖天炮時，不小心炸傷了自己。

㉓ 當場 dāngchǎng
on the spot
就在事情發生的那個地方

比賽時他被球打到，當場倒了下去。

㉔ 擊斃ㄐㄧˊㄅㄧˋ jíbì　to shoot and kill（用槍）打死

那個恐怖分子，在與警方對峙時當場被擊斃。

㉕ 罹難ㄌㄧˊㄋㄢˋ línàn　to die (in a disaster)遭遇災難而死

這次地震災情慘重，罹難人數已高達幾百人。

㉖ 部落ㄅㄨˋㄌㄨㄛˋ bùluò　tribe

現在很多原住民到城市念書，畢業後都願意回山上的部落服務。

㉗ 族長ㄗㄨˊㄓㄤˇ zúzhǎng　chief

㉘ 領袖ㄌㄧㄥˇㄒㄧㄡˋ lǐngxiù　leader領導的人

他具有領袖的特質，從小就領導同學玩打仗的遊戲。

㉙ 會談ㄏㄨㄟˋㄊㄢˊ huìtán　meeting雙方或多方進行商量、談話

中美雙方代表就貿易問題進行會談。

㉚ 極端ㄐㄧˊㄉㄨㄢ jíduān　extremist, radical

他們是極端分子，主張用最激進的方式解決問題。

㉛ 發表ㄈㄚㄅㄧㄠˇ fābiǎo　to make announcement在公共的地方說

我覺得你最好不要在網路上發表極端的意見。

㉜ 議員ㄧˋㄩㄢˊ yìyuán　(parliament, city council) member

㉝ 關聯ㄍㄨㄢㄌㄧㄢˊ guānlián　connection, relationship關係

該組織稱此次攻擊與他們沒有任何關聯。

㉞ 鄰國ㄌㄧㄣˊㄍㄨㄛˊ línguó　neighboring country附近的國家

根據浮動油價機制規定，我國汽油價錢不得高於鄰國。

專有名詞 Proper Noun

01	索ㄙㄨㄛˇ馬利ㄌㄧˋ亞ㄧㄚˇ	Suǒmǎlìyà	Somalia
02	伊-斯ㄙ蘭ㄌㄢˊ	Yīsīlán	Islamic
03	奇ㄑㄧˊ斯梅ㄇㄟˊ耀ㄧㄠˋ	Qísīméiyào	Kismayo (a city in Somalia)
04	麥ㄇㄞˋ地ㄉㄧˋ那ㄋㄚˋ酒ㄐㄧㄡˇ店ㄉㄧㄢˋ	Màidìnà jiǔdiàn	Hotel Medina
05	肯ㄎㄣˇ亞ㄧㄚˇ	Kěnyà	Kenya
06	坦ㄊㄢˇ尚ㄕㄤˋ尼ㄋㄧˊ亞ㄧㄚˇ	Tǎnshàngníyà	Tanzania
07	青ㄑㄧㄥ年ㄋㄧㄢˊ黨ㄉㄤˇ	Qīngnián dǎng	Youth Party
08	凱ㄎㄞˇ達ㄉㄚˊ組ㄗㄨˇ織ㄓ	Kǎidá zǔzhī	al-Qaeda（也翻譯為蓋達組織、基地組織）

句型 Sentence Pattern

1 在…時，當場…

他在接到父親病危的消息時，當場哭了出來。

警察在發現肇事者酒精濃度過量時，當場吊銷他的駕照。

2 對…負責

那位藝人在記者會中表示，一定會對這次車禍造成的損害負責。

我認為父母應該對孩子的不良行為負責。

❸ 是⋯的據點之一

沖繩 (Okinawa) 曾是美國在太平洋重要的空軍據點之一。

台北火車站前的這家店，是麥當勞主要的據點之一。

課文理解與討論 ▶▶

❶ 這起炸彈攻擊是在哪裡發生的？什麼時候發生的？
何時結束？

❷ 恐怖分子是誰？攻擊的過程如何？造成多少人傷亡？

❸ 罹難者有哪些人？

❹ 恐怖分子襲擊時，酒店內有什麼活動？

❺ 這次的恐怖攻擊是哪個團體發動的？為什麼要發動這次恐攻？

❻ 此次發動恐攻的組織是什麼樣的組織？是首次進行攻擊嗎？

❼ 奇斯梅耀這個城市跟這個組織有什麼關係？

❽ 你想為什麼這組織要發動這次恐攻？

❾ 你認為恐怖攻擊可以達成激進組織想要達成的目的嗎？

❿ 請說一說你對恐怖攻擊的看法。

請閱讀下面的文章，然後討論下面的問題。

什麼樣的因素造成恐怖主義的存在呢？許多研究顯示，通常一個地區有較高的貧窮率、失業率、犯罪率、政治經濟社會不穩定、黑社會網絡強大、沙文主義與男子氣概盛行的地方都容易有恐怖主義的形成（Paolo & Arturo, 2016）。但是，有更多的研究顯示，其實恐怖主義存在的主因是來自政治性操作，背後具有政治性目的（Turk, 2004）。當人民無法從正常管道、和平手段獲得良好的生活時，暴力自然成為另一個爭取更好生活的選項。（黃芳誼）

資料來源：https://www.thenewslens.com/article/87918

問題討論：

❶ 恐怖主義形成的原因有哪些？

❷ 你認為哪些地區是男子氣概盛行的地區？這些地區比較容易有恐怖主義嗎？為什麼？

❸ 你認為黑社會跟恐怖主義有關聯嗎？為什麼？

❹ 越貧窮的地方，越容易形成恐怖主義嗎？為什麼？

❺ 你同意恐怖主義是有政治性的目的嗎？

❻ 請查找近幾年與恐攻相關的新聞，看看是否能支持本文的觀點。

紐國傳恐攻

紐國傳恐攻 血洗清眞寺至少 9 死

課前閱讀

請看新聞標題，再回答以下問題：

❶ 這個恐怖攻擊的事件發生在什麼地方？

❷ 你想這個恐怖攻擊跟宗教有關係嗎？跟哪一個宗教有關？

❸ 「血洗」是什麼意思？

紐國傳恐攻 血洗清眞寺至少9死

【編譯郭宣含／綜合報導】紐西蘭基督城兩座清真寺當地時間今天下午發生槍擊案，死傷慘重，各家媒體報導的喪生人數不一，從九人到27人都有。紐西蘭總理形容，今天是紐西蘭最黑暗的一天。

其中一名凶手據信是澳洲人，他在網路上宣稱，這是恐怖攻擊。

努爾清真寺（Al Noor Mosque）至少一名槍手持自動步槍闖入掃射，有目擊者表示聽到上百聲槍響。

林伍德（Linwood）另一處清真寺也出現一名槍手。另外，距離清真寺三公里的街道據報一輛汽車疑似有炸彈，警方出動拆彈小組處理。

其中一名凶手做案時透過臉書直播。案發後，基督城學校全面封鎖，警方要求民眾待在室內，以策安全。

衛報指出，有報導說，努爾清真寺在事發當時有數百人在現場。事發當時，孟加拉板球隊剛好抵達清真寺，但未受傷。槍手走進擁擠的清真寺內，朝著眾人開槍10-15分鐘。清真寺內的目擊者表示：「到處都是屍體。」

一名目擊者說，案發後他赤腳逃到街上。穆斯林進入清真寺前要脫鞋子。還有目擊者表示，槍手是白人金頭髮，戴安全帽，身穿防彈背心。

目擊者 Len Peneha 說，他看到一名穿著黑衣的男子進入清真寺，然後聽到數十聲槍響，接著人們驚恐奔出清真寺。他還說，在緊急救援人員到達前，槍手就逃了，「我看見到處都是死者」。

據報死傷者包括兒童，已有超過30人被送往醫院。

（取自 2019/3/15 聯合晚報）

01 紐ㄋㄧㄡˇ國ㄍㄨㄛˊ   Niǔguó   New Zealand
紐西蘭

02 傳ㄔㄨㄢˊ   chuán   to be reported

高雄地區傳麻疹疫情升溫。

03 恐ㄎㄨㄥˇ攻ㄍㄨㄥ   kǒnggōng   terrorist attack
恐怖攻擊

04 血ㄒㄧㄝˇ洗ㄒㄧˇ   xiěxǐ   massacre
在某一地區大規模地屠殺

在那場戰爭中，很多村落遭到血洗，死傷無數。

05 清ㄑㄧㄥ真ㄓㄣ寺ㄙˋ   qīngzhēnsì   mosque

06 槍ㄑㄧㄤ擊ㄐㄧˊ   qiāngjí   gun shooting
用槍來攻擊

昨天在美國發生的校園槍擊事件，一共有 20 多位學生死傷。

07 案ㄢˋ   àn   (criminal) case
（和法律有關聯的）事件

最近銀行搶案頻傳，一般認為是受到經濟不景氣的影響。

08 喪ㄙㄤˋ生ㄕㄥ   sàngshēng   to be killed
失去生命

雖然這次地震高達六級，但並沒有傳出有人喪生的消息。

09 不ㄅㄨˋ一ㄧ   bùyī   to vary from each other
不一樣

各家媒體對於這個事件的報導不一，不知道哪一家的新聞是真的。

10 總ㄗㄨㄥˇ理ㄌㄧˇ   zǒnglǐ   prime minister

11 形ㄒㄧㄥˊ容ㄖㄨㄥˊ   xíngróng   to describe

這麼美麗的風景，真的無法用語言來形容。

12 凶ㄒㄩㄥ手ㄕㄡˇ   xiōngshǒu   murderer
殺人的人

警方目前已經逮捕了 3 名嫌犯，但還不確定真正的凶手是誰。

13 據ㄐㄩˋ信ㄒㄧㄣˋ   jùxìn   to be believed to...
根據可靠的消息

這次的恐怖攻擊據信是由凱達組織所發動的。

⑭ 槍手　qiāngshǒu　gunman
拿槍射殺的人

據報導，槍手是在早上進入校園射殺學生的。

⑮ 持　chí　to hold
用手拿著

他一手持電話，一手開車，結果被警察重罰。

⑯ 自動步槍　zìdòng bùqiāng　automatic rifle

⑰ 目擊　mùjí　to witness
親眼看到某事件發生

警方請目擊這起車禍的路人說明車禍的經過。

⑱ 上百／千／萬　shàngbǎi/qiān/wàn　over a hundred; over a thousand; over ten thousand
超過一百／一千／一萬

這次的抗議行動，估計有上萬人參加。

⑲ 聲　shēng　a call (by voice)

我叫了他好幾聲，他都沒聽見。

⑳ 槍響　qiāngxiǎng　(sound of) gunshot
開槍的聲音

㉑ 據報　jùbào　it is reported that...
根據報導

據報自下周起每公升汽油價格將大漲 1.6 元。

㉒ 疑似　yísì　to be suspected to...
懷疑好像

據民眾通報，有一名疑似凶手的人最近常在公園附近出沒。

㉓ 拆彈　chāidàn　to defuse (a bomb)

據報公園裡有一個尚未爆炸的炸彈，拆彈小組立刻前往拆彈。

㉔ 做案　zuò'àn　to commit crime
進行犯罪行為

小偷在做案時，當場被抓。

㉕ 直播　zhíbò　live streaming
把現場畫面直接傳送到電視或是網路上

現在流行網路直播，每個人都可以即時報導現場發生的事。

㉖ 案發 ㄢˋ ㄈㄚ　　　ànfā　　　(the case) occurs
犯罪行為發生

案發當時，正好有一位目擊者經過，將全部發生經過告訴了警方。

㉗ 封鎖 ㄈㄥ ㄙㄨㄛˇ　　fēngsuǒ　　to block
限制跟外界有任何來往或聯絡

據報一名嫌犯在當地出沒，警方立刻封鎖了那個地區。

㉘ 以策安全 ㄧˇ ㄘㄜˋ ㄢ ㄑㄩㄢˊ　yǐcè ānquán　for the sake of safety
為了保障安全

兩輛車之間，最好保持一段距離，以策安全。

㉙ 事發 ㄕˋ ㄈㄚ　　　shìfā　　　(the case) occurs
事情發生

那個路口經常發生車禍，因此警方在事發的地方加裝了紅綠燈。

㉚ 板球 ㄅㄢˇ ㄑㄧㄡˊ　　bǎnqiú　　　cricket

㉛ 擁擠 ㄩㄥ ㄐㄧˇ　　　yǒngjǐ　　　to be crowded
很擠

上下班時間，捷運特別擁擠。

㉜ 眾人 ㄓㄨㄥˋ ㄖㄣˊ　　zhòngrén　　the group (of people)
大家

他在眾人的面前承認自己做錯了，請大家原諒。

㉝ 開槍 ㄎㄞ ㄑㄧㄤ　　　kāiqiāng　　to shoot

在抗議活動現場，警方竟然朝民眾開槍，引起社會大眾強烈批評。

㉞ 屍體 ㄕ ㄊㄧˇ　　　shītǐ　　　corpse
人或動物死後的身體

㉟ 赤腳 ㄔˋ ㄐㄧㄠˇ　　chìjiǎo　　bare-footed
沒有穿鞋

他喜歡赤腳走在草地上，接觸大自然。

㊱ 逃 ㄊㄠˊ　　　táo　　　to flee, to be at large
碰到危險事件趕快離開現場

警方發現在逃的嫌犯，立刻封鎖整個地區。

㊲ 白人 ㄅㄞˊ ㄖㄣˊ　　báirén　　white (person), WASP

㊳ 金（頭髮）ㄐㄧㄣ（ㄊㄡˊ ㄈㄚˇ）jīn (tóufǎ)　blonde

㊴ 安全帽 ㄢ ㄑㄩㄢˊ ㄇㄠˋ　ānquánmào　(motorcycle) helmet

40 防彈 ㄈㄤˊㄉㄢˋ   fángdàn   bullet proof

總統坐的車子，應該裝有防彈玻璃。

41 背心 ㄅㄟˋㄒㄧㄣ   bèixīn   vest

42 驚恐 ㄐㄧㄥㄎㄨㄥˇ   jīngkǒng   to panic
又緊張又害怕

地震發生時，大家不要驚恐要冷靜。

43 奔 ㄅㄣ   bēn   to run, to surge
很快地跑

一下課，學生就立刻奔向運動場打球，紓解壓力。

44 到達 ㄉㄠˋㄉㄚˊ   dàodá   to arrive, to get to
到

肇事者在警察到達前就離開現場了。

45 送往 ㄙㄨㄥˋㄨㄤˇ   sòngwǎng   to be sent to...
送去

那場車禍中，受重傷的人都送往台北的大醫院。

專有名詞 *Proper Noun*

01 紐西蘭 ㄋㄧㄡˇㄒㄧㄌㄢˊ	Niǔxīlán	New Zealand
02 基督城 ㄐㄧㄉㄨˊㄔㄥˊ	Jīdūchéng	Christchurch (a city in New Zealand)
03 努爾清真寺 ㄋㄨˇㄦˇㄑㄧㄥㄓㄣㄙˋ	Nǔ'ěr qīngzhēnsì	Al Noor Mosque
04 林伍德 ㄌㄧㄣˊㄨˇㄉㄜˊ	Línwǔdé	Linwood (a place near Christchurch) 地名
05 衛報 ㄨㄟˋㄅㄠˋ	Wèibào	The Guardian 英國全國性日報

⑥	孟ㄇㄥ加ㄐㄧㄚ拉ㄌㄚ	Mèngjiālā	Bangladesh
⑦	穆ㄇㄨ斯ㄙ林ㄌㄧㄣ	Mùsīlín	Muslim

句型 *Sentence Pattern*

1 …不一，從…到…都有

今日台灣各地氣溫不一，從 28 度到 34 度都有。

這次各家速食業調漲幅度不一，從 3% 到 5% 都有。

2 …要求…，以策安全

警方要求住在山區的民眾一定要做好防範措施，以策安全。

因為疫情關係，校方要求學生在教室裡一定要保持社交距離，以策安全。

3 …當時，…剛好…

車禍發生當時，他剛好經過現場，立刻加入救援工作。

案發當時，他剛好經過現場，看到肇事者逃走時所開的車子的車號。

4 在…到達前，就…

他在醫護人員到達前，就已經失去生命了。

他們在救難隊到達前，就已經由警方協助撤離當地了。

課文理解與討論 ▸▸

❶ 這個恐怖攻擊發生的地點在哪裡？是什麼樣的攻擊？

❷ 各家媒體報導的喪生人數有何不同？

　你想為什麼會有這樣的現象？

❸ 其中一名凶手是哪裡人？

❹ 這次恐攻主要發生的地點在哪裡？凶手做了什麼？

❺ 除了努爾清真寺外，其他地方也有恐攻嗎？是什麼樣的攻擊？

❻ 恐怖攻擊發生後，警方做了什麼？為什麼？

❼ 案發當時有多少人在努爾清真寺事發現場？現場情形如何？

❽ 目擊者怎麼形容槍手的樣子及案發當時的情況？

❾ 你對凶手做案時用臉書直播有何看法？

❿ 你認為為什麼會有這次的恐怖攻擊？

請閱讀下面文字後，再分組合作完成以下表格。

恐怖攻擊的類型

按恐怖活動範圍分為：

❶ 國際型：包括一個以上的國家參與，由相關政府主導之恐怖活動。

❷ 跨國型：包括一個以上之國家參與，但並非由政府直接主導之恐怖活動

❸ 國家型：在其國內由政府所執行之恐怖活動。

❹ 國內型：在其國內，但非由該國政府執行之恐怖活動。

按恐怖組織屬性分為：

❶ 民族主義型恐怖攻擊：在追求本民族的獨立而引起的恐怖主義活動。

❷ 宗教極端型恐怖攻擊：有明顯宗教色彩而引發的恐怖主義活動。

❸ 極右型恐怖攻擊：針對左派政黨與組織進行恐怖破壞活動。

❹ 極左型恐怖攻擊：極左組織，對現行社會政治制度極度不滿。

恐怖攻擊	按恐攻範圍屬哪一類型	按恐怖組織屬性屬哪一類
索馬利亞炸彈攻擊		
紐西蘭血洗清真寺		

資料來源：陳明傳〈恐怖主義之類型與反恐之策略〉

附錄：兩篇主新聞內容的簡體字版 ▸▸

第七课 索马利亚汽车炸弹攻击　26 死
饭店挨炸后　伊斯兰激进分子闯入扫射　警匪驳火 11 小时
4 匪全丧命　逾 56 伤

编译罗方妤／综合报导

索马利亚南部港都奇斯梅耀一家饭店十二日晚间先遭汽车炸弹袭击，接着三名伊斯兰武装分子进入扫射，警匪对峙十一小时，已知廿六死五十六伤。

索马利亚军方当地时间十二日晚间通报称，四名武装分子当天在麦地那酒店入口处发动汽车炸弹爆炸袭击，三匪随后闯入酒店并与安全部队交火，双方交火至十三日早上七点才结束。一人在引爆炸弹时当场丧命，三人遭安全部队击毙。

罹难者包括肯亚、坦尚尼亚、美国、英国等外国公民，以及部落族长、选举候选人和记者。两名中国公民受伤。袭击发生时，当地官员和部落领袖正在该酒店内举行会议，就八月将举行的地区选举进行会谈。

极端组织「青年党」在网站发表声明，宣布对此次袭击负责，并宣称袭击是针对政府官员、议员及选举候选人。索马利亚青年党是与「凯达」组织有关联的极端组织，曾多次在索马利亚和肯亚等邻国发动袭击。奇斯梅耀曾是青年党的主要据点之一。

第八课 纽国传恐攻 血洗清真寺至少 9 死

编译郭宣含／综合报导

纽西兰基督城两座清真寺当地时间今天下午发生枪击案，死伤惨重，各家媒体报导的丧生人数不一，从九人到 27 人都有。纽西兰总理形容，今天是纽西兰最黑暗的一天。

其中一名凶手据信是澳洲人，他在网络上宣称，这是恐怖攻击。

努尔清真寺（Al Noor Mosque）至少一名枪手持自动步枪闯入扫射，有目击者表示听到上百声枪响。

林伍德（Linwood）另一处清真寺也出现一名枪手。另外，距离清真寺三公里的街道据报一辆汽车疑似有炸弹，警方出动拆弹小组处理。

其中一名凶手做案时透过脸书直播。案发后，基督城学校全面封锁，警方要求民众待在室内，以策安全。

卫报指出，有报导说，努尔清真寺在事发当时有数百人在现场。事发当时，孟加拉板球队刚好抵达清真寺，但未受伤。枪手走进拥挤的清真寺内，朝着众人开枪 10-15 分钟。清真寺内的目击者表示：「到处都是尸体。」

一名目击者说，案发后他赤脚逃到街上。穆斯林进入清真寺前要脱鞋子。还有目击者表示，枪手是白人金头发，戴安全帽，身穿防弹背心。

目击者 Len Peneha 说，他看到一名穿着黑衣的男子进入清真寺，然后听到数十声枪响，接着人们惊恐奔出清真寺。他还说，在紧急救援人员到达前，枪手就逃了，「我看见到处都是死者」。

据报死伤者包括儿童，已有超过 30 人被送往医院。

網銀時代

學習目標

第九課：無痛免出門
第十課：LINE 進純網銀

1 能閱讀與金融相關的新聞
2 能理解與金融相關的詞彙
3 能了解台灣金融市場的情況
4 能比較各國網銀的情形

無痛免出門

純網銀時代　無痛免出門
必備條件 開戶快、24 小時、端牛肉回饋

課前閱讀

請看新聞標題，再回答以下問題：

❶ 你想什麼是「純網銀」？

❷ 為什麼說「無痛免出門」？

❸ 這標題跟牛肉有什麼關係？

純網銀時代　無痛免出門
必備條件 開戶快、24 小時、端牛肉回饋

【記者仝澤蓉／台北報導】純網銀執照花落誰家，金管會預計下午公布。目前申設純網銀團隊有三，包括將來銀行、樂天國際商業銀行和連線商業銀行（LINE Bank），無論最後誰出線，純網銀時代來臨，最快明年初，最慢明年底，凌晨 3 時在北極也能開立「第一類數位存款帳戶」。

純網銀除了便利 24 小時服務，因為節省人事租金等成本，還要端牛肉回饋消費者，在目前數位帳戶仍有一些無可避免要把人叫回分行一趟的狀況，開發出無痛使用方式，人人都能上手的純網銀服務，是消費者埋單的基本條件。

Money101 台灣董事總經理周純如表示，純網銀無須設立實體分行，初期不僅節省下硬體設備、人力費用，長期也省下租金、折舊等成本，因此相較傳統銀行有更多的銀彈來推出各項優惠，以利推動更多的消費金融業務。

以目前的數位銀行、帳戶來說，多以 1% 至 1.2% 的新台幣高利活儲利率，每月 5 至 100 次免收跨行服務費，刷卡高額回饋，外幣存款享高利，最低十元就能投資基金以及小額貸款，等利多吸引客人；可望為純網銀端牛肉的基本盤。

沒有實體分行對於年紀較長、不擅於操作電腦的人來說，能否因此享受到金融科技的便利、優惠等？一家純網銀申設團隊表示，很多阿公阿嬤以為自己不會用網路，但他們一樣可以跟朋友、晚輩「LINE 來 LINE 去」，每天發早安圖，甚至用平板電腦追劇。

純網銀業者想辦法開發讓客戶以最便利、無痛方式使用金融服務，讓每個人都能上手。

如何做到「無痛」，以德國純網銀 N26 來說，最順暢情況下開戶僅需八分鐘，比起國內數位帳戶至少十幾分鐘來說，速度快了一倍，怎麼做到的？關鍵在於申請表格頁面，一次只針對一個問題，讓客戶可以很直觀的填寫，而不是姓名、地址、電話等一大堆問題，全部擠在一個頁面上。

至於菜籃族賴阿姨則認為，她需要的無痛是，有問題可以真人線上視訊解答，也不需要她額外再升級軟硬體。

黃小姐最痛苦的是忘了帳號和密碼。她在兆豐銀行 MegaLite 數位帳戶忘記帳號、密碼無法登入，在去電客服之後，客服指示她以金融卡到 ATM 取回網銀帳密，由於黃小姐也忘了金融卡密碼，客服只好請她親自跑一趟分行身分認證，重新取回金融卡與網銀的密碼。未來純網銀沒分行布點，她擔心在純網銀開戶，發生類似上述情況怎麼辦。

（取自 2019/7/30 聯合晚報）

01 純網銀　chún wǎngyín　pure on-line banking
沒有實體銀行，所有的存款、提款都在網路上進行

02 免　miǎn　to waive, to exempt
不用

只要是本銀行長期客戶均免收 10% 的手續費。

03 必備　bìbèi　necessary
一定要準備的

茶是一般中國人家中必備的飲料。

04 開戶　kāihù　to open (an account)

05 端　duān　to hold (glasses, plates)
用手很平正地拿

她小心地把湯從廚房端出來。

06 牛肉　niúròu　beef
在這裡比喻真實有用的材料

我們不要聽政治人物說一些不實在的話，要他們端出真正的牛肉來。

07 回饋　huíkuì　to give feedback, to return (a favor)
回報

公司既然賺了錢，就應該回饋給對公司有貢獻的員工。

08 執照　zhízhào　license
由政府發的批准做某事的證明

在台灣，18 歲以上才可以考開車的執照。

09 花落誰家　huāluò shéijiā　where the flower falls, the lucky winner
在比賽或是競爭中，不知道最後誰可以得到獎

這次比賽，大家的實力都差不多，不到最後，不知花落誰家。

10 申設　shēnshè　to apply to establish (an organization)
申請設立

教育部今年僅允許三所大學申設語言中心。

11 出線　chūxiàn　to stand out (in the competition)
在競爭中得到勝利

我國游泳隊在初賽中出線，可以繼續參加決賽。

12 年底　niándǐ　end of the year
一年當中最後一個月

在年底必須把所有的經費用完，否則明年申請不到經費。

⑬ 開立 ㄎㄞ ㄌㄧˋ　　kāilì　　to open (an account)
建立（帳戶）

外國人只要用護照，也可以在台灣的銀行開立帳戶。

⑭ 存款 ㄘㄨㄣˊ ㄎㄨㄢˇ　cúnkuǎn　to deposit
把錢存在銀行

⑮ 帳戶 ㄓㄤˋ ㄏㄨˋ　　zhànghù　account

你必須在銀行開一個帳戶，薪水才可以進入你的帳戶。

⑯ 人事 ㄖㄣˊ ㄕˋ　　rénshì　　personnel

業者調漲價錢的原因，主要是因為人事成本上漲。

⑰ 租金 ㄗㄨ ㄐㄧㄣ　　zūjīn　　rent
租房子、車子及物品等時所付的錢

⑱ 無可 ㄨˊ ㄎㄜˇ　　wúkě　　beyond (competition)
不可以

他在企業界的影響力無可比較，大家都很尊敬他。

⑲ 分行 ㄈㄣ ㄏㄤˊ　　fēnháng　branch office

⑳ 上手 ㄕㄤˋ ㄕㄡˇ　shàngshǒu　to get familiar with (the operation)
開始使用

現代的科技產品，使用方式盡量簡單化，讓消費者一學就能上手。

㉑ 埋單 ㄇㄞˊ ㄉㄢ　　máidān　　to pay the bill, to accept a deal
「埋」單也做「買」單，買、接受

這個產品的價錢太高，消費者不埋單。

㉒ 董事 ㄉㄨㄥˇ ㄕˋ　dǒngshì　board director

㉓ 總經理 ㄗㄨㄥˇ ㄐㄧㄥ ㄌㄧˇ　zǒng jīnglǐ　general manager

㉔ 設立 ㄕㄜˋ ㄌㄧˋ　　shèlì　　to establish (an organization)
建立（組織、機構）

谷歌預計將在台灣設立資料中心。

㉕ 實體 ㄕˊ ㄊㄧˇ　　shítǐ　　physical, real
實際具體

純網銀就是沒有實體銀行，全部金融活動都在網路上進行。

㉖ 硬體 ㄧㄥˋ ㄊㄧˇ　　yìngtǐ　　hardware

㉗ 設備 ㄕㄜˋ ㄅㄟˋ　　shèbèi　　equipment

本校為更換校內電腦硬體設備，電腦教室將暫時停止使用一周。

㉘ 折舊 ㄓㄜˊㄐㄧㄡˋ　zhéjiù
to depreciate
一個東西隨著使用時間增加而變舊就降低價值了

去年買的汽車，今年賣出去，就折舊了十幾萬元，真划不來。

㉙ 相較 ㄒㄧㄤㄐㄧㄠˋ　xiāngjiào
in comparison with...
跟…比起來

相較去年，今年的 GDP 大幅成長。

㉚ 銀彈 ㄧㄣˊㄉㄢˋ　yíndàn
silver bullet, money power
錢、資本

中國在外交上，用銀彈方式提供多國金錢的幫助以建立外交關係。

㉛ 優惠 ㄧㄡㄏㄨㄟˋ　yōuhuì
benefit
提供比較好的條件

只要帶本校的學生證，在這些商店消費都有優惠。

㉜ 以利 ㄧˇㄌㄧˋ　yǐlì
in order to help...
為了對…有利、有幫助

政府應提供新興產業一些優惠，以利該產業發展。

㉝ 推動 ㄊㄨㄟㄉㄨㄥˋ　tuīdòng
to promote
讓事情、工作前進發展

政府為了推動教育改革，將在今年提出多項改革措施。

㉞ 活儲 ㄏㄨㄛˊㄔㄨˊ　huóchú
demand savings account
活期儲蓄

㉟ 利率 ㄌㄧˋㄌㄩˋ　lìlǜ
interest rate
計算利息 (interest) 的比率

㊱ 跨行 ㄎㄨㄚˋㄏㄤˊ　kuàháng
inter-bank
以原本的銀行跟其他銀行的服務連結 (to connect)

㊲ 外幣 ㄨㄞˋㄅㄧˋ　wàibì
foreign currency
外國貨幣

㊳ 享 ㄒㄧㄤˇ　xiǎng
to enjoy
享受擁有

週一早上去這家咖啡店消費就享有買一送一的優惠。

㊴ 基金 ㄐㄧㄐㄧㄣ　jījīn
fund

㊵ 利多 ㄌㄧˋㄉㄨㄛ　lìduō
bullish
對投資有利、有很多好處

因外商大規模投資的利多消息，刺激台灣股票市場指數上漲。

㊶ 對於 ㄉㄨㄟˋㄩˊ　duìyú
to
對

汙染對於現代人健康的威脅越來越嚴重。

| 42 | 擅於 | shànyú | to be good at...
對某方面的技術很有能力 |

我不擅於在大家面前說話，不敢參加演講比賽。

| 43 | 操作 | cāozuò | to handle, to operate
按照一定的做法使用 |

新型的科技產品，越來越容易操作，以利老人使用。

| 44 | 能否 | néngfǒu | If, whether
能不能 |

颱風突然轉向侵襲沿海地區，不知當地居民能否快速撤離。

45	阿公	āgōng	grandpa 本來是祖父的意思，現在也可指一般老先生
46	晚輩	wǎnbèi	junior generation
47	發	fā	send (message) 傳（訊息）
48	早安圖	zǎoāntú	morning greeting e-sticker 一些老人在 Line 群組上，每天早上發早安的圖片
49	追劇	zhuījù	to binge-watch (TV programs) 一集連續劇結束後，追著看下一集
50	順暢	shùnchàng	smooth 順利沒有障礙

現在不是上下班時間，交通非常順暢。

51	表格	biǎogé	form, table
52	頁面	yèmiàn	page layout
53	直觀	zhíguān	intuitively 不需要經過太多思考，看到就可以直接了解、反應

你看到題目就直觀地回答，不需要考慮太多。

| 54 | 地址 | dìzhǐ | address |
| 55 | 菜籃族 | càilánzú | housewives (carrying shopping baskets in stock exchange halls)
指家庭主婦早上提菜籃去買菜，順便去股票市場買股票的一群人 |

56 視ㄕ訊ㄒㄩㄣˋ　　shìxùn　　video
透過網路用電腦與別人「面對面」溝通說話

學校透過視訊科技，進行遠距離的教學模式。

57 解ㄐㄧㄝˇ答ㄉㄚˊ　　jiědá　　to answer and explain
回答

老師總是很有耐心地解答我的問題。

58 額ㄜˊ外ㄨㄞˋ　　éwài　　additional, extra
超出一定的範圍以外

這裡除了租金以外，沒有其他額外的費用，算是很便宜的。

59 帳ㄓㄤˋ號ㄏㄠˋ　　zhànghào　　account number

60 登ㄉㄥ入ㄖㄨˋ　　dēngrù　　to log in, to sign in
登記進入（帳號）

61 去ㄑㄩˋ電ㄉㄧㄢˋ　　qùdiàn　　to call (by phone)
打電話過去

62 客ㄎㄜˋ服ㄈㄨˊ　　kèfú　　customer service
客戶服務

63 金ㄐㄧㄣ融ㄖㄨㄥˊ卡ㄎㄚˇ　　jīnróngkǎ　　banking card
銀行給的可以在提款機使用的卡

64 ATM　　ATM　　automated teller machine
自動提款機

65 帳ㄓㄤˋ密ㄇㄧˋ　　zhàngmì　　ID and password
帳號密碼

66 身ㄕㄣ分ㄈㄣˋ　　shēnfèn　　identity, status
個人的社會地位

必須具有特殊身分的人，才能申請查看保密的資料。

67 重ㄔㄨㄥˊ新ㄒㄧㄣ　　chóngxīn　　once more, all over again
從頭再開始

你的國際駕照已經過期了，要再重新申請。

68 布ㄅㄨˋ點ㄉㄧㄢˇ　　bùdiǎn　　to deploy (new offices)
安排據點

那家公司為了擴大營業據點，計畫未來在歐洲布點。

#			
01	金管會	Jīnguǎnhuì	Financial Supervisory Commission 金融監督管理委員會
02	將來銀行	Jiānglái yínháng	Next Bank
03	樂天國際商業銀行	Lètiān guójì shāngyè yínháng	Rakuten Bank
04	連線商業銀行	Liánxiàn shāngyè yínháng	LINE Financial Taiwan
05	第一類數位帳戶	dìyīlèi shùwèi zhànghù	Digital Account Category One
06	Money101	Money101	Money101 台灣金融比較平台
07	基本盤	jīběnpán	fundamentals
08	兆豐銀行	Zhàofēng yínháng	Mega International Commercial Bank Co., Ltd.

1 ⋯是⋯的基本條件

研究開發技術是提升競爭力的基本條件。

對產業來說，一般的基礎建設，如：公路系統、通訊系統，是發展的基本條件。

2 ⋯相較（於）⋯，⋯⋯

純網銀相較實體銀行，有更多有利條件發展跨國經營。

薪資高低相較於工作環境及團隊氣氛，對我來說，薪水並不是優先考量。

3 以⋯來說

以公司的營業額來說，每年都逐步成長，但人事費卻也增加了不少。

關於此次疫情，以確診人數來說，以美國的 130 多萬人為最多。

4 對於⋯來說

對於老年人來說，新型的智慧型手機很難上手，因此購買意願不高。

對於防疫工作來說，能防範於境外，也就是阻止病毒移入，是最有效的方式了。

課文理解與討論 ▸▸

❶ 目前有哪幾家企業申請設立純網銀？

什麼時候會公布結果？

❷ 純網銀的時代預計什麼時候來臨？

❸ 消費者願意使用純網銀服務的基本條件有哪些？

❹ 為什麼純網銀可以比傳統銀行提供更多優惠？

❺ 目前的數位銀行及數位帳戶，多半以哪些方式來吸引客人？

❻ 對老年人來說，是否也有可能享受純網銀的便利服務？為什麼？

❼ 你想什麼是「無痛」方式使用金融服務？

❽ 德國的純網銀 N26 是如何做到「無痛」的金融服務？

❾ 消費者對無痛的要求有哪些？請說明新聞中提出的幾個例子。

❿ 你認為純網銀有哪些優點和缺點？你願意使用嗎？

請根據以下的說明，比較這三類銀行的優缺點。

純網銀	數位銀行、帳戶	傳統銀行
沒有實體分行，能在網路上進行所有傳統銀行業務，不受時間、地點限制。	數位帳戶沒有實體存摺、可以設立實體分行，服務範圍跟一般銀行沒有區別，所有服務皆透過網路進行。	到實體銀行開戶，也可辦理網路銀行的服務。能執行轉帳、查詢餘額等簡單金融服務，部分服務受到銀行營業時間限制。

請與同學討論你對這三類銀行的看法：

❶ 使用純網銀服務的客人一定以年輕人為主嗎？為什麼？

❷ 交通比較不方便的地區，使用純網銀的人數會比較多嗎？為什麼？

❸ 金融制度比較健全的國家，純網銀比較多嗎？為什麼？

❹ 你會擔心在網路上進行金融活動時個人資料外洩嗎？為什麼？

❺ 你認為實體銀行比較有人情味嗎？

附錄：數位存款帳戶 ▸▸

數位存款帳戶依開戶安全等級分三類：

第一類 是全新客戶透過自然人憑證，在線上開立。到去年底，有 56.5 萬戶最多，開辦的銀行共有 21 家。

第二類 是已開立帳戶的客戶，在線上加開的數位帳戶。第二類是目前三類帳戶中最少的，到去年底，有 40.3 萬戶，開辦的銀行共有 18 家。

第三類 是其他銀行的存款或信用卡客戶，或已有本行信用卡客戶，在線上開立數位帳戶。第三類的戶數目前是第二多，到去年底有 53.8 萬戶，但增加的幅度高達 6.79 倍，在三類中最多，開辦的銀行共有 13 家。

註：
自然人憑證（Natural person certificate）：網路上的身分證明。

LINE 進純網銀

NEWS

人文 環保 表演 氣象 時尚 旅遊 社會 外交 政治 經濟

LINE 搶進純網銀 結合 AI 大數據優勢

課前閱讀

請看新聞標題，再回答以下問題：

❶ 你想 LINE 跟純網銀有什麼關係？

❷ 從標題可以知道 LINE 搶進純網銀的原因是什麼嗎？

❸ 「大數據」是什麼？

NEWS

人文 環保 表演 氣象 時尚 旅遊 社會 外交 政治 **經濟**

LINE 搶進純網銀 結合 AI 大數據優勢

294

（中央社記者吳家豪台北 30 日電）純網銀獲准申設名單出爐，3 家全部過關，取得執照之一的 LINE Bank 籌備處表示，未來將秉持負責任的創新信念，用人工智慧（AI）、大數據，規劃最適合台灣全民的純網銀。

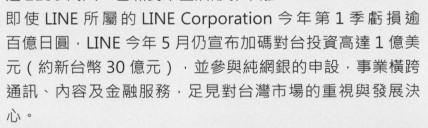

通訊軟體 LINE 在台每月活躍用戶數超過 2100 萬人，已和民眾生活形影不離，即使 LINE 所屬的 LINE Corporation 今年第 1 季虧損逾百億日圓，LINE 今年 5 月仍宣布加碼對台投資高達 1 億美元（約新台幣 30 億元），並參與純網銀的申設，事業橫跨通訊、內容及金融服務，足見對台灣市場的重視與發展決心。

LINE Bank 獲得純網銀執照的優勢之一，是 LINE 在台灣非常「接地氣」，許多決策不只是由總部發動，而是由總部支持台灣團隊基於對在地用戶需求的觀察，所提議推出的服務，例如台灣團隊打造的內容入口 LINE TODAY 已擴展到海外。

LINE Bank 籌備處今天發布聲明表示，LINE Bank 籌備處全體發起人感謝此次金管會純網銀審查會的肯定，很高興可以成功取得純網銀設立許可。未來，LINE Bank 會應用

AI、大數據及各式金融科技，秉持「負責任的創新」信念，為全民提供創新、安心的個人金融體驗。

展望未來，LINE Bank 籌備處表示，會用心傾聽消費者需求，致力成為消費者信賴的全民銀行，並深耕台灣市場、培育金融科技人才，透過純網銀無遠弗屆的服務，讓更多消費者享受到普惠金融服務。

LINE Bank 籌備處發起人組成包括 LINE Financial 台灣持股 49.9%、台北富邦銀行持股 25.1%，以及中國信託商業銀行、台灣大哥大、渣打國際商業銀行、遠傳電信、聯邦銀行各持股 5%，金融業持股比例合計 40.1%。

LINE Bank 籌備處指出，期待透過結合網路通訊平台、金融業和電信業的頂尖夥伴強強合作，一起規劃最適合台灣全民的純網銀服務。

台灣是 LINE 在亞洲布局中非常重要的市場，LINE Bank 籌備處表示，此次與合作夥伴在台灣取得純網銀設立許可，期待推動台灣金融市場邁向金融科技的重要里程碑。

為了打造最適合台灣市場的金融服務與金融生態圈，LINE Bank 籌備處持續擴編台灣團隊，預計今年底前可望延攬科技、金融、資安、AI、大數據等相關專才超過百位。LINE 也計劃在台灣設置人工智慧實驗室，將人工智慧技術導入各項應用，使金融服務能顛覆傳統。

純網路銀行獲准申設名單今天出爐，由金融監督管理委員會主委顧立雄親自公布名單，由中華電信領軍的將來銀行、LINE Bank 連線商業銀行及國票金與日本樂天集團所組成的樂天國際商業銀行都拿下執照。（編輯：楊玫寧）

（取自 2019/7/30 中央社）

01 搶（ㄑㄧㄤˇ）進（ㄐㄧㄣˋ）　　qiǎngjìn　　to rush in...
趕在別人的前面進去（一個市場）

現在手搖杯飲料很流行，很多速食業也想搶進這個市場。

02 結（ㄐㄧㄝˊ）合（ㄏㄜˊ）　　jiéhé　　to incorporate
把幾種東西合在一起

現在的電影結合科技與藝術，帶給觀眾新的體驗。

03 優（ㄧㄡ）勢（ㄕˋ）　　yōushì　　advantage
比別人好的條件

我們的產品必須不斷研究開發，才能保持競爭的優勢。

04 獲（ㄏㄨㄛˋ）准（ㄓㄨㄣˇ）　　huòzhǔn　　to receive approval
得到允許

這批疫苗尚未獲准在市場上銷售。

05 名（ㄇㄧㄥˊ）單（ㄉㄢ）　　míngdān　　name list

06 出（ㄔㄨ）爐（ㄌㄨˊ）　　chūlú　　oven fresh, to be just released
比喻剛生產出來

關於明年經濟成長的預估數據相繼出爐，一片樂觀，給市場帶來利多消息。

07 過（ㄍㄨㄛˋ）關（ㄍㄨㄢ）　　guòguān　　to pass the test
通過考驗

我們的產品一定要經過嚴格的檢查才能過關。

08 籌（ㄔㄡˊ）備（ㄅㄟˋ）　　chóubèi　　to prepare (for an event)
為進行工作、舉辦活動、成立機構前做準備

元宵節快到了，台南鹽水當地正在積極籌備蜂炮的活動。

09 秉（ㄅㄧㄥˇ）持（ㄔˊ）　　bǐngchí　　to abide by
抱著…的態度

我們一直秉持「顧客第一」的服務態度。

10 信（ㄒㄧㄣˋ）念（ㄋㄧㄢˋ）　　xìnniàn　　belief
堅持相信的觀念

只要秉持堅定不移的信念前進，一定會達成目標的。

11 活（ㄏㄨㄛˊ）躍（ㄩㄝˋ）　　huóyuè　　outgoing and proactive
行動活潑積極

她在班上非常活躍，什麼活動都積極參加，爭取表現的機會。

12 形（ㄒㄧㄥˊ）影（ㄧㄥˇ）不（ㄅㄨˋ）離（ㄌㄧˊ）　　xíngyǐng bùlí　　inseparable (like a shadow)
像身體和影子一樣不會分開，比喻關係很近

現代人和手機幾乎形影不離，一天都離不開它。

⑬ 所屬 suǒshǔ　(an office, organization) it belongs to
屬於

勞動部所屬各單位主管包括會計處與人事處等，均應參與這次的研習活動。

⑭ 第 1 季 dìyījì　the first season, Q1
1~3 月

⑮ 虧損 kuīsǔn　deficit
（公司）收入低於成本

那家公司因為連續幾年的虧損，不得不宣布倒閉。

⑯ 加碼 jiāmǎ　to raise the amount
在已經買或賣的過程之後，再增加購買或銷售
的數量

外國投資者看到利多消息，決定再加碼投資台灣市場。

⑰ 橫跨 héngkuà　to stretch across
兩腳分別跨在物體的兩邊

土耳其 (Turkey) 橫跨歐、亞兩大洲。

⑱ 足見 zújiàn　to provide evidence that
有足夠條件可以看出

麻疹的疫情並未傳入台灣，足見台灣的防治工作做得非常嚴密。

⑲ 接地氣 jiēdìqì　down to earth
接近人民，接觸民眾的生活、了解實際狀況

那位總統候選人因為說話行為接地氣，所以受到人民的歡迎。

⑳ 決策 juécè　decision
決定的辦法、政策

我們公司的重要決策都是由領導階層決定。

㉑ 總部 zǒngbù　headquaters
負責管理的中心機構

㉒ 基於 jīyú　to be based on
根據

基於服務顧客的信念，業者決定延長營業時間至凌晨一點。

㉓ 提議 tíyì　to motion, to propose
討論或開會時提出意見

立法院有部分委員提議加重酒駕肇事者的刑期。

㉔ 打造 dǎzào　to build, to make
創造建立

市長承諾將為市民打造一個適合居住的無汙染環境。

㉕ 擴展　kuòzhǎn　to expand
擴大發展

流感疫情已經擴展到台灣各地，政府呼籲老年人及幼兒要盡速施打疫苗。

㉖ 感謝　gǎnxiè　to thank
謝謝

㉗ 肯定　kěndìng　acknowledgement
對事物抱著承認或贊成的態度

候選人確定當選後，立刻上台感謝民眾的支持與肯定。

㉘ 許可　xǔkě　permission
同意

外籍人士必須取得工作許可，才能在台灣工作。

㉙ 應用　yìngyòng　to apply (the use)
用在實際的需要上

科學研究最終目的，是將研究結果應用在生活上。

㉚ 安心　ānxīn　safely, without worry
放心

這棟大樓有完善的安全消防設施，住戶可以安心地居住。

㉛ 用心　yòngxīn　carefully
專心，努力認真

由於市府用心規劃這次活動，得到民眾的肯定。

㉜ 傾聽　qīngtīng　to listen carefully to...
仔細聽

人民希望政府能傾聽民眾的聲音，以了解人民的需要。

㉝ 信賴　xìnlài　to trust
信任並且依靠

他們的新聞確實可靠，是值得信賴的媒體。

㉞ 深耕　shēngēng　to plough deeply
比喻往更深更根本的方向經營

總統發表談話，希望台灣產業能深耕台灣，布局全球。

㉟ 培育　péiyù　to cultivate and develop (talents)
培養教育

為了培育科技人才，教育部將提撥經費補助科技大學。

㊱ 無遠弗屆　wúyuǎn fújiè　no limitation in distance
無論多遠都可以到達

現在網路無遠弗屆，即使山區都可以收得到訊息。

| ㊲ | 持股ㄔˊㄍㄨˇ | chígǔ | (stock) sharing
擁有股票 |
| ㊳ | 頂尖ㄉㄧㄥˇㄐㄧㄢ | dǐngjiān | to be at the top
最高，最好 |

那家公司為了招募最頂尖的科技人才，祭出高薪及各項福利制度。

| ㊴ | 夥伴ㄏㄨㄛˇㄅㄢˋ | huǒbàn | partner
一起工作的人 |

台灣和美國、日本是長期的貿易夥伴。

| ㊵ | 強強ㄑㄧㄤˊㄑㄧㄤˊ | qiángqiáng | cooperation among the strong ones
最強的人和最強的人 |

如果 Google 和 Yahoo 兩大入口網站強強合作，將成為世界最大的入口網站了。

| ㊶ | 邁向ㄇㄞˋㄒㄧㄤˋ | màixiàng | to move forward to
朝某個方向前進 |

推動人工智慧是台灣邁向智慧國家的重要關鍵。

| ㊷ | 里程碑ㄌㄧˇㄔㄥˊㄅㄟ | lǐchéngbēi | milestone
在歷史發展的過程中，一個重要的指標 |

人工智慧是人類科技歷史上一個重要的里程碑。

| ㊸ | 圈ㄑㄩㄢ | quān | circle
範圍 |

台灣自從有高鐵以後，一天就可以南北來回，形成一日生活圈。

| ㊹ | 延攬ㄧㄢˊㄌㄢˇ | yánlǎn | to recruit (outstanding talent)
招募專才 |

政府為發展人工智慧，特別延攬國外專才回國。

| ㊺ | 計劃ㄐㄧˋㄏㄨㄚˋ | jìhuà | to plan to
打算 |
| ㊻ | 實驗ㄕˊㄧㄢˋ | shíyàn | experiment
科學上為了證明某件事而多次檢測 |

科學家試圖透過實驗證明自然界一些不可解釋的現象。

| ㊼ | 導入ㄉㄠˇㄖㄨˋ | dǎorù | to introduce (a product, an idea) into...
引進 |

教育部研擬將國外最新的數位教學模式導入台灣各級學校。

| ㊽ | 顛覆ㄉㄧㄢㄈㄨˋ | diānfù | to flip, to overthrow
推翻原來的（政府、傳統） |

他們以顛覆傳統、創新的表演方式，獲得觀眾肯定。

49 領軍 lǐngjūn　to lead
領導，帶領

下周將由校長領軍，帶領校內各系所老師訪問美國數所頂尖大學進行交流。

50 集團 jítuán　group
為了共同的目的組織起來的團體（一般是商業團體）

鴻海集團今年要招募 500 名新血加入，以協助企業持續成長。

專有名詞 Proper Noun

01	日圓	Rìyuán	(Japanese) Yen
02	內容入口	nèiróng rùkǒu	portal 入口網站 portal site。入口網站主要分為兩類：企業資訊入口網站和內容管理入口網站。
03	普惠金融	pǔhuì jīnróng	financial inclusion 普惠金融就是全方位地為社會所有階層提供金融服務
04	台灣大哥大	Táiwān dàgēdà	Taiwan Mobile Co., Ltd.
05	渣打國際商業銀行	Zhādǎ guójì shāngyè yínháng	Standard Chartered Bank (Taiwan) Limited
06	遠傳電信	Yuǎnchuán diànxìn	Far EasTone
07	聯邦銀行	Liánbāng yínháng	Union Bank of Taiwan
08	顧立雄	Gù Lìxióng	Koo Li-hsiung 人名
09	中華電信	Zhōnghuá diànxìn	Chunghwa Telecom
10	國票金	Guópiàojīn	IBF Financial Holdings Co.,Ltd.

1 即使⋯仍⋯

即使做了完善的防疫措施，疫情仍有擴散的可能。

即使景氣已漸趨穩定，政府仍繼續祭出第二波的激勵消費措施。

2 基於⋯

基於保護瀕危動物，當局並不考慮開放射殺闖入民宅的北極熊。

基於財政的壓力，本年度的績效獎金將縮減一半。

3 邁向⋯的里程碑

無論是工業革命、資訊革命、網路革命，都是人類邁向新時代的里程碑。

阿姆斯壯 (Neil Alden Armstrong) 登上月球，是人類邁向太空 (space) 的里程碑。

4 由⋯領軍的⋯

由台積電領軍的台灣半導體產業的設備投資金額，今年將領先韓國。

這一次由衛福部部長領軍的防疫團隊，為台灣打了一場漂亮的防疫之戰。

課文理解與討論 ▸▸

❶ 申設純網銀的銀行都申請到了嗎？一共有幾家？

❷ LINE Bank 獲准後，有何表示？

❸ 通訊軟體 Line 在台灣的用戶有多人？

❹ LINE Corporation 集團對台灣市場的態度如何？怎麼知道？

❺ LINE Bank 獲准設立純網銀的優勢是什麼？

  他們決策是如何制定的？請舉例。

❻ LINE Bank 對未來有什麼規劃？

❼ LINE Bank 發起人組成的持股比例如何？

❽ 發起人當中屬於金融業的是哪幾家？合計持股比例是多少？

  非金融業的是哪幾家？

❾ LINE Bank 對未來的發展有什麼期待與計畫？

  將如何打造適合台灣市場的金融服務？

❿ 獲准申設純網銀的銀行有哪三家？

⓫ 你認為純網銀會給人類生活帶來什麼樣的改變？

⓬ 你對於通訊軟體 Line 進入金融領域，有什麼看法？

問卷調查，可以複選。

1. 你以前聽說過純網銀嗎？	☐ 1. 完全沒聽過 ☐ 2. 聽過但不清楚 ☐ 3. 大概知道也想申請 ☐ 4. 知道也會申請
2. 你使用銀行的哪些服務？	☐ 1. 存錢領錢 ☐ 2. 換錢 ☐ 3. 轉帳付錢 ☐ 4. 信用卡 ☐ 5. 保險 ☐ 6. 買基金股票
3. 純網銀的吸引力	☐ 1. 任何地方都可以交易 ☐ 2. 任何時間都可交易 ☐ 3. 開戶快 ☐ 4. 轉帳、換錢免手續費 ☐ 5. 整合我所有的銀行 ☐ 6. 各種消費都有詳細紀錄
4. 對純網銀的擔心	☐ 1. 個資外洩 ☐ 2. 沒有實體銀行可以解答問題 ☐ 3. 對電腦操作不熟悉 ☐ 4. 要重新開戶 ☐ 5. 忘記密碼

附錄：兩篇主新聞內容的簡體字版 ▸▸

第九课 纯网银时代　　无痛免出门
　　　　　必备条件　开户快、24 小时、端牛肉回馈

　　纯网银执照花落谁家，金管会预计下午公布。目前申设纯网银团队有三，包括将来银行、乐天国际商业银行和连线商业银行（LINE Bank），无论最后谁出线，纯网银时代来临，最快明年初，最慢明年底，凌晨 3 时在北极也能开立「第一类数位存款帐户」。

　　纯网银除了便利 24 小时服务，因为节省人事租金等成本，还要端牛肉回馈消费者，在目前数位帐户仍有一些无可避免要把人叫回分行一趟的状况，开发出无痛使用方式，人人都能上手的纯网银服务，是消费者埋单的基本条件。

　　Money101 台湾董事总经理周纯如表示，纯网银无须设立实体分行，初期不仅节省下硬体设备、人力费用，长期也省下租金、折旧等成本，因此相较传统银行有更多的银弹来推出各项优惠，以利推动更多的消费金融业务。

　　以目前的数位银行、帐户来说，多以 1% 至 1.2% 的新台币高利活储利率，每月 5 至 100 次免收跨行服务费，刷卡高额回馈，外币存款享高利，最低十元就能投资基金以及小额贷款，等利多吸引客人；可望为纯网银端牛肉的基本盘。

　　没有实体分行对于年纪较长、不擅于操作电脑的人来说，能否因此享受到金融科技的便利、优惠等？一家纯网银申设团队表示，很多阿公阿嬷以为自己不会用网路，但他们一样可以跟朋友、晚辈「LINE 来 LINE 去」，每天发早安图，甚至用平板电脑追剧。

　　纯网银业者想办法开发让客户以最便利、无痛方式使用金融服务，让每个人都能上手。

　　如何做到「无痛」，以德国纯网银 N26 来说，最顺畅情况下开户仅需八分钟，比起国内数位帐户至少十几分钟来说，速度快了一倍，怎么做到的？关键在于申请表格页面，一次只针对一个问题，让客户可以很直观的填写，而不

是姓名、地址、电话等一大堆问题，全部挤在一个页面上。

至于菜篮族赖阿姨则认为，她需要的无痛是，有问题可以真人线上视讯解答，也不需要她额外再升级软硬体。

黄小姐最痛苦的是忘了帐号和密码。她在兆丰银行 MegaLite 数位帐户忘记帐号、密码无法登入，在去电客服之后，客服指示她以金融卡到 ATM 取回网银帐密，由于黄小姐也忘了金融卡密码，客服只好请她亲自跑一趟 分行身分认证，重新取回金融卡与网银的密码。未来纯网银没分行布点， 她担心在纯网银开户，发生类似上述情况怎么办。

第十课　LINE 抢进纯网银　结合 AI 大数据优势

【中央社记者吴家豪台北 30 日电】纯网银获准申设名单出炉，3 家全部过关，取得执照之一的 LINE Bank 筹备处表示，未来将秉持负责任的创新信念，用人工智能（AI）、大数据，规划最适合台湾全民的纯网银。

通讯软体 LINE 在台每月活跃用户数超过 2100 万人，已和民众生活形影不离，即使 LINE 所属的 LINE Corporation 今年第 1 季亏损逾百亿日圆，LINE 今年 5 月仍宣布加码对台投资高达 1 亿美元（约新台币 30 亿元），并参与纯网银的申设，事业横跨通讯、内容及金融服务，足见对台湾市场的重视与发展决心。

LINE Bank 获得纯网银执照的优势之一，是 LINE 在台湾非常「接地气」，许多决策不只是由总部发动，而是由总部支持台湾团队基于对在地用户需求的观察，所提议推出的服务，例如台湾团队打造的内容入口 LINE TODAY 已扩展到海外。

LINE Bank 筹备处今天发布声明表示，LINE Bank 筹备处全体发起人感谢此次金管会纯网银审查会的肯定，很高兴可以成功取得纯网银设立许可。未来，LINE Bank 会应用 AI、大数据及各式金融科技，秉持「负责任的创新」信念，为全民提供创新、安心的个人金融体验。

展望未来，LINE Bank 筹备处表示，会用心倾听消费者需求，致力成为消费者信赖的全民银行，并深耕台湾市场、培育金融科技人才，透过纯网银无远弗届的服务，让更多消费者享受到普惠金融服务。

LINE Bank 筹备处发起人组成包括 LINE Financial 台湾持股 49.9%、台北富邦银行持股 25.1%，以及中国信托商业银行、台湾大哥大、渣打国际商业银行、远传电信、联邦银行各持股 5%，金融业持股比例合计 40.1%。

LINE Bank 筹备处指出，期待透过结合网路通讯平台、金融业和电信业的顶尖伙伴强强合作，一起规划最适合台湾全民的纯网银服务。

台湾是 LINE 在亚洲布局中非常重要的市场，LINE Bank 筹备处表示，此次与合作伙伴在台湾取得纯网银设立许可，期待推动台湾金融市场迈向金融科技的重要里程碑。

为了打造最适合台湾市场的金融服务与金融生态圈，LINE Bank 筹备处持续扩编台湾团队，预计今年底前可望延揽科技、金融、资安、AI、大数据等相关专才超过百位。LINE 也计划在台湾设置人工智慧实验室，将人工智慧技术导入各项应用，使金融服务能颠覆传统。

纯网络银行获准申设名单今天出炉，由金融监督管理委员会主委顾立雄亲自公布名单，由中华电信领军的将来银行、LINE Bank 连线商业银行及国票金与日本乐天集团所组成的乐天国际商业银行都拿下执照。（编辑：杨玫宁）

貿易戰爭

學習目標

1. 能學會國際間貿易相關的詞彙
2. 能說明發生經貿戰爭之原因
3. 能了解貿易「白色名單」之意義
4. 能說明貿易戰爭對區域安定之影響

中美貿易戰

兩個戰場 美關稅大刀 砍向 iPhone
打亂電子產業供應鏈

課前閱讀

請看新聞標題，再回答以下問題：

❶「關稅」指的是什麼稅？

❷ iPhone 會受到關稅影響嗎？

❸ 這則新聞將對電子產業帶來什麼影響？

兩個戰場 打亂電子產業供應鏈

美關稅大刀 砍向 iPhone

【記者張語羚、江睿智／台北報導】美國總統川普宣布，將對中國大陸價值約三千億美元的商品，課徵百分之十的關稅。經濟部次長王美花昨天指出，我國廠商早在五月時就已預先做準備，並以可能課徵百分之十關稅的方式因應，及早分散全球布局。

川普對大陸產品的關稅戰拉大打擊面，將使美國消費品市場和科技產業受傷。彭博資訊報導，新一輪關稅商品清單將包括iPhone、服裝、玩具等消費品和電子產品，不只因為漲價直接影響美國消費者，也打亂產業供應鏈損害美商利益。

和碩董事長童子賢昨表示，未來貿易戰摩擦都將成為常態，台廠應該都調適得差不多，不過針對日本輸往中國大陸都造成影響，並加速全球供應鏈重新調整。

（取自2019/8/3 聯合報）

部則表示，須進一步觀察日韓貿易戰後續影響，台灣半導體產業鏈完整，整體原料供應不會受影響。

王美花分析，美國新一波關稅清單對台灣影響較大的是手機、筆電、機械等，筆電供應鏈早已啟動生產線轉移，手機則因不少供應鏈在中國大陸，廠商還在思考因應策略；至於玩具、鞋類、成衣等消費品部分，對台灣影響不大，主因多數台灣廠商早已將主要生產線拉到越南等東南亞國家。

貿易局則分析，由於電子產品及民生消費品多與跨國供應鏈緊密連結，此次美國對中國大陸課關稅，將對大陸台商的營運與出口，以及對台灣中間財輸往中國大陸都造成影響。被移出「白名單」後，南韓將不再享受貿易便利優惠措施，除了此前已經宣布的三種半導體材料外，日本政府將對其他所有對韓高科技產品出口實施個案審查。

① 戰場 zhànchǎng
battle field
戰爭的地方

俗話 (proverb) 說：「商場如戰場」。顯示做生意不是一件容易的事。

② 價值 jiàzhí
value
物品或抽象事情的價格

藝術作品的價值不僅限於 (to be confined to) 售價高低，還包括對人類歷史文化的影響。

③ 課徵 kèzhēng
to levy (taxes)
徵收（稅）

美國總統宣布針對進口電子產品課徵百分之十的關稅。

④ 關稅 guānshuì
tariff
進出口貨物在經過國境時（機場、港口）課徵的稅

為了保護本國的農產品，進口商需要繳交 (to pay) 關稅。

⑤ 砍 kǎn
to chop
以刀非常用力地切割

為了避免大樹被颱風吹倒壓到房子，爸爸先把樹砍了。

⑥ 分散 fēnsàn
to spread, to distribute
分開到各處

有句俗話說：「雞蛋不可以放在同一個籃子裡」，就是為了分散風險。

⑦ 拉 lā
to pull
往自己的方向動作，如：拉他的手、拉過來

在很多大門上會看到「推」和「拉」兩個字，提醒你開門的方向。

⑧ 打擊 dǎjí
to hit, to strike
攻擊、抨擊

政府提高進口關稅，對進口貨物售價造成衝擊，也打擊了進口商。

⑨ 輪 lún
round, turn (of negotiation)
量詞，有來回、輪流 (take turn) 之意，多用於協商、談判 (negotiation)

這兩家企業為了合作進行多輪協商，下一輪將於下月舉行。

⑩ 清單 qīngdān
list of (items)
詳細且清楚列出各個項目的單子

老闆叫我把上個月的出口清單給他看看，他要知道哪個產品最暢銷 (best-selling)。

⑪ 玩具 wánjù
toy
小孩玩的東西

聖誕節快到了，也是玩具銷售的高潮。

⑫ 損害 sǔnhài

to damage, to harm
損壞、傷害

長期熬夜工作損害了他的健康。

⑬ 摩擦 mócā

friction
本意是兩個東西來回擦動，也比喻爭執、衝突

在工作上若常因意見不同而跟別人發生摩擦，最好透過協商來解決。

⑭ 常態 chángtài

norm, normal situation
正常的狀態

股價有高有低是常態，投資客不可能永遠只賺錢而不賠錢 (to lose money, to sustain loss)。

⑮ 調適 tiáoshì

to adjust
調整、適應

面臨如此重大的打擊，他需要時間調適心理，然後再出發。

⑯ 待遇 dàiyù

treatment, salary
1. 對待
2. 工作的薪資、福利

沒想到那家大飯店的服務這麼好，我們受到像貴客 (VIP) 一般的待遇。

⑰ 白色名單 báisè míngdān

whitelist
用於國際間事務的特別名單

⑱ 除名 chúmíng

to delist
除去名字，取消資格

那家航空公司發生了空難 (air disaster)，因此被聯盟從最佳航空公司名單中除名了。

⑲ 意外 yìwài

unexpected, surprised
沒想到

公司提供了非常好的待遇，他卻不接受，我覺得有點意外。

⑳ 後續 hòuxù

subsequent
後來接著的

政府已制定了防疫措施，後續如何發展就再觀察吧。

㉑ 原料 yuánliào

(raw) material
製作物品的材料

塑膠、木頭、鐵是製造許多商品的原料。

㉒ 機械 jīxiè

machine
機器

台灣製造的機械工具品質相當優良 (superb, outstanding)。

㉓ 啟ㄑㄧˇ動ㄉㄨㄥˋ   qǐdòng   to start (operation)
開始、開動

電力公司停止運轉，設備都無法啟動，一切停擺。

㉔ 生ㄕㄥ產ㄔㄢˇ線ㄒㄧㄢˋ   shēngchǎn xiàn   production line
按照設計所依序安排的整套的生產設備

生產線規劃的好壞，對工作效能有重大的影響。

㉕ 轉ㄓㄨㄢˇ移ㄧˊ   zhuǎnyí   to move, to transfer
把…換到他處

政府鼓勵廠商把原本出口目標國家轉移到東南亞國家。

㉖ 思ㄙ考ㄎㄠˇ   sīkǎo   to consider carefully
深入地想

企業主做任何投資決定前都需多加思考，以降低風險。

㉗ 策ㄘㄜˋ略ㄌㄩㄝˋ   cèlüè   strategy
方法

候選人認為最好的策略就是做最好的計畫、做最壞的準備。

㉘ 成ㄔㄥˊ衣ㄧ   chéngyī   garment
現成的衣服，不是訂做的

成衣的款式多、尺寸齊，受到消費者喜愛。

㉙ 東ㄉㄨㄥ南ㄋㄢˊ亞ㄧㄚˋ   Dōngnányà   Southeast Asia
亞洲的東南部

㉚ 民ㄇㄧㄣˊ生ㄕㄥ   mínshēng   livelihood
人民生活

原油價格上漲使多項民生必需品漲價。

㉛ 緊ㄐㄧㄣˇ密ㄇㄧˋ   jǐnmì   close
密切不可分

全球化使世界各國間經貿產生了緊密的關係。

㉜ 連ㄌㄧㄢˊ結ㄐㄧㄝˊ   liánjié   to connect, to bring together
互相結合

網路連結了全世界，難怪是二十世紀最重要的發明。

㉝ 中ㄓㄨㄥ間ㄐㄧㄢ財ㄘㄞˊ   zhōngjiāncái   intermediate goods
中間財是指轉售半成品給下游廠商做加工生產或組裝的東西。如：製造汽車的零件、液晶電視的面板等

中間財出口約占台灣總出口的 7 成以上，中間財出口若衰退，代表台灣經濟面臨危機。

③④ 輸往 ㄕㄨㄨㄤˇ   shūwǎng   to ship (goods) to...
輸送到…

透過飛機、船隻能將貨物輸往世界各地。

③⑤ 制定 ㄓˋㄉㄧㄥˋ   zhìdìng   to make, to set up (laws, regulations)
訂立、訂定，常用於法律、規定方面

民眾要求政府制定更嚴格的法律以遏止酒駕肇事的現象。

③⑥ 友好 ㄧㄡˇㄏㄠˇ   yǒuhǎo   friendly
關係好

若在學校跟同學保持友好關係，未來可能成為事業的助力 (help)。

③⑦ 對象 ㄉㄨㄟˋㄒㄧㄤˋ   duìxiàng   partner, counterpart
與事情有關的另一方，如：服務對象、結婚對象

一個國家免課徵關稅的對象應是關係友好的國家。

③⑧ 認定 ㄖㄣˋㄉㄧㄥˋ   rèndìng   to determine
認同、確定

他們只是去看了一場電影，你不能認定他們已是情侶了。

③⑨ 簡化 ㄐㄧㄢˇㄏㄨㄚˋ   jiǎnhuà   to simplify
簡單化

校方逐漸簡化申請入學的手續，以吸引更多學生。

④⓪ 列入 ㄌㄧㄝˋㄖㄨˋ   lièrù   to list...in...
放進去

全世界有一百多個國家將台灣列入免簽證的名單中。

④① 唯一 ㄨㄟˊㄧ   wéiyī   unique
僅有的、獨一無二 (the one and only)

賺大錢不是人生唯一的目標。

④② 實施 ㄕˊㄕ   shíshī   to implement
實際施行

新的洗錢防制法將於明年一月正式實施。

專有名詞　Proper Noun

01	川普	Chuānpǔ	Donald Trump 2016 年當選美國總統（2017～2021）
02	次長	cìzhǎng	deputy minister 政府部門裡的官員，在部長下面一級
03	彭博資訊	Péngbó zīxùn	Bloomberg News 全球最大的財經資訊公司
04	和碩	Héshuò	Pegatron Corporation 台灣電子製造公司
05	童子賢	Tóng Zǐxián	Tung Tzu-hsien 人名，和碩董事長
06	貿易局	Màoyì jú	Bureau of Foreign Trade 政府負責貿易業務的單位

句型　Sentence Pattern

1 早在…就已…，並以…方式因應

公司早在三年前就已發現業績下滑，並以開發新產品方式因應。

政府早在兩周前就已警覺到流感將爆發，並以呼籲施打疫苗方式因應。

2 A 將 B 從…除名

那位運動員服用了禁藥 (doping)，於是球隊將他從國家代表隊除名。

政府已將那個國家從旅遊高風險地區中除名了。

3 …，至於…則…

進入科技產業工作是畢業生的目標，至於傳統產業則不受喜愛。

豬瘟爆發時，海關 (customs) 針對旅客是否帶豬肉製品入關進行嚴格檢查，至於牛肉、雞肉則不那麼嚴格。

課文理解與討論 ▶▶

❶ 川普宣布了一個新關稅政策，內容是什麼？

❷ 針對川普的政策，台灣經濟部次長是怎麼說的？

❸ 根據彭博報導，川普的關稅政策對美國業者與消費者有何影響？

❹ 和碩董事長對貿易摩擦的態度如何？他認為台灣廠商能適應嗎？

❺ 和碩董事長對什麼事感到意外？

❻ 經濟部次長認為台灣半導體產業會不會受影響？

❼ 王美花次長分析美國新的關稅清單對台灣哪些產業影響較大？

哪些產業影響較小？

❽ 台灣的產業如何因應這一波關稅帶來的影響？

❾ 美國對中國大陸課稅，為何也影響到大陸台商？

❿ 貴國是否跟其他國家也有貿易摩擦？原因為何？

⓫ 你覺得貿易摩擦跟全球化有關嗎？

⓬ 你覺得世界各國的貿易戰爭會不會越來越嚴重？

❶ 貿易名詞解釋：

(a) 貿易逆差（入超）：在一特定期間內（通常為一年），國家出口貿易總額小於進口貿易總額。

(b) 貿易順差（出超）：在一特定期間內（通常為一年），國家出口貿易總額大於進口貿易總額。

依下列圖表，請問：

(1) 站在國家立場，貿易順差好還是貿易逆差好？

(2) 若你是一個出口商，你出口商品到外國，對台灣的經濟是好是壞？

❷ 下面圖表是與台灣貿易往來密切的國家。根據圖表，回答問題。

Stock-ai (https://stock-ai.com/international-trade-outlook)

重要貿易夥伴國排行（全球）

前五大貿易順差國（全球）

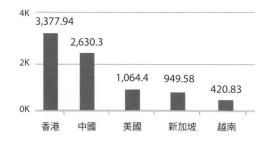

前五大貿易逆差國（全球）

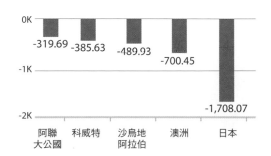

前五大出口國（全球）

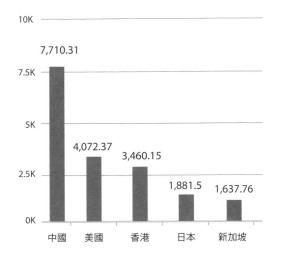

前五大進口國（全球）

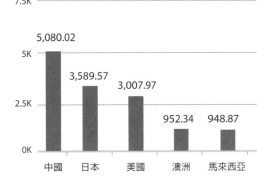

請問：

(1) 台灣的產品都賣到哪些國家？

(2) 台灣喜歡買哪些國家的商品？

(3) 哪個國家賺了台灣最多的錢？

(4) 台灣跟中東三個國家有貿易逆差，台灣大概跟他們進口什麼呢？

(5) 請查一下貴國的貿易情況，包括前五大順差國、逆差國、進出口國以及進出口產品。

日韓經貿衝突

LESSON.12

日韓也開戰！經貿報復 衝擊軍事

互把對方踢出白名單 青瓦台並將檢討日韓軍情保護協定 影響美日韓軍事合作

課前閱讀

請看新聞標題，再回答以下問題：

❶ 日本跟韓國為了什麼開戰？

❷ 兩國經貿戰爭與軍事有關係嗎？

❸ 日韓的貿易白名單有何改變？

日韓也開戰！經貿報復 衝擊軍事

互把對方踢出白名單 青瓦台並將檢討日韓軍情保護協定 影響美日韓軍事合作

【東京訊】南韓若終止即將到期的GSOMIA，日韓防衛部門間的情報共享將出現困難，衝擊美日韓在東亞的合作。日本防衛大臣岩屋毅二日表示，這項協定獲得經濟產業省的許可，僅次於半導體戰略物資的主要產業石油化學製品和汽車也將遭受打擊，危機感強烈。

熟悉日韓關係的靜岡縣立大學副教授奧薗秀樹分析，雖然日方稱相關措施與二戰時徵用勞工訴訟爭議無關，但在南韓政府沒有採取任何行動情況下，日方動作向外界釋出「絕不讓步」的強烈訊息。日本政府希望藉此強化文在寅被國內批評的力道，但結果與日本預想相反，南韓國內形成團結一致對日的氛圍，後續恐陷入「報復引來報復」惡性循環。

記者蔡佩芳／二日電】日本政府二日內閣會議通過將南韓從出口目的地「白名單」國家中剔除，繼上月初加強對韓半導體材料出口管制後，再收緊對韓出口。南韓隨後也發表將把日本踢出南韓白名單。

南韓總統文在寅譴責日方非常魯莽的決定讓事態進一步惡化，將逐步強化反制措施。他強調，局勢惡化責任在日本政府，他明確警告日本政府要為今後發生的事態負完全的責任。青瓦台並首度表態，將重新檢討日韓秘密軍事情報保護協定（GSOMIA）。

南韓外交部召見日本駐韓大使長嶺安政表達抗議，南韓國會也通過對日本的譴責案。

日本經濟產業大臣世耕弘成、官房長官菅義偉強調，此舉是為妥適出口管理進行的調整，並非禁運限制，南韓將恢復與亞洲其他國家相同待遇，對全球產業供應鏈沒有影響。

共同社指出，南韓方面憂慮被剔除白名單外，從日本進口戰略物資都必須獲得經濟產業省的許可，在北韓持續試射飛彈等情況下更顯重要，「希望南韓從大局來判斷」。

文在寅午後召開臨時內閣會議因應，會後由南韓副總理兼企畫財政部長洪楠基發表反制措施，也將把日本移出南韓白名單之列，並加速向世界貿易組織提出申訴的準備作業；

（取自2019/8/3 聯合報）

01 經貿 jīngmào economy and trade
經濟與貿易

02 衝突 chōngtú to conflict
雙方發生摩擦、意見不合

許多國家因宗教、經貿問題而衝突不斷。

03 報復 bàofù to take revenge on...
對傷害過自己的人用類似方法反擊

電視連續劇裡常有你害我失敗，我就想辦法報復你的劇情。

04 軍事 jūnshì military
軍隊的事務

立法院準備大砍明年的軍事預算。

05 對方 duìfāng the opposite side
另一方

雙方合作製造產品的方案尚未與對方協商，無法定案。

06 軍情 jūnqíng military intelligence
軍事的情況

台灣有些沿海是管制區域，不能隨便進入，以防範有人收集 (to gather) 軍情。

07 協定 xiédìng agreement
經過協商共同訂定

經過協商，兩國簽訂 (to sign) 了降低關稅協定。

08 內閣 nèigé cabinet
一種政府行政體制

在政治制度上，英國屬於內閣制，由內閣負責國家政策，而美國則屬於總統制。

09 目的地 mùdìdì destination
想要到的地方

經過一天的飛行 (flight)，我們終於抵達了目的地。

10 剔除 tīchú to remove, to eliminate
經過挑選、除去不要的

那位申請者因為不符合公司的需求而遭到剔除。

11 管制 guǎnzhì control
管理控制

公司對食品的品質管制有嚴密的要求，才能讓味道保持不變。

12 收緊 shōujǐn to tighten (budget)
嚴格管理

目前政府收緊預算支出，所以很多投資計畫都無法進行。

⑬ 譴責 ㄑㄧㄢˇ ㄗㄜˊ　　qiǎnzé
to condemn
（強烈）責備

她明明感染了麻疹卻還搭捷運，導致疫情擴大，引起民眾強烈譴責。

⑭ 魯莽 ㄌㄨˇ ㄇㄤˇ　　lǔmǎng
reckless
沒禮貌、粗心

他做事總是魯莽又不負責任，怎麼可能有人看重他。

⑮ 事態 ㄕˋ ㄊㄞˋ　　shìtài
situation
事情的情況

麻疹疫情已從這個社區擴大到其他城市，事態相當嚴重。

⑯ 惡化 ㄜˋ ㄏㄨㄚˋ　　èhuà
to deteriorate, to get worse
情況更壞

只要經濟景氣不再惡化，一切就安全無虞了。

⑰ 逐步 ㄓㄨˊ ㄅㄨˋ　　zhúbù
gradually, step by step
一步接一步地

上班族都期盼薪資能逐步調升到理想的目標。

⑱ 強化 ㄑㄧㄤˊ ㄏㄨㄚˋ　　qiánghuà
to strengthen, to enhance
加強程度、性質

為了使資料不外洩，需要強化電腦防範病毒的軟體。

⑲ 反制 ㄈㄢˇ ㄓˋ　　fǎnzhì
to counteract
反抗 (to resist) 抵制 (to boycott)

面對商家隨便漲價，消費者應拒絕購買，才能反制不良商家。

⑳ 局勢 ㄐㄩˊ ㄕˋ　　júshì
condition, situation
世界及國家的政治、經濟等情況

那個地區遭受多起恐怖攻擊，世界局勢恐出現不穩定現象。

㉑ 明確 ㄇㄧㄥˊ ㄑㄩㄝˋ　　míngquè
clearly
正確的、清楚的

政府應明確告訴民眾，目前傳染病的嚴重程度。

㉒ 今後 ㄐㄧㄣ ㄏㄡˋ　　jīnhòu
from now on
從今以後

受到氣候變遷的影響，今後北極融冰速度將加快，令人擔心。

㉓ 表態 ㄅㄧㄠˇ ㄊㄞˋ　　biǎotài
to make one's attitude clear
清楚表達自己的立場、態度

那位企業家在總統選舉時表態支持能發展台灣經濟的候選人。

㉔ 秘密 mìmì　secret
隱密不讓別人知道的事

公司把製造過程保護得密不透風，這個秘密怎會外洩呢？

㉕ 情報 qíngbào　intelligence, critical information
關於某種情況的消息，多有機密性質

幸虧有人提供了情報，警察才能找到犯人。

㉖ 終止 zhōngzhǐ　to end
結束、停止

我們公司已與那家金融公司終止了合作關係。

㉗ 防衛 fángwèi　defense
防護、保衛

這裡是軍事地區，防衛相當嚴密，一般人是不能進入的。

㉘ 有所 yǒusuǒ　to have (a certain degree of)...
書 有一些＋ V.

企業應對海外市場近來的情況有所了解，才能前往海外投資。

㉙ 試射 shìshè　test launch
試試發射

㉚ 飛彈 fēidàn　missile
一種武器 (weapon)

有些國家常以試射飛彈來威脅鄰近的國家，使人恐懼不安。

㉛ 顯 xiǎn　to indicate
「顯得」的縮略

頻頻爆發傳染病，更顯施打疫苗的重要性。

㉜ 大局 dàjú　overall situation
大的局面、整個情況

總統的國家政策應以大局為重，不能先考慮是否對個人、政黨有利。

㉝ 召開 zhàokāi　to call, to summon (a meeting)
召集 (to summon) 舉行

為了擴大市場，總經理召開會議，討論如何布局全世界。

㉞ 臨時 línshí　not on a regular basis, at a short notice
1. 短時間、暫時的
2. 時間到卻突然發生某情況

部長接獲洪災報告，緊急召開臨時會議。

顧客臨時增加了訂購數量，我只能熬夜趕工 (to work hard to meet the deadline)。

③⑤ 兼ᵁᵃⁿ　　jiān　　concurrent
同時擔任兩個職務

由於先生在海外工作，她身兼父職照顧孩子。

③⑥ 之ᵁᵏ列ᵏᵘᵃ　　zhī liè　　among others
📖 在（行列、排名…）裡

腸胃疾病、心血管疾病都在因熬夜工作而易發病名單之列。

③⑦ 申ᵏ訴ᵘ　　shēnsù　　petition
向有關單位說明理由

著作權受到侵害 (infringement) 時，作者可向政府提出申訴。

③⑧ 召ᵘ見ᵘᵃ　　zhàojiàn　　to call in (a subordinate) for a meeting
地位高者約見地位較低的人

總統召見並鼓勵這次奧運會 (Olympic Games) 得獎的選手。

③⑨ 駐ᵘ　　zhù　　to be stationed at...
停留

日本、韓國都有美國的駐軍。

④⓪ 大ᵘᵃ使ᵘ　　dàshǐ　　ambassador

那位大使曾經擔任過駐美、駐德及駐日大使多年。

④① 妥ᵘᵒ適ᵘ　　tuǒshì　　appropriate
妥當 (adequate)、適當

銀行應有妥適的資訊管理系統，以監測、控制風險。

④② 禁ᵘᵃ運ᵘ　　jìnyùn　　embargo
禁止運送

聯合國對某些國家有禁運限制，軍事物資都不能輸往那裡。

④③ 戰ᵘᵃ略ᵏᵘᵃ　　zhànlüè　　strategy
作戰／比賽的策略

球員依照教練 (coach) 的戰略上場比賽，果然得到冠軍。

④④ 物ᵘ資ᵖ　　wùzī　　material
物品

南部發生洪水災難，全國各地紛紛運送救急物資過去。

④⑤ 僅ᵘᵃ次ᵏ於ᵘ　　jǐncìyú　　only next to...
📖 只比一個低／少，第二

印度 (India) 的人口僅次於中國。

㊻ 石ㄕˊ油ㄧㄡˊ　shíyóu　petroleum

㊼ 製ㄓˋ品ㄆㄧㄣˇ　zhìpǐn　product
製造的產品

燃燒塑膠製品將會釋出有毒氣體，造成環境汙染。

㊽ 危ㄨㄟˊ機ㄐㄧ　wéijī　crisis
危險的情況

2008 年的世界金融危機造成多家大型金融機構倒閉，引發經濟大幅衰退。

㊾ 熟ㄕㄡˊ悉ㄒㄧ　shóuxī　to be familiar with
對人及事物很熟

我對伊斯蘭教不熟悉，但是看得出哪座是清真寺。

㊿ 徵ㄓㄥ用ㄩㄥˋ　zhēngyòng　requisition
政府因為需要借用或租用私人財產

政府徵用飛機場附近的土地，以擴大機場的建設。

(51) 勞ㄌㄠˊ工ㄍㄨㄥ　láogōng　laborer
指用勞力工作者

(52) 訴ㄙㄨˋ訟ㄙㄨㄥˋ　sùsòng　lawsuit
法律上指有侵害、爭執不能解決時，請司法機構依法判斷的行為

有人盜用我們的品牌，我們要提起訴訟，以保障權利。

(53) 爭ㄓㄥ議ㄧˋ　zhēngyì　dispute
爭辯議論

民眾常對颱風來襲時的停班停課標準有所爭議。

(54) 採ㄘㄞˇ取ㄑㄩˇ　cǎiqǔ　to adopt (a policy)
採用

為了消滅酒駕，政府採取嚴懲的方式是必要的。

(55) 絕ㄐㄩㄝˊ（不ㄅㄨˋ）　jué (bù)　definitely (not)
一定（不）⋯

站在公司立場，絕不接受員工公開抨擊公司的原則。

(56) 讓ㄖㄤˋ步ㄅㄨˋ　ràngbù　to concede, to make concession
發生爭執時為了解決而退一步

在勞資雙方都願意讓步的情況下，這次抗議順利結束。

(57) 預ㄩˋ想ㄒㄧㄤˇ　yùxiǎng　to anticipate
預先想

進行任何一項事業投資前都要預想可能面臨哪些困難。

58 相反 xiāngfǎn
to be opposite to...
與他人立場、意見、想法不同

颱風路徑與氣象員預測的相反，竟朝著本島接近，造成沿海居民來不及撤離。

59 團結 tuánjié
to join each other tightly, to hang together
群體裡想法、做法一致

大家要團結起來，才能與對方競爭。

60 一致 yízhì
in conformity
相同

幾個目擊者說法一致，都指出兇手帶著自動步槍。

61 氛圍 fēnwéi
atmosphere
氣氛

發生恐怖攻擊後，當地人因恐懼不安的氛圍而減少出門的次數。

62 陷入 xiànrù
to fall into...
進入某個情況中

因對品牌價值高低的看法不同，使購併案陷入僵局。

63 引來 yǐnlái
to cause, to bring in
引起、帶來

64 惡性循環 èxìng xúnhuán
vicious circle
事情不好的一面互為因果，不斷互相影響，越來越糟

貧富懸殊轉趨嚴重，使富者愈富，貧者愈貧，形成惡性循環。

專有名詞 Proper Noun

01 青瓦台	Qīngwǎtái	Blue House, Presidential Hall of Korea 韓國總統府
02 文在寅	Wén Zàiyín	Moon Jae-in 2017 年起擔任韓國總統
03 防衛部門	fángwèi bùmén	defense system (of Japan) 日本國防事務管理機關
04 防衛大臣	Fángwèi Dàchén	Minister of Defense (of Japan) 日本內閣中防衛部門（防衛省）最高首長

05	副總理	Fù Zǒnglǐ	Deputy Prime Minister (of Japan) 內閣制的副首長
06	企畫財政部長	Qìhuà Cáizhèng bùzhǎng	Minister of Strategy and Finance (of Korea) 韓國政府機關，相當於台灣財政部
07	世界貿易組織	Shìjiè Màoyì Zǔzhī	World Trade Organization (WTO)
08	經濟產業大臣	Jīngjì Chǎnyè Dàchén	Minister of Economy, Trade and Industry (of Japan) 日本內閣中掌管經濟產業省的國務大臣
09	(內閣)官房長官	(Nèigé) Guānfáng Zhǎngguān	Chief Cabinet Secretary (of Japan) 日本內閣中掌管內閣事務，相當於秘書長
10	菅義偉	Jiān Yìwěi	Yoshihide Suga (name) 日本當時官房長官（2012～2020）， 現任首相（2020～）
11	共同社	Gòngtóng shè	Kyodo News 日本共同通訊社
12	靜岡縣立大學	Jìnggāng xiànlì dàxué	University of Shizuoka (in Japan) 日本的大學
13	二戰	Èrzhàn	World War II 第二次世界大戰

句型 *Sentence Pattern*

1 對…有所

熬夜工作對細胞及身體機能都有所損耗。

經過說明，人民對新政策的態度有所改變。

2 移出／列入…之列／名單

國際保護動物組織將北極熊列入瀕危動物之列。

由於 H1N1 病毒已消滅，那個國家被移出疾病高風險國家名單。

3 僅次於

2018 年，中國在世界 GDP 排名第二，僅次於美國。

訂房平台 Agoda 根據訂房數分析，「2018 年國內外旅客最愛到訪的台灣城市」中，台中僅次於台北。

課文理解與討論 ▶▶

❶ 日本在內閣會議中通過了什麼決定？

❷ 根據新聞，上月初日本對南韓還做了什麼？

❸ 南韓總統對日本內閣會議的決定有什麼反應？

❹ 南韓總統認為兩國局勢惡化應該由誰負責？

❺ 「日韓秘密軍事情報保護協定 (GSOMIA)」的內容是什麼？

❻ GSOMIA 若終止了，對東亞有何影響？

❼ 日本防衛大臣希望「南韓從大局來判斷」是什麼意思？

❽ 南韓政府在內閣會議後發表了哪些反制日本措施？

❾ 日本官房長官表示將韓國移出白名單是妥適的，為什麼呢？

❿ 共同社認為南韓對日本此舉為何這麼憂慮？

⓫ 奧薗秀樹副教授分析日本政府釋出「絕不讓步」訊息的目的是

　 什麼？日本政府達到目的了嗎？

⓬ 奧薗副教授認為日本政府的做法恐導致什麼結果？

⓭ 你認為兩國的經貿戰爭與外交關係之間有什麼關聯？

⓮ 你認為這些強國之間為什麼會發生經貿衝突？

⓯ 根據你的了解，經貿衝突會發生在尚未開發的落後國家嗎？

❶ 你預估中美貿易戰、日韓貿易戰的結果會如何？

❷ 請說說你的國家跟別的國家是否有衝突？是政治摩擦還是經貿摩擦？

❸ 你認為全球化是增加還是減少國家間的衝突，使各國政治、經濟趨於和平，還是因全球化而使國家間摩擦增多？請舉例說明。

附錄：兩篇主新聞內容的簡體字版 ▸▸

第十一课 两个战场　打乱电子产业供应链
美关税大刀砍向 iPhone

【记者张语羚、江睿智／台北报导】美国总统川普宣布，将对中国大陆价值约三千亿美元的商品，课征百分之十的关税。经济部次长王美花昨天指出，我国厂商早在五月时就已预先做准备，并以可能课征百分之十关税的方式因应，及早分散全球布局。

川普对大陆产品的关税战拉大打击面，将使美国消费品市场和科技产业受伤。彭博资讯报导，新一轮关税商品清单将包括 iPhone、服装、玩具等消费品和电子产品，不只因为涨价直接影响美国消费者，也打乱产业供应链损害美商利益。

和硕董事长童子贤昨表示，未来贸易战摩擦都将成为常态，台厂应该都调适得差不多，不过针对日本将南韩从出口管理的优惠待遇「白色名单」上除名，觉得有点意外。经济部则表示，须进一步观察日韩贸易战后续影响，台湾半导体产业链完整，整体原料供应不会受影响。

王美花分析，美国新一波关税清单对台湾影响较大的是手机、笔电、机械等，笔电供应链早已启动生产线转移，手机则因不少供应链在中国大陆，厂商还在思考因应策略；至于玩具、鞋类、成衣等消费品部分，对台湾影响不大，主因多数台湾厂商早已将主要生产线拉到越南等东南亚国家。

贸易局则分析，由于电子产品及民生消费品多与跨国供应链紧密连结，此次美国对中国大陆课征关税，将对大陆台商的营运与出口，以及对台湾中间财输往中国大陆都造成影响，并加速全球供应链重新调整。

阅报秘书：白名单

所谓「白名单」（whitelist），是指日本政府制定的安全保障贸易友好对象国清单（preferential list）。在对这些日本政府认定的友好国家出口高科技商品时，日本出口商可享受相对简化手续。目前共有廿七国被列入白名单，包

括美国、英国、德国等。

南韩于二〇〇四年被列入「白名单」，是唯一的亚洲国家，也是第一个遭移出清单（delist）的国家。被移出「白名单」后，南韩将不再享受贸易便利优惠措施，除了此前已经宣布的三种半导体材料外，日本政府将对其他所有对韩高科技产品出口实施个案审查。

第十二课　日韩也开战！经贸报复　冲击军事
互把对方踢出白名单　青瓦台并将检讨日韩军情保护协定
影响美日韩军事合作

【东京记者蔡佩芳／二日电】日本政府二日内阁会议通过将南韩从受信任出口目的地「白名单」国家中剔除，继上月初加强对韩半导体材料出口管制后，再收紧对韩出口。南韩随后也发表将把日本踢出南韩白名单。

南韩总统文在寅谴责日方非常鲁莽的决定让事态进一步恶化，将逐步强化反制措施。他强调，局势恶化责任在日本政府，他明确警告日本政府要为今后发生的事态负完全的责任。青瓦台并首度表态，将重新检讨日韩秘密军事情报保护协定（GSOMIA）。

南韩若终止即将到期的 GSOMIA，日韩防卫部门间的情报共享将出现困难，冲击美日韩在东亚的合作。日本防卫大臣岩屋毅二日表示，这项协定对地区和平与安全有所贡献，在北韩持续试射飞弹等情况下更显重要，「希望南韩从大局来判断」。

文在寅午后召开临时内阁会议因应，会后由南韩副总理兼企画财政部长洪楠基发表反制措施，也将把日本移出南韩白名单之列，并加速向世界贸易组织提出申诉的准备作业；南韩外交部召见日本驻韩大使长岭安政表达抗议，国会也通过对日本的谴责案。

日本经济产业大臣世耕弘成、官房长官菅义伟强调，此举是为妥适出口管理进行的调整，并非禁运限制，南韩将恢复与亚洲其他国家相同待遇，对全球产业供应链没有影响。

共同社指出，南韩方面忧虑被剔除白名单外，从日本进口战略物资都必须获得经济产业省的许可，仅次于半导体的主要产业石油化学制品和汽车也将遭受打击，危机感强烈。

熟悉日韩关系的静冈县立大学副教授奥薗秀树分析，虽然日方称相关措施与二战时征用劳工诉讼争议无关，但在南韩政府没有采取任何行动情况下，日方动作向外界释出「绝不让步」的强烈讯息。日本政府希望藉此强化文在寅被国内批评的力道，但结果与日本预想相反，南韩国内形成团结一致对日的氛围，后续恐陷入「报复引来报复」恶性循环。

表演藝術

學習目標

1 能閱讀與表演藝術相關的新聞
2 能理解與表演藝術相關的詞彙
3 能了解台灣藝術界的情況

雲門舞集《白水》　攝影　劉振祥

LESSON 13

第 13 課

雲門獲肯定

NEWS

人文　環保　表演　氣象　時尚　旅遊　社會　外交　政治　經濟

雲門舞集英國舞壇發光 林懷民喜獲肯定

課前閱讀

請看新聞標題，再回答以下問題：

❶ 你聽說過雲門舞集嗎？是什麼樣的團體？

❷ 從這標題來看，你想雲門舞集在世界的地位如何？

❸ 你想林懷民跟雲門舞集有什麼關係？

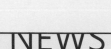

人文 環保 表演 氣象 時尚 旅遊 社會 外交 政治 經濟

雲門舞集英國舞壇發光 林懷民喜獲肯定

294
👍讚

LINE

f

　　（中央社記者洪健倫台北 20 日電）雲門舞集榮獲第 19 屆英國國家舞蹈獎的「年度傑出舞團」，創辦人林懷民昨晚在其執導的歌劇《托斯卡》排演空檔表示，倫敦是近 10 年世界舞蹈的中心，很高興雲門舞集在此獲得肯定。

　　第 19 屆英國國家舞蹈獎得獎名單 18 日公布，雲門舞集以去年在倫敦演出的舞作《關於島嶼》榮獲「年度傑出舞團」，從入圍的英國皇家芭蕾舞團、蘇格蘭芭蕾、德勒斯登歌劇院芭蕾，以及英國北方芭蕾等歐陸大團中脫穎而出，也是本屆唯一入圍的亞洲團隊；林懷民同時入圍「最佳現代舞編舞家」。

　　昨天是林懷民 72 歲生日，當天他在國家音樂廳排演 NSO 國家交響樂團歌劇《托斯卡》，林懷民在排演空檔接受中央社訪問表示，英國國家舞蹈獎是很難得到的榮譽，而過去 10 多年，倫敦已經取代紐約成為世界舞蹈的中心，全球舞團爭相到倫敦演出。

　　林懷民也說，雲門獲獎後，英國《衛報》在國內版刊出雲門演出劇照，報導雲門打敗了英國皇家芭蕾舞團得獎的消息。他在昨天下午也透過雲門對外表示，感謝勤奮工作的雲門員工，以及多年支持關愛雲門的各界人士，這是大家一起得的大獎。

林懷民最近行程仍十分忙碌，結束《托斯卡》2 天的彩排工作後，21 日將飛往香港檢視「林懷民舞作精選」彩排，晚上出席雲門在香港藝術節的首演；22 日再趕回台北調整《托斯卡》的燈光細節，迎接當晚首演。

　　今年 3 月，雲門舞集將帶著得獎舞作《關於島嶼》前往吉隆坡，第 3 度登上馬來西亞國家文化宮演出；6 月將 8 度訪演莫斯科，在契訶夫藝術節演出。

　　雲門舞集由林懷民在 1973 年創立，並執掌舞團逾 45 年，累積 90 部舞作，雲門舞集更孕育羅曼菲、劉紹爐等多位重要台灣舞蹈家。林懷民在 2017 年宣布，將於 2019 年底退休，2020 年起將由現任雲門 2 藝術總監鄭宗龍接任雲門藝術總監。（編輯：張雅淨）1080220

（取自 2019/2/20 中央社）

01 壇ㄊㄢˊ　tán　field
某一種事業的範圍，如：舞壇、文壇

> 她年僅 12 歲，是舞壇新星，未來大有發展。

02 發ㄈㄚ 光ㄍㄨㄤ　fāguāng　to give out light, to gain popularity
很亮，讓大家都看得到，比喻受到注意

> 她是這一屆的最佳女主角，在台灣影壇發光。

03 喜ㄒㄧˇ 獲ㄏㄨㄛˋ　xǐhuò　to receive gladly
很高興得到（獎、孩子）

> 她在 40 歲才喜獲一個女孩，全家高興得不得了。

04 榮ㄖㄨㄥˊ 獲ㄏㄨㄛˋ　rónghuò　to receive (an honor)

> 他經過四年的努力，終於榮獲博士學位。

05 年ㄋㄧㄢˊ 度ㄉㄨˋ　niándù　period of a year
根據業務需要規定每年開始和結束期間，如：學年度、會計年度

> 本年度的營業額超過我們所預期的數字。

06 傑ㄐㄧㄝˊ 出ㄔㄨ　jiéchū　distinguished
超過一般人的能力、表現

> 他這次在球壇傑出的表現得到國際的肯定。

07 舞ㄨˇ 團ㄊㄨㄢˊ　wǔtuán　dance group
舞蹈的團體

08 創ㄔㄨㄤˋ 辦ㄅㄢˋ 人ㄖㄣˊ　chuàngbàn rén　founder
建立一個團體、組織、公司的人

> 本屆的徵才博覽會特別邀請了幾家科技業的創辦人來演講。

09 執ㄓˊ 導ㄉㄠˇ　zhídǎo　to direct (a performance)
做導演的工作

> 這部電影是由李安 (Ang Lee) 執導的。

10 歌ㄍㄜ 劇ㄐㄩˋ　gējù　opera
一種西方的表演藝術

11 排ㄆㄞˊ 演ㄧㄢˇ　páiyǎn　to rehearse
在正式表演以前先練習演出

> 經過一次次的排演，明天終於要正式演出了。

12 舞ㄨˇ 作ㄗㄨㄛˋ　wǔzuò　work of choreology
舞蹈的作品

13 島ㄉㄠˇ 嶼ㄩˇ　dǎoyǔ　island
島

⑭ 入圍ㄖㄨˋ ㄨㄟˊ   rùwéi   to be among the finalists
經過競選後進入最後的競爭範圍

這次有三人入圍新人獎，明天才知道誰最後能出線。

⑮ 歐陸ㄡ ㄌㄨˋ   Ōulù   European continent
歐洲大陸

⑯ 脫穎而出ㄊㄨㄛ ㄧㄥˇ ㄦˊ ㄔㄨ   tuōyǐng érchū   stand out from the crowd (in a competition)
在很多人當中，能力特別傑出

他在這次演講比賽中脫穎而出，榮獲第一名。

⑰ 編舞ㄅㄧㄢ ㄨˇ   biānwǔ   to compose a dance
創作舞蹈

林懷民綜合了傳統與現代的觀念編舞。

⑱ 交響樂ㄐㄧㄠ ㄒㄧㄤˇ ㄩㄝˋ   jiāoxiǎngyuè   symphony

⑲ 榮譽ㄖㄨㄥˊ ㄩˋ   róngyù   honor

諾貝爾獎 (Nobel Prize) 是學術界最高的榮譽。

⑳ 爭相ㄓㄥ ㄒㄧㄤ   zhēngxiāng   to compete for
互相搶著（做）

為了刺激消費，餐飲業爭相推出各種優惠。

㉑ 國內版ㄍㄨㄛˊ ㄋㄟˋ ㄅㄢˇ   guónèibǎn   domestic edition
給本國讀者 (reader) 看的內容

㉒ 刊出ㄎㄢ ㄔㄨ   kānchū   to publish
刊登出來

那份雜誌因為刊出藝人的照片違反個人隱私而被下架。

㉓ 劇照ㄐㄩˋ ㄓㄠˋ   jùzhào   stage photo, sitll
電影或電視劇等表演中拍的照片

各大媒體都刊出雲門在倫敦表演的劇照。

㉔ 勤奮ㄑㄧㄣˊ ㄈㄣˋ   qínfèn   to be diligent, hard-working
非常努力、認真

農人每天勤奮地工作，卻因為一場洪災，所有的努力都沒有了。

㉕ 關愛ㄍㄨㄢ ㄞˋ   guān'ài   tender loving care
關心愛護

他從小在父母的關愛下成長。

㉖ 行程ㄒㄧㄥˊ ㄔㄥˊ   xíngchéng   itinerary
一段時間內所要做的重要的事情

競選期間，每個候選人的行程都安排得很滿，因得到各地去爭取支持。

㉗ 彩ㄘㄞˇ排ㄆㄞˊ　　　căipái　　dressed rehearsal
在正式表演前，穿上表演時的衣服練習

今天晚上就要正式演出了，我們在下午做最後一次彩排。

㉘ 檢ㄐㄧㄢˇ視ㄕˋ　　　jiǎnshì　　to check
檢查看看

消防隊在出發前再一次檢視所有的裝備是否完善。

㉙ 精ㄐㄧㄥ選ㄒㄩㄢˇ　　　jīngxuǎn　　to select, to pick up
特別選出來

林懷民精選出三部雲門最佳的舞作到世界各地表演。

㉚ 出ㄔㄨ席ㄒㄧˊ　　　chūxí　　to attend
參加（會議）

總統請企業界領袖代表他出席國際性會議。

㉛ 首ㄕㄡˇ演ㄧㄢˇ　　　shǒuyǎn　　premiere
第一次演出

雲門在倫敦的首演就獲得當地民眾的支持與喜愛。

㉜ 趕ㄍㄢˇ　　　găn　　to rush to...
要盡快地

他在結束倫敦的表演後，立刻趕赴香港進行下一場演出。

㉝ 燈ㄉㄥ光ㄍㄨㄤ　　　dēngguāng　　lighting

㉞ 細ㄒㄧˋ節ㄐㄧㄝˊ　　　xìjié　　details
仔細的內容部分

我只知道演出的時間和地點，至於其他細節，我不太清楚。

㉟ 迎ㄧㄥˊ接ㄐㄧㄝ　　　yíngjiē　　to receive, to greet
歡迎（事或人）到來

很多年輕人在跨年的時候，跑到海邊去迎接一年的第一個日出。

㊱ 前ㄑㄧㄢˊ往ㄨㄤˇ　　　qiánwǎng　　to head for
到某地方去

總統將於下周前往英國訪問。

㊲ 度ㄉㄨˋ　　　dù　　(the 1st, 2nd, 3rd...) time
次

雲門舞集三度獲得傑出舞團獎。

38 登ㄉㄥ上ㄕㄤ　dēngshàng　to have access to..., to reach...
爬上，好不容易上到某個地方去

他經過多年的努力，終於登上國家音樂廳表演。

39 訪ㄈㄤ演ㄧㄢ　fǎngyǎn　to visit and perform
訪問演出

雲門舞集曾多次前往世界各地訪演，受到各地民眾的歡迎。

40 創ㄔㄨㄤ立ㄌㄧ　chuànglì　to be founded
第一次建立

鴻海科技集團是由台灣企業家所創立的跨國企業。

41 執ㄓ掌ㄓㄤ　zhízhǎng　to be in charge
管理

現在世界上很多國家都是由女性總統執掌政權（political power, regime）。

42 累ㄌㄟ積ㄐㄧ　lěijī　to accumulate
一點一點慢慢增加

經驗是一天天慢慢累積起來的，不是一天就可以獲得的。

43 孕ㄩㄣ育ㄩ　yùnyù　to nurture, to cultivate
培養

人類的四大古文化都在河川旁孕育出來的。

44 現ㄒㄧㄢ任ㄖㄣ　xiànrèn　current, incumbent
現在擔任

台灣現任總統是一位女性總統。

45 總ㄗㄨㄥ監ㄐㄧㄢ　zǒngjiān　supervisor
負責監督某項工作的最高管理人

他是我們公司的人力資源總監，執掌所有關於招募人才的工作。

46 接ㄐㄧㄝ任ㄖㄣ　jiērèn　to succeed, to take over
繼續前一任的工作

我們現任的校長即將退休，由副校長接任校長的職位。

01	林ㄌㄧㄣˊ懷ㄏㄨㄞˊ民ㄇㄧㄣˊ	Lín Huáimín	Lin Huaimin
02	托ㄊㄨㄛ斯ㄙ卡ㄎㄚˇ	Tuōsīkǎ	Tosca
03	倫ㄌㄨㄣˊ敦ㄉㄨㄣ	Lúndūn	London
04	英ㄧㄥ國ㄍㄨㄛˊ皇ㄏㄨㄤˊ家ㄐㄧㄚ芭ㄅㄚ蕾ㄌㄟˇ舞ㄨˇ團ㄊㄨㄢˊ	Yīngguó huángjiā bālěi wǔtuán	Royal Ballet School
05	蘇ㄙㄨ格ㄍㄜˊ蘭ㄌㄢˊ芭ㄅㄚ蕾ㄌㄟˇ	Sūgélán bālěi	Scottish Ballet
06	德ㄉㄜˊ勒ㄌㄜˋ斯ㄙ登ㄉㄥ歌ㄍㄜ劇ㄐㄩˋ院ㄩㄢˋ芭ㄅㄚ蕾ㄌㄟˇ	Délèsīdēng gējùyuàn bālěi	Dresden Semperoper Ballett
07	英ㄧㄥ國ㄍㄨㄛˊ北ㄅㄟˇ方ㄈㄤ芭ㄅㄚ蕾ㄌㄟˇ	Yīngguó běifāng bālěi	Northern Ballet Theatre
08	NSO 國ㄍㄨㄛˊ家ㄐㄧㄚ交ㄐㄧㄠ響ㄒㄧㄤˇ樂ㄩㄝˋ團ㄊㄨㄢˊ	NSO guójiā jiāoxiǎngyuètuán	National Symphony Orchestra (NSO)
09	吉ㄐㄧˊ隆ㄌㄨㄥˊ坡ㄆㄛ	Jílóngpō	Kuala Lumpur
10	馬ㄇㄚˇ來ㄌㄞˊ西ㄒㄧ亞ㄧㄚˋ國ㄍㄨㄛˊ家ㄐㄧㄚ文ㄨㄣˊ化ㄏㄨㄚˋ宮ㄍㄨㄥ	Mǎláixīyà guójiā wénhuàgōng	Portal Rasmi Istana Budaya Kuala Lumpur
11	莫ㄇㄛˋ斯ㄙ科ㄎㄜ	Mòsīkē	Moscow
12	契ㄑㄧˋ訶ㄏㄜ夫ㄈㄨ藝ㄧˋ術ㄕㄨˋ節ㄐㄧㄝˊ	Qìhēfū yìshùjié	Chekhov Festival
13	羅ㄌㄨㄛˊ曼ㄇㄢˋ菲ㄈㄟ	Luó Mànfēi	Lo Man-fei
14	劉ㄌㄧㄡˊ紹ㄕㄠˋ爐ㄌㄨˊ	Liú Shàolú	Liu Shao-lu
15	鄭ㄓㄥˋ宗ㄗㄨㄥ龍ㄌㄨㄥˊ	Zhèng Zōnglóng	Cheng Tsung Lung

1 以…榮獲…

她以《熱帶魚》這部電影榮獲本屆金馬影展最佳女主角獎。

中華電信以智能客服系統榮獲 2019 年最佳客服大獎。

2 從…中脫穎而出

他從眾多新人中脫穎而出，榮獲最佳新人獎。

申設純網銀執照的銀行，最後由連線商業銀行從三家銀行中脫穎而出。

3 …取代…成為…

手機已經取代平板電腦成為追劇的最佳工具。

在未來線上教學可能取代實體課堂 (in class) 教學成為主要的教學方式。

4 透過…對外…

颱風摧毀了連外橋梁，災區居民只有透過手機對外聯繫。

有些政治人物喜歡透過媒體對外發布非正式的消息。

課文理解與討論 ▶▶

1. 雲門舞集獲得什麼獎？創辦人林懷民在什麼時候對此消息有所回應？為什麼在此得到這個獎是很大的肯定？

2. 雲門舞集以哪一部舞作獲獎？有哪些舞團入圍？

   林懷民個人也得到什麼樣的肯定？

3. 公布得獎名單時，林懷民在哪裡？什麼時候接受訪問？

4. 林懷民認為倫敦在舞蹈界的地位如何？

5. 英國媒體對雲門獲獎有什麼反應？你認為這代表什麼意義？

6. 林懷民知道獲獎後感謝哪些人？為什麼？

7. 根據此則新聞，最近林懷民個人有哪些行程？雲門有哪些演出？

8. 雲門舞集是什麼時候創立的？有多少部舞作了？

   孕育了哪些重要的舞蹈家？

9. 林懷民將於什麼時候退休？誰將接任他的工作？

10. 你認為林懷民對台灣舞蹈界有什麼貢獻？

請閱讀下面三部雲門的舞作簡介，並上網觀看一小段作品。

雲門舞集《白蛇傳》 攝影 劉振祥

《白蛇傳》創作於 1975 年，取材自家喻戶曉的民間故事。林懷民以獨創的動作、京劇的象徵手法，使這個古老的故事有了鮮活的新生命。迄今演出四百多場，是雲門的經典舞作之一。

http://archive.cloudgate.org.tw/archive/01901-fi2006010101

雲門舞集《行草》 攝影 劉振祥

2001 年的《行草》是林懷民「行草三部曲」的首篇，「行草三部曲」被德國《國際舞蹈》與《今日劇場》雜誌共同評選為 2006 年「年度最佳舞作」。林懷民安排雲門舞者長期習字，再去面對放大的書法投影進行即興演出。嘗試用動作來體現他們的揮灑書寫，進而創造律動和豐富多變的舞姿，成為《行草》的動作素材。

https://www.cloudgate.org.tw/front/static-Page/pages/cursive

雲門舞集《關於島嶼》 攝影 劉振祥

林懷民第 90 齣作品，也是他 2019 年底從雲門舞集藝術總監職位退休前的最後創作。《關於島嶼》運用臺灣素材，觀照普世亂象，關於對立、鬥爭，關於挫折與希望。

https://www.cloudgate.org.tw/front/static-Page/pages/formosa

根據以上說明，請比較這三部舞作：

	白蛇傳	行草	關於島嶼
創作時代			
舞蹈內容			
風格差異			

你最喜歡哪一部？為什麼？

明華園慶 90

NEWS

人文 環保 **表演** 氣象 時尚 旅遊 社會 外交 政治 經濟

明華園慶 90 18 檔戲總動員

課前閱讀

請看新聞標題,再回答以下問題:

❶ 你聽過明華園這個劇團嗎?

❷ 從這標題來看,你知道明華園有多久的歷史?

❸ 為什麼說「總動員」?你想明華園這個劇團的規模大不大?

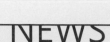

NEWS

人文　環保　**表演**　氣象　時尚　旅遊　社會　外交　政治　經濟

明華園慶 90　18 檔戲總動員

04：10　2019/06/27　中國時報　李欣恬

　　明華園總團成立滿 90 年了，作為全台少見的藝術家族，一家四代加起來快 500 人，全家都唱歌仔戲，從事表演工作，總團長陳勝福今年特別集結家族 8 個子團，推出 18 檔戲，策畫「枝繁葉茂 90 年—明華園藝術家族新生代劇展」，將從 7 月開始一路演到年底 12 月，展現歌仔戲老戲、新戲的不同面貌。

　　陳勝福表示，他的父親、明華園創辦人陳明吉曾說過，明華園能存在，有 3 個要點，「一是神明保佑，讓大家平平安安，二是觀眾牽成，有觀眾才有我們，第三是所有團員、孩子們都肯努力，大家共同為歌仔戲打拚。」

　　昨（26）日記者會現場，共有 8 個明華園子團輪番上場演出，展現歌仔戲的身段與表演技巧，其中年紀最小的陳玄家才 11 歲，可愛的模樣，高亢又充滿情感的歌聲，讓他成為劇場紅人，現在除了自家戲碼，也是劇場界邀演的演員。

　　明華園家族團隊包括分別以「天、地、玄、黃、日、月、星、辰」命名的子團，加上繡花園、藝華園、大地華園、風神寶寶劇團、總團青年軍等，每個團都有擅長項目，觀眾群大不相同，平常在各地廟會、表演廳，都可看見他們

的表演。

陳勝福表示，台灣土地面積不大，但文化資源豐富，「早年我父親觀察，『南部歌仔戲緊迭快、北部歌仔戲較外江』，而現代歌仔戲更是百花齊放，不同的團隊都有自己的魅力和風格，這正是台灣多元文化的縮影。」

在「枝繁葉茂 90 年─明華園藝術家族新生代劇展」裡，陳勝福規畫呈現歌仔戲不同時期的演出方式，像是「連本大戲」，現在已少見，黃字團就要一口氣演《隋唐英雄傳》的 7 到 10 集，陳勝福說，「一齣戲連演好幾天，才會演到完結篇，讓大家每天都想來看戲，是激發觀眾好奇心的作法，但也有觀眾在過程中，會失去對戲的吸引力，因此，以前的劇組團隊，想出了『新劇』，讓觀眾保持新鮮感，願意再來看戲，這些都是舊時代的獨有文化。」

演出將於 7 月 6 日至 12 月 15 日，在台北大稻埕戲苑 9 樓劇場登場，團隊包括黃字團、日字團、總團青年軍、藝華園、玄字團、星字團、繡花園、大地華園，詳情可至兩廳院售票系統查詢。

（取自 2019/6/27 中國時報）

01 檔 ㄉㄤ　dǎng　a scheduled performance period
計算節目演出期間的量詞

雲門將於下個月連續演出三檔歷年有名的舞劇。

02 總動員 ㄗㄨㄥ ㄉㄨㄥ ㄩㄢ　zǒng dòngyuán　general mobilization
號召所有人參加或完成一項工作

為了慶祝本校成立 80 年，全校師生總動員，合力完成慶祝活動。

03 總團 ㄗㄨㄥ ㄊㄨㄢ　zǒngtuán　the main group

04 作為 ㄗㄨㄛ ㄨㄟ　zuòwéi　to serve as
當作，是（身分、地位、類別）

作為地球上的一分子，不能沒有環保意識，維護環境是大家的責任。

05 團長 ㄊㄨㄢ ㄓㄤ　tuánzhǎng　head of the group
一個團體的領導

06 集結 ㄐㄧ ㄐㄧㄝ　jíjié　to collect together
把資源、力量集合在一起

他們把各地送來的救災物資集結在災區的一片空地上。

07 子團 ㄗ ㄊㄨㄢ　zǐtuán　subgroup
屬於主要團體之下的團體

在韓國很多有名的男子、女子團體都成立很多子團。

08 策畫 ㄘㄜ ㄏㄨㄚ　cèhuà　to plan, to organize
計畫（大規模活動）

這間金融控股公司正策畫發展智能金融系統。

09 枝繁葉茂 ㄓ ㄈㄢ ㄧㄝ ㄇㄠ　zhīfán yèmào　sturdy and vigorous, to develop prosperously
樹枝、樹葉生長得非常多而且密，比喻子孫很多

這家珍珠奶茶連鎖店到日本發展快速，枝繁葉茂，目前已有 300 多家分店了。

10 新生代 ㄒㄧㄣ ㄕㄥ ㄉㄞ　xīnshēngdài　new generation
本來是地球歷史上的一個時代，現在比喻為新的一代

這次雲門的演出，將全部由新生代主辦，包括策畫、導演、編舞等。

11 劇展 ㄐㄩ ㄓㄢ　jùzhǎn　theater show
戲劇展出

12 一路 ㄧ ㄌㄨ　yílù　all the way
整個行程，一直

雲門這次的演出，全部將由新生代舞蹈家從月初一路表演到月底。

⑬ 面ㄇㄧㄢ貌ㄇㄠ   miànmào   face, condition
原來的意思是臉的樣子，現在比喻事情的狀況

這個劇團在新生代的領導下，將呈現一番新的面貌。

⑭ 要ㄧㄠ點ㄉㄧㄢ   yàodiǎn   main point
重要的部分

這家公司的創辦人在演講時，提出成功的三個要點，就是努力、創新、堅持。

⑮ 神ㄕㄣ明ㄇㄧㄥ   shénmíng   deity
神

台灣民間宗教的神明，很多都是因為對人類有貢獻而被當作神明的。

⑯ 保ㄅㄠ佑ㄧㄡ   bǎoyòu   to grant protection
神的保護與幫助

他非常尊敬地跪 (to kneel) 在地上，求神明保佑他全家平安。

⑰ 觀ㄍㄨㄢ眾ㄓㄨㄥ   guānzhòng   audience
看表演、看電影的人

演唱會現場的觀眾大聲地跟著歌者一起唱。

⑱ 牽ㄑㄧㄢ成ㄔㄥ   qiānchéng   to guide and support (Taiwanese dialect)
（台語）培育、提拔 (promote)

他是總經理一路牽成的人，才有今天的地位與成就。

⑲ 打ㄉㄚ拚ㄆㄢ   dǎpàn   to struggle (Taiwanese dialect)
（台語）努力、奮鬥 (to struggle, strive)

我們的未來要靠自己打拚，不能只期待別人來牽成。

⑳ 輪ㄌㄨㄣ番ㄈㄢ   lúnfān   in turn
一個接著一個更換著（上台）

昨天晚上的表演，我們班上各國的同學輪番上台演出，精彩極了。

㉑ 上ㄕㄤ場ㄔㄤ   shàngchǎng   to be on stage
演員上舞台演出

現在由雲門創辦人林懷民老師上場演出。

㉒ 身ㄕㄣ段ㄉㄨㄢ   shēnduàn   figure

這次雲門演出白蛇傳中女主角的身段十分優美。

㉓ 模ㄇㄛ樣ㄧㄤ   móyàng   style, appearance
樣子

那個小女孩說話的模樣跟她媽媽完全一樣。

生詞 New Word

㉔ 高亢 ㄍㄠ ㄎㄤ　gāokàng　high (in pitch)
（聲音）很高，很響亮

我們隨著山中傳來的高亢歌聲往前走，來到了原住民的部落。

㉕ 充滿 ㄔㄨㄥ ㄇㄢˇ　chōngmǎn　to be filled with
滿滿的，到處都是

下課時，校園中充滿著孩子們的笑聲。

㉖ 情感 ㄑㄧㄥˊ ㄍㄢˇ　qínggǎn　emotion
感情

他充滿情感的歌聲感動了所有現場的觀眾。

㉗ 劇場 ㄐㄩˋ ㄔㄤˇ　jùchǎng　theater
表演戲劇、舞蹈的場地

為了吸引年輕人進入劇場，雲門特別編了這齣結合現代與傳統的舞作。

㉘ 紅人 ㄏㄨㄥˊ ㄖㄣˊ　hóngrén　popular figure
得到主管喜愛的人，或受到大眾關愛的人

那位 80 歲的老太太因為上傳了很多到各地旅遊的照片而成為網路紅人。

㉙ 自家 ㄗˋ ㄐㄧㄚ　zìjiā　(one's) own
自己家

明華園除了表演自家編的戲劇，也演出傳統的戲劇。

㉚ 戲碼 ㄒㄧˋ ㄇㄚˇ　xìmǎ　program (of a show)
預定要演出的戲劇節目

下周明華園預定演出的戲碼為《白蛇傳》。

㉛ 邀演 ㄧㄠ ㄧㄢˇ　yāoyǎn　invitation for performance
邀請演出

雲門受到各國邀演不斷，行程十分忙碌。

㉜ 演員 ㄧㄢˇ ㄩㄢˊ　yǎnyuán　performer
在戲劇、電影中表演的人

她的演技獲得大家的肯定，榮獲今年的最佳演員獎。

㉝ 天地玄黃 ㄊㄧㄢ ㄉㄧˋ ㄒㄩㄢˊ ㄏㄨㄤˊ　tiāndì xuánhuáng　colors of heaven and earth
玄是黑色，指天地最初的顏色，天是黑色，地是黃色

㉞ 星辰 ㄒㄧㄥ ㄔㄣˊ　xīngchén　stars
星星

㉟ 命名 ㄇㄧㄥˋ ㄇㄧㄥˊ　mìngmíng　to give name to
給名字

世界上很多機場都是以總統的名字命名，如美國紐約市的 JFK 機場。

㊱ 擅長 ㄕㄢˋㄔㄤˊ shàncháng
to be good at
對某方面很有能力

林懷民不僅擅長編舞、執導舞劇，年輕時寫的小說也曾獲獎。

㊲ ～群 ㄑㄩㄣˊ qún
group (of people)
族群，相同性質的人。如：消費群、客群等

現在的網路銷售平台針對不同的消費群提供不同商品。

㊳ 大不相同 ㄉㄚˋㄅㄨˋㄒㄧㄤㄊㄨㄥˊ dàbù xiāngtóng
very different
完全不同

各類商店因為客群不同，所賣的商品也大不相同。

㊴ 廟會 ㄇㄧㄠˋㄏㄨㄟˋ miàohuì
temple fair
在廟附近的活動，為了感謝神明而做的表演活動

㊵ 面積 ㄇㄧㄢˋㄐㄧ miànjī
size of (area)
表示一塊地方的大小

台灣的土地面積不大，但人口眾多。

㊶ 早年 ㄗㄠˇㄋㄧㄢˊ zǎonián
in early years
很久以前的時候

早年 101 附近是一片空曠、無人居住的地方。

㊷ 百花齊放 ㄅㄞˇㄏㄨㄚㄑㄧˊㄈㄤˋ bǎihuā qífàng
(flowers) in full bloom; all forms of arts in prosper development
所有的花都開了。比喻各種不同形式的藝術、文學可以自由發展

現在網路發達，是一個百花齊放的時代，誰都可以在網路上發表意見。

㊸ 魅力 ㄇㄟˋㄌㄧˋ mèilì
charisma
吸引人的力量

他從小就有領導人的魅力，只要他號召就有一群人配合他。

㊹ 風格 ㄈㄥㄍㄜˊ fēnggé
style
一個人的創作或是一種藝術形式的特點

雲門在不同的時代所表現出的藝術風格都不相同。

㊺ 縮影 ㄙㄨㄛㄧㄥˇ suōyǐng
miniature
可以以一個小的部分代表整個相同類型的事物

這個地區有來自各國的移民，就像世界的縮影。

㊻ 集 ㄐㄧˊ jí
series, collection
連續劇或連續的圖書，單獨其中一部分。量詞

這部連續劇一共有 300 多集，是台灣連續劇史上最多集數的電視劇。

47 齣 ㄔㄨ　　　　　chū　　　　　unit word (of a show)
　　　　　　　　　　　　　　　　　　　戲劇的量詞

雲門這次將演出一齣跟台灣歷史有關的舞碼，名為《關於島嶼》。

48 完ㄨㄢˊ結ㄐㄧㄝˊ篇ㄆㄧㄢ　　wánjiépiān　　finale
　　　　　　　　　　　　　　　　　　　連續劇或連續的小說的最後一集

大家都在期待看這部連續劇的完結篇，想知道男女主角最後的結果。

49 激ㄐㄧ發ㄈㄚ　　　jīfā　　　　to inspire
　　　　　　　　　　　　　　　　　　　刺激產生

舞蹈以動作呈現感情，可以激發觀眾的想像力。

50 劇ㄐㄩˋ組ㄗㄨˇ　　　jùzǔ　　　　crew in a theater
　　　　　　　　　　　　　　　　　　　劇團中表演某一個劇碼的團體

51 獨ㄉㄨˊ有ㄧㄡˇ　　　dúyǒu　　　unique, exclusive
　　　　　　　　　　　　　　　　　　　別人沒有的

這種書法結合舞蹈的表現方式是雲門獨有的舞作風格。

52 詳ㄒㄧㄤˊ情ㄑㄧㄥˊ　　xiángqíng　　details
　　　　　　　　　　　　　　　　　　　詳細的情況

如果你想進一步了解申請獎學金的詳情，可以上網查。

53 售ㄕㄡˋ票ㄆㄧㄠˋ　　shòupiào　　ticketing
　　　　　　　　　　　　　　　　　　　賣票

現在每家電影院都有網路售票的服務，不用到現場排隊買票。

01 明ㄇㄧㄥˊ華ㄏㄨㄚˊ園ㄩㄢˊ　Mínghuáyuán　Ming Hwa Yuen Theater
　　　　　　　　　　　　　　　　　　　劇團的名字，是台灣目前最大的歌
　　　　　　　　　　　　　　　　　　　仔戲團

02 歌ㄍㄜ仔ㄗˇ戲ㄒㄧˋ　　gēzǐxì　　　Taiwanese opera

03 陳ㄔㄣˊ勝ㄕㄥˋ福ㄈㄨˊ　Chén Shèngfú　Chen Sheng-Fu
　　　　　　　　　　　　　　　　　　　人名，明華園團長

04 陳ㄔㄣˊ明ㄇㄧㄥˊ吉ㄐㄧˊ　Chén Míngjí　Chen Ming-Ji
　　　　　　　　　　　　　　　　　　　人名，明華園創辦人

05	陳玄家	Chén Xuánjiā	Chen Hsuen-chia 人名，明華園年紀最小的團員
06	繡花園	Xiùhuāyuán	Hsiu Hwa Subgroup 團名
07	藝華園	Yìhuáyuán	Yi Hwa Subgroup 團名
08	大地華園	Dàdìhuáyuán	Da Di Hwa Yuen Theater 團名
09	風神寶寶劇團	Fēngshén bǎobao jùtuán	FengShenBaoBao Theater 團名
10	總團青年軍	zǒngtuán qīngniánjūn	Youth Corps 團名
11	緊迭快	jǐn dié kuài	quick tempo 戲劇風格，劇情「緊」湊、高潮「迭」起、節奏明「快」
12	外江	wàijiāng	Peking opera 指京劇，或稱為「正音」、「京戲」
13	連本大戲	liánběn dàxì	a whole series of performance 古代傳統戲曲 (xìqǔ, drama)，一本有二十四齣戲，一連要演出十本，共 240 齣，所以叫做連本大戲。
14	黃字團	Huángzìtuán	Huang Zi Subgroup 團名
15	隋唐英雄傳	Suí Táng yīngxióng zhuàn	"Heroes in Sui and Tang Dynasties" 關於隋朝和唐朝初年的一些英雄的故事
16	大稻埕戲苑	Dàdàochéng xìyuàn	Dadaocheng Theater 在大稻埕，是大台北地區表演中國傳統戲曲的地方
17	日字團	Rìzìtuán	Ri Zi Subgroup 團名
18	玄字團	Xuánzìtuán	Xuan Zi Subgroup 團名
19	星字團	Xīngzìtuán	Xing Zi Subgroup 團名
20	兩廳院	liǎng tīng yuàn	National Theater and Concert Hall 國家戲劇院和國家音樂廳

1 作為…

你作為一個現代人不能不會電腦，否則就跟不上時代了。

他作為企業的第二代，就要有接下家族事業的心理準備。

2 展現…的面貌

那個演員在不同的電影當中，展現老人、年輕人多樣的面貌。

那條老街經過重建後，展現全新的面貌，再度吸引成群的觀光客。

3 以…命名

這條船，他以他父親的名字命名。

我們學校的圖書館是以創辦人的名字命名的。

4 （正）是…的縮影

淡水有台灣各個時期留下的建築，正是台灣歷史的縮影。

這本小說所形容的各個階層的生活情形，就是現實社會的縮影。

課文理解與討論 ▶▶

❶ 明華園成立的歷史有多久了？

❷ 為什麼稱明華園為藝術家族？

  他們一共有多少個劇團？

❸ 團長陳勝福要如何慶祝成團 90 年？

❹ 明華園創辦人認為明華園存在的要點有哪些？

❺ 在 26 日的記者會上由哪些劇團演出？最吸引人的是誰？為什麼？

❻ 明華園的家族團隊怎麼命名？一共有哪些團隊？

  表演內容有何差別？

❼ 為什麼陳勝福認為歌仔戲是台灣多元文化的縮影？

❽ 這一次的劇展將演出哪一齣戲？有什麼特點？

❾ 你想什麼是「連本大戲」？這種戲有什麼優缺點？

  如何補救其缺點？

❿ 請說出這次「18 檔戲總動員」演出的時間、地點及表演的團隊。

⓫ 你想這次的演出，為什麼命名為「枝繁葉茂 90 年」？

⓬ 在你的國家有這樣的藝術家族嗎？

  你認為為什麼會有藝術家族的產生？

請上 Youtube 觀賞明華園《白蛇傳》精彩片段。
https://www.youtube.com/watch?v=Zvrn255kce8
請比較明華園的白蛇傳和雲門的白蛇傳

	雲門白蛇傳	明華園白蛇傳
藝術風格		
表演形式		
舞台效果		
音樂		

你喜歡哪一個表演？為什麼？

附錄：兩篇主新聞內容的簡體字版 ▸▸

第十三课 云门舞集英国舞坛发光 林怀民喜获肯定

【中央社记者洪健伦台北 20 日电】云门舞集荣获第 19 届英国国家舞蹈奖的「年度杰出舞团」，创办人林怀民昨晚在其执导的歌剧《托斯卡》排演空档表示，伦敦是近 10 年世界舞蹈的中心，很高兴云门舞集在此获得肯定。

第 19 届英国国家舞蹈奖得奖名单 18 日公布，云门舞集以去年在伦敦演出的舞作《关于岛屿》荣获「年度杰出舞团」，从入围的英国皇家芭蕾舞团、苏格兰芭蕾、德勒斯登歌剧院芭蕾，以及英国北方芭蕾等欧陆大团中脱颖而出，也是本届唯一入围的亚洲团队；林怀民同时入围「最佳现代舞编舞家」。

昨天是林怀民 72 岁生日，当天他在国家音乐厅排演 NSO 国家交响乐团歌剧《托斯卡》，林怀民在排演空档接受中央社访问表示，英国国家舞蹈奖是很难得到的荣誉，而过去 10 多年，伦敦已经取代纽约成为世界舞蹈的中心，全球舞团争相到伦敦演出。

林怀民也说，云门获奖后，英国《卫报》在国内版刊出云门演出剧照，报导云门打败了英国皇家芭蕾舞团得奖的消息。他在昨天下午也透过云门对外表示，感谢勤奋工作的云门员工，以及多年支持关爱云门的各界人士，这是大家一起得的大奖。

林怀民最近行程仍十分忙碌，结束《托斯卡》2 天的彩排工作后，21 日将飞往香港检视「林怀民舞作精选」彩排，晚上出席云门在香港艺术节的首演；22 日再赶回台北调整《托斯卡》的灯光细节，迎接当晚首演。

今年 3 月，云门舞集将带着得奖舞作《关于岛屿》前往吉隆坡，第 3 度登上马来西亚国家文化宫演出；6 月将 8 度访演莫斯科，在契诃夫艺术节演出。

云门舞集由林怀民在 1973 年创立，并执掌舞团逾 45 年，累积 90 部舞作，云门舞集更孕育罗曼菲、刘绍炉等多位重要台湾舞蹈家。林怀民在 2017 年宣布，将于 2019 年底退休，2020 年起将由现任云门 2 艺术总监郑宗龙接任云门艺术总监。（编辑：张雅净）1080220

明华园总团成立满 90 年了，作为全台少见的艺术家族，一家四代加起来快 500 人，全家都唱歌仔戏，从事表演工作，总团长陈胜福今年特别集结家族 8 个子团，推出 18 档戏，策画「枝繁叶茂 90 年—明华园艺术家族新生代剧展」，将从 7 月开始一路演到年底 12 月，展现歌仔戏老戏、新戏的不同面貌。

陈胜福表示，他的父亲、明华园创办人陈明吉曾说过，明华园能存在，有 3 个要点，「一是神明保佑，让大家平平安安，二是观众牵成，有观众才有我们，第三是所有团员、孩子们都肯努力，大家共同为歌仔戏打拚。」

昨（26）日记者会现场，共有 8 个明华园子团轮番上场演出，展现歌仔戏的身段与表演技巧，其中年纪最小的陈玄家才 11 岁，可爱的模样，高亢又充满情感的歌声，让他成为剧场红人，现在除了自家戏码，也是剧场界邀演的演员。

明华园家族团队包括分别以「天、地、玄、黄、日、月、星、辰」命名的子团，加上绣花园、艺华园、大地华园、风神宝宝剧团、总团青年军等，每个团都有擅长项目，观众群大不相同，平常在各地庙会、表演厅，都可看见他们的表演。

陈胜福表示，台湾土地面积不大，但文化资源丰富，「早年我父亲观察，『南部歌仔戏紧迸快、北部歌仔戏较外江』，而现代歌仔戏更是百花齐放，不同的团队都有自己的魅力和风格，这正是台湾多元文化的缩影。」

在「枝繁叶茂 90 年—明华园艺术家族新生代剧展」里，陈胜福规画呈现歌仔戏不同时期的演出方式，像是「连本大戏」，现在已少见，黄字团就要一口气演《隋唐英雄传》的 7 到 10 集，陈胜福说，「一出戏连演好几天，才会演到完结篇，让大家每天都想来看戏，是激发观众好奇心的作法，但也有观众在过程中，会失去对戏的吸引力，因此，以前的剧组团队，想出了『新剧』，让观众保持新鲜感，愿意再来看戏，这些都是旧时代的独有文化。」

演出将于 7 月 6 日至 12 月 15 日，在台北大稻埕戏苑 9 楼剧场登场，团队包括黄字团、日字团、总团青年军、艺华园、玄字团、星字团、绣花园、大地华园，详情可至两厅院售票系统查询。

兩岸關係

學習目標

1 能學會關於「九二共識」的詞彙
2 能說明「九二共識」的內涵
3 能學會針對兩岸關係之譬喻
4 能說明不同政黨對兩岸關係立場的差異

第十五課：九二共識
第十六課：兩岸和平共處

九二共識

吵九二共識 國台辦陸委會互嗆

蔡總統指九二共識就是一國兩制

國台辦：刻意誤導
陸委會回擊：併吞中華民國台灣的致命毒藥

課前閱讀

請看新聞標題，再回答以下問題：

❶ 「國台辦」及「陸委會」，哪個是台灣的政府單位？

❷ 國台辦和陸委會對「九二共識」的看法相同嗎？

❸ 國台辦對蔡總統解釋的「九二共識」有什麼看法？

吵九二共識 國台辦陸委會互嗆

蔡總統指九二共識就是一國兩制

國台辦：刻意誤導
陸委會回擊：併吞中華民國台灣的致命毒藥

【特派記者許依晨、林庭瑤／北京、台北報導】蔡英文總統指北京當局所定義的九二共識就是一國兩制，大陸國台辦發言人馬曉光昨反駁稱，民進黨肆意否定「九二共識」，誣衊「一國兩制」，暴露分裂立場。他批評，「民進黨當局領導人故意將二者混為一談，是刻意誤導台灣民眾。」

對於馬曉光的說法，陸委會昨以書面回應，指各界應該要認清中共定義的「九二共識」本質，就是併吞中華民國台灣的致命毒藥，絕非部分人士所說的保命仙丹，不能再跟隨呼應。

馬曉光昨在例行記者會上重申，「九二共識」是兩岸關係發展的共同政治基礎，明確界定兩岸關係的性質，表明雙方在努力謀求國家統一進程中均堅持一個中國的原則。

被問及習近平談話在「九二共識」中加入「謀求國家統一」，是否意味著「九二共識」內涵有所改變？馬曉光以「親歷者」身分回應稱，一九九二年十一月，海協會與海基會經由香港會談及其後函電往來，達成了各自以口頭方式表述「海峽兩岸均堅持一個中國原則」的共識。由此雙方表述內容可以看出，堅持一個中國原則，共同努力謀求國家統一，就是「九二共識」的應有之義。

陸委會則反駁國台辦稱，一九九二年兩岸會談最終並未達成共識，國台辦長期以來混淆視聽，欺瞞事實。中共領導人在其所謂「告台灣同胞書」四十周年談話已重新定義「九二共識」就是「兩岸同屬一中、共謀統一」，並提出探索「一國兩制」台灣方案，兩者都為達其統一意志，台灣人民從來沒有接受。

陸委會表示，蔡總統擔任陸委會主委在立法院應詢時談話，僅在陳述一九九二年之李登輝政府立場，蔡總統並未承認談判過程中已有「九二共識」，更無所謂執政後拒絕「九二共識」的謬論。

陸委會指出，國台辦罔顧事實、轉移台灣民眾不接受「一國兩制」焦點，又在國際企業間霸道打壓台灣，是嚴重侵犯我主權尊嚴、企業營運自主及傷害台灣民眾感情的不當作為。

（取自 2019/1/17 聯合報）

01 吵 ㄔㄠˇ　chǎo　to argue, to dispute
吵架，意見不同發生衝突

全家人意見不一，為了要投資哪家公司吵了半天。

02 九ㄐㄧㄡˇ二ㄦˋ共ㄍㄨㄥˋ識ㄕˋ　jiǔ'èr gòngshì　the 1992 Consensus
1992 年海峽兩岸在香港會談時的協商

03 嗆 ㄑㄧㄤˋ　qiàng　to shout at, to harshly criticize
互嗆。用語言反駁對方

學生代表對校方嚴懲學生缺課的說明相當不滿，氣得站起來嗆校長。

04 一ㄧˋ國ㄍㄨㄛˊ兩ㄌㄧㄤˇ制ㄓˋ　yìguó liǎngzhì　"One Country Two Systems"
一個國家兩個制度

海峽兩岸人民對「一國兩制」的定義看法分歧。

05 刻ㄎㄜˋ意ㄧˋ　kèyì　deliberately, on purpose
用盡心力、有目的地去做一件事，本文中與「故意」同

恐怖攻擊多半是刻意發動的武裝攻擊。

06 誤ㄨˋ導ㄉㄠˇ　wùdǎo　to mislead
錯誤引導

新聞媒體的報導不客觀 (objective)，常誤導了民眾。

07 回ㄏㄨㄟˊ擊ㄐㄧ　huíjí　to counter attack
回頭攻擊

政府表示經濟成長率提升中，反對政黨以數據回擊政府。

08 併ㄅㄧㄥˋ吞ㄊㄨㄣ　bìngtūn　to acquire, to annex
大的（公司／國家）佔有小的（公司／國家）

幾個強國在十九世紀時，在世界各地殖民統治且併吞了許多小國。

09 致ㄓˋ命ㄇㄧㄥˋ　zhìmìng　life-threatening
致（人）於死地

心臟病、糖尿病等都是能致命的疾病，不能忽視它們的危險性。

10 毒ㄉㄨˊ藥ㄧㄠˋ　dúyào　poison
有毒、吃了會死的藥

甜食是某些人的美食，卻可能是其他人的毒藥。

11 反ㄈㄢˇ駁ㄅㄛˊ　fǎnbó　to retort, in rebuttal of
不同意別人看法而提出反對意見

他說吃甜點不一定會造成糖尿病，這個說法有科學根據，我無法反駁。

⑫ 肆意 sìyì wantonly, recklessly
按自己意思隨便做，任意

許多野生動物因人類肆意殺害而瀕危。

⑬ 否定 fǒudìng to deny, to reject
不同意

一個人若常被否定，會無法建立信心。

⑭ 誣衊 wūmiè to slander
用不實的話破壞他人名聲

在競選時，候選人遭受對手肆意誣衊已不足為奇。

⑮ 分裂 fēnliè to divide
由一分成二

第二次世界大戰後，韓國分裂成兩個國家。

⑯ 領導人 lǐngdǎorén leader
帶領的人，如：總統、企業老闆

世界各國領導人參與了氣候變遷會議，協商如何保護環境。

⑰ 混為一談 hùnwéiyìtán to confuse... with...,
to be confused with each other
把許多不同事情放在一起談

感冒跟流感雖然症狀相似，卻不能混為一談。

⑱ 回應 huíyìng to respond
回答別人的話，對別人的話有反應

人民對油價大幅上漲非常不滿，政府以國際原油上漲來回應。

⑲ 認清 rènqīng to be clearly aware of
看清楚

每個人都要認清自己的優點與缺點，找到適合自己的路。

⑳ 本質 běnzhí nature, feature, characteristic
根本的性質

行政院長呼籲立法委員認清問題的本質，再提出修法方案。

㉑ 絕非 juéfēi by no means, in no way
書 一定不是

巴金森氏症、糖尿病都絕非老人的專利。

㉒ 保命 bǎomìng to survive, to stay alive
保住性命

強颱來襲，山區居民為了保命須撤離至安全地區。

㉓ 仙ㄒㄧㄢ丹ㄉㄢ　　　xiāndān　　　elixir
神仙做的藥，比喻非常有效的藥

患者都期盼醫生給的藥是仙丹，但目前仍有無法治療好的疾病。

㉔ 跟ㄍㄣ隨ㄙㄨㄟ　　　gēnsuí　　　to follow
跟著

一國之文化若要傳承 (to pass down) 下去，後人須跟隨前人的腳步前進。

㉕ 記ㄐㄧ者ㄓㄜ會ㄏㄨㄟ　　　jìzhěhuì　　　press conference
為了宣布事情請記者來開會並報導

總統府在每週三上午舉行例行記者會。

㉖ 重ㄔㄨㄥ申ㄕㄣ　　　chóngshēn　　　to reiterate
再一次說明

學校重申不會嚴懲此次參加抗議的學生。

㉗ 兩ㄌㄧㄤ岸ㄢ　　　liǎng'àn　　　both sides of the strait
河或海的兩邊沿岸

太平洋兩岸是較易發生地震的區域。

㉘ 界ㄐㄧㄝ定ㄉㄧㄥ　　　jièdìng　　　to define
限定在一個範圍內

這本書的內容很廣，因此無法明確地界定它算是哪一類的作品。

㉙ 性ㄒㄧㄥ質ㄓ　　　xìngzhí　　　nature, feature
事物本身的特性

每個人喜愛的工作性質與他的個性有關。

㉚ 表ㄅㄧㄠ明ㄇㄧㄥ　　　biǎomíng　　　to announce, to make a clear statement
表示清楚

公司高層表明將在明年為員工加薪，加薪幅度為百分之五。

㉛ 謀ㄇㄡ求ㄑㄧㄡ　　　móuqiú　　　to seek
想辦法尋求

因少子化而導致學生減少，校方正謀求解決之道。

㉜ 統ㄊㄨㄥ一ㄧ　　　tǒngyī　　　to unite, to integrate
將多個事物合成一個

「統一」或是「獨立」一直是台灣社會討論的政治焦點。

㉝ 進ㄐㄧㄣ程ㄔㄥ　　　jìnchéng　　　process, progress
事情進行的過程

兩國在達成和平的進程中，需互相讓步。

34 原ㄩㄢˊ則ㄗㄜˊ　yuánzé
principle
做事時依照的基本規則

我的主管只是做事非常堅持原則，但並非思維保守之人。

35 意ㄧˋ味ㄨㄟˋ　yìwèi
to mean, to suggest
表示

同性者可以結婚意味著人民的思維及社會氛圍都改變了。

36 內ㄋㄟˋ涵ㄏㄢˊ　nèihán
virtue, self-cultivation
1. 所包含的內容或性質
2. 內在的修養

一個國家的文化內涵絕非幾篇文章就能說清楚的。

那位學者雖不喜對政治發表看法，卻是極有知識內涵的人。

37 親ㄑㄧㄣ歷ㄌㄧˋ者ㄓㄜˇ　qīnlìzhě
eyewitness, one with a personal experience
親身經歷者

他是去年槍擊事件的親歷者，他目擊槍手掃射行人。

38 函ㄏㄢˊ電ㄉㄧㄢˋ　hándiàn
phone and mail correpondence
信函及電話

39 達ㄉㄚˊ成ㄔㄥˊ　dáchéng
to reach
做到、完成

政府表示因社會尚未達成共識，目前不會調高健保費。

40 各ㄍㄜˋ自ㄗˋ　gèzì
separately
各人

此次周年慶的推銷方案已通過，單位主管就各自進行相關細節了。

41 表ㄅㄧㄠˇ述ㄕㄨˋ　biǎoshù
to state
表達、說明

董事長請兩位經理各自表述了對未來的規劃，再從中選擇一個定案。

42 海ㄏㄞˇ峽ㄒㄧㄚˊ兩ㄌㄧㄤˇ岸ㄢˋ　hǎixiá liǎng'àn
both sides of (Taiwan) Strait
台灣海峽兩邊，指台灣與中國

海峽兩岸的人民常往來交流。

43 最ㄗㄨㄟˋ終ㄓㄨㄥ　zuìzhōng
final, utmost
最後

兩國軍事保護協定最終目的是要防衛國家安全。

44 混ㄏㄨㄣˋ淆ㄧㄠˊ　hùnyáo
to confuse
混雜在一起不清楚

「千」和「干」兩漢字字形相似，很容易混淆。

45 視_{ㄕˋ}聽_{ㄊㄧㄥ} shìtīng general perception
看到及聽到的

很多網路新聞報導的突發事件往往不是事實，容易混淆視聽。

46 欺_{ㄑㄧ}瞞_{ㄇㄢˊ} qīmán to hide, to keep secret
不把真相告訴別人、欺騙

很多人說世界上沒有秘密，因事實不可能欺瞞一輩子。

47 事_{ㄕˋ}實_{ㄕˊ} shìshí truth, reality
事情的真實情況

新聞報導參加天燈活動的觀光客擠得水洩不通，但事實並非如此。

48 告_{ㄍㄠˋ} gào to address, to inform
書 宣布、公告

49 同_{ㄊㄨㄥˊ}胞_{ㄅㄠ} tóngbāo compatriot
同一個國家的人

總統在一月一號會發表「告全國同胞書」，表述未來一年的政策。

50 周_{ㄓㄡ}年_{ㄋㄧㄢˊ} zhōunián anniversary
滿一年

父母結婚四十周年那天，孩子為他們舉辦了一個慶祝會。

51 屬_{ㄕㄨˇ} shǔ to belong to
書 「屬於」的縮略

52 探_{ㄊㄢˋ}索_{ㄙㄨㄛˇ} tànsuǒ to explore
探求、尋找

學習的目的在於探索真理及知識。

53 意_{ㄧˋ}志_{ㄓˋ} yìzhì will, determination
決定事情的思想與能力

他意志堅定，做任何事都堅持到底，努力完成。

54 應_{ㄧㄥˋ}詢_{ㄒㄩㄣˊ} yìngxún to respond to (questioning, interpellation)
應對質詢

立委針對政策提出質詢 (to interpellate)，官員需要就內容應詢。

55 陳_{ㄔㄣˊ}述_{ㄕㄨˋ} chénshù to state, to describe
說明、敘述

警察請目擊者陳述槍擊案發生時的經過。

56 談_{ㄊㄢˊ}判_{ㄆㄢˋ} tánpàn negotiation
商議解決重大事情

勞資雙方進行多次談判，以制定合理的福利制度。

57 執政 zhízhèng
to rule, to be in power
執掌政權

民主國家會因投票結果而由不同的政黨執政，執政黨要負的責任很大。

58 謬論 miùlùn
fallacy
沒道理、不對的說法

「地球是圓的」的說法一開始被認為是謬論。

59 罔顧 wǎnggù
to ignore, in negligence
不顧

廠商需用可食用原料來製造產品，不可罔顧消費者的健康。

60 焦點 jiāodiǎn
focus
注意力的集中點

政治人物一出現，往往成為大家注意的焦點。

61 霸道 bàdào
to be peremptory, dominating
不講理

強國在跟他國談判時常很霸道，會利用自己的力量來達成目的。

62 打壓 dǎyā
to oppress
打擊、壓制和自己立場相反者

勞資雙方因勞資糾紛而協商時，資方不應打壓勞方。

63 侵犯 qīnfàn
to invade, to infringe upon
非法損害他人權利

製造仿冒品就是侵犯了他人的權利及利益。

64 尊嚴 zūnyán
dignity
不可侵犯的身分或人格 (personality)

即使窮人也有尊嚴，不可以無禮地對待他們。

65 自主 zìzhǔ
to be autonomous, to be self-reliant
按照自己的意志做事

成年後就該獨立自主，不可當個啃老族。

66 作為 zuòwéi
achievement, accomplishment
行為、表現

父母都希望孩子將來有所作為，不僅事業成功，也能對社會有所貢獻。

01 國台辦	Guótáibàn	Taiwan Affairs Office of the State Council 國務院台灣事務辦公室，簡稱國台辦，是中國大陸政府單位	
02 陸委會	Lùwěihuì	Mainland Affairs Council 大陸委員會，是中華民國台灣政府的單位	
03 北京	Běijīng	Beijing 中國大陸的首都	
04 馬曉光	Mǎ Xiǎoguāng	Ma Xiaoguang 國台辦發言人	
05 民進黨	Mínjìndǎng	Democratic Progressive Party 民主進步黨	
06 中共	Zhōnggòng	Chinese Communist Party 中國共產黨	
07 習近平	Xí Jìnpíng	Xi Jinping 從 2012 年起擔任中華人民共和國的主席	
08 海協會	Hǎixiéhuì	Association for Relations Across the Taiwan Straits 海峽兩岸關係協會，是中國大陸與台灣聯絡的單位	
09 海基會	Hǎijīhuì	Straits Exchange Foundation 海峽交流基金會，是台灣與中國大陸聯絡的單位	
10 香港會談	Xiānggǎng huìtán	Talk in Hong Kong 1992 1992 年在香港的會議	
11 李登輝	Lǐ Dēnghuī	Lee Tenghui 曾擔任中華民國總統，自 1988 年至 2000 年	

1 …意味著…有所…

野生動物逐漸消失意味著地球環境有所變化。

經貿戰爭持續發生意味著各國關係會在未來有所改變。

2 以…身分

總統以國家領導人的身分召見駐台大使。

王先生以談判代表身分與對方展開協商。

3 …僅…，並未…，更無所謂…

勞資雙方僅是意見不合，並未發生嚴重衝突，更無所謂告上法院 (court) 的行動。

他僅因熬夜太疲勞，並未自律神經失調，更無所謂罹患嚴重疾病。

課文理解與討論 ▶▶

❶ 蔡英文總統指北京當局定義的九二共識是什麼？

❷ 大陸國台辦發言人對民進黨領導人的批評是什麼？

❸ 台灣陸委會認為中共定義的九二共識本質是什麼？

❹ 國台辦馬曉光在記者會上重申九二共識對兩岸關係發展有何重要性？

❺ 馬曉光以親歷者身分說明 1992 年的香港會談中的九二共識內容是什麼？

❻ 站在中共當局的立場，「謀求國家統一」本來就在九二共識的內涵中嗎？

❼ 台灣陸委會認為 1992 年的兩岸香港會談有共識嗎？

❽ 陸委會覺得國台辦長期以來對九二共識的說法是什麼？

❾ 站在陸委會立場，大陸領導人在「告台灣同胞書」中對九二共識已做了什麼改變？

❿ 蔡英文總統擔任陸委會主委時，在立法院陳述九二共識是代表誰的立場？

⓫ 陸委會表示蔡英文總統一直以來對九二共識的立場是什麼？

⓬ 陸委會認為大陸在國際間有哪些不當的作為？

⓭ 為什麼有人認為九二共識是台灣的保命仙丹？

⓮ 你認為九二共識對台灣來說，是致命毒藥還是保命仙丹？

⓯ 你對海峽兩岸關係有何看法？

❶ 請閱讀習近平主席的「告台灣同胞書：四十周年談話」。

　　a. 看看習近平主席主張「一國兩制、國家統一」對台灣有哪些好處。

　　b. 習近平主席的哪個說法你覺得有理？哪個說法你不能接受？

中共中央總書記、國家主席、中央軍委主席習近平演說（節選）
2019/01/02

　　同志們、同胞們、朋友們，今天在這裡隆重集會，紀念告台灣同胞書發表 40 周年。新年之際，代表祖國大陸人民，向廣大台灣同胞致以誠摯問候與衷心祝福。

　　海峽兩岸分隔已屆 70 年，台灣問題的產生與演變同近代中華民族命運休戚相關，1840 年鴉片戰爭之後，西方列強入侵，中國陷入內憂外患，山河破碎的悲慘境地。台灣更是被外族侵占長達半個世紀。

　　1945 年，中國人民取得了抗日戰爭的偉大勝利，台灣隨之光復，重回祖國懷抱。後不久，因中國內戰延續與外部勢力干涉，海峽兩岸陷入長期政治對立的特殊狀態。

　　1949 年以來，中國共產黨、中國政府、中國人民，始終把解決台灣問題、實現祖國完整統一作為矢志不渝的歷史任務。

　　70 年來，順應兩岸同胞共同願望，推動打破兩岸隔絕狀態。實現直接雙向三通，開啟兩岸同胞大交流大交往大合作局面，彼此心靈日益契合。台灣同胞為祖國改革開放做出重大貢獻，也分享大陸發展機運。

70 年來，我們秉持求同存異精神，推動兩岸雙方在一個中國的基礎上達成「兩岸同屬一個中國，共同努力謀求國家統一」的九二共識，開啟兩岸協商談判。

　　70 年來，我們把握兩岸關係發展時代變化，推出和平解決台灣問題的政策主張和「一國兩制」科學構想，確立了「和平統一、一國兩制」的基本方針。

　　兩岸關係發展歷程證明：台灣是中國一部分、兩岸同屬一個中國的歷史和法理事實，是任何人任何勢力都無法改變的！兩岸同胞都是中國人，血濃於水、守望相助的天然情感和民族認同，是任何人任何勢力都無法改變的。

　　這是 70 載兩岸關係發展歷程的歷史定論，也是新時代中華民族偉大復興的必然要求。兩岸中國人、海內外中華兒女理應共擔民族大義、順應歷史大勢，共同推動兩岸關係和平發展、推進祖國和平統一進程。

　　第一，攜手推動民族復興，實現和平統一目標。民族復興、國家統一是大勢所趨、民心所向。

　　台灣前途在於國家統一，台灣同胞福祉繫於民族復興。兩岸關係和平發展是維護兩岸和平、促進兩岸共同發展、造福兩岸同胞的正確道路。

　　兩岸同胞要攜手同心，共圓中國夢，共擔民族復興的責任，共享民族復興的榮耀。台灣問題因民族弱亂而產生，必將隨著民族復興而終結！

第二，探索「兩制」台灣方案，豐富和平統一實踐。「和平統一、一國兩制」是實現國家統一的最佳方式。

制度不同，不是統一的障礙，更不是分裂的藉口。「一國兩制」的提出，本來就是為了照顧台灣現實情況，維護台灣同胞利益福祉。「一國兩制」在台灣的具體實現形式會充分考慮台灣現實情況，會充分吸收兩岸各界意見和建議，會充分照顧到台灣同胞利益和感情。

在一個中國原則基礎上，台灣任何政黨、團體同我們的交往都不存在障礙。以對話取代對抗、以合作取代爭鬥、以雙贏取代零和，兩岸關系才能行穩致遠。

我們鄭重倡議，在堅持「九二共識」、反對「台獨」的共同政治基礎上，兩岸就兩岸關係和民族未來開展廣泛深入的民主協商，就推動兩岸關係和平發展達成制度性安排。

第三，堅持一個中國原則，維護和平統一前景。

儘管海峽兩岸尚未完全統一，但中國主權和領土從未分割，大陸和台灣同屬一個中國的事實從未改變。

廣大台灣同胞都要認清「台獨」只會給台灣帶來深重禍害，堅決反對「台獨」分裂。我們願意為和平統一創造廣闊空間，但絕不為各種形式的「台獨」分裂活動留下任何空間。

中國人不打中國人。我們願意以最大誠意、盡最大努力爭取和平統一的前景。我們不承諾放棄使用武力，保留採取一切必要措施的選項，針對的是外部勢力干涉和極少數「台獨」分裂分子及其分裂活動，絕非針對台灣同胞。

第四，深化兩岸融合發展，壯實和平統一基礎。

兩岸同胞血脈相連。中國人要幫中國人。我們對台灣同胞一視同仁，將繼續同台灣同胞分享大陸發展機遇，為台灣同胞、台灣企業提供同等待遇，讓大家有更多獲得感。

我們要積極推進兩岸經濟合作制度化，打造兩岸共同市場，為發展增動力，為合作添活力。…可以率先實現金門、馬祖同福建沿海地區通水、通電、通氣、通橋。要推動兩岸文化教育、醫療衛生合作，社會保障和公共資源共享，支持兩岸鄰近或條件相當地區基本公共服務均等化、普惠化、便捷化。

第五，實現同胞心靈契合，增進和平統一認同。

兩岸同胞同根同源、同文同種，中華文化是兩岸同胞心靈的根脈和歸屬。人之相交，貴在知心。不管遭遇多少干擾阻礙，兩岸同胞交流合作不能停、不能斷、不能少。

　　國家的希望、民族的未來在青年。兩岸青年要勇擔重任、團結友愛、攜手打拼。我們熱忱歡迎台灣青年來祖國大陸追夢、築夢、圓夢。兩岸國人要精誠團結，攜手同心，為同胞謀福祉，為民族創未來！

　　同志們、同胞們、朋友們！世界上只有一個中國，堅持一個中國原則是公認的國際關係準則，是國際社會普遍共識。中國人的事要由中國人來決定。台灣問題是中國的內政，事關中國核心利益和中國人民民族感情，不容任何外來干涉。

【習近平告台灣同胞書影片（全文）】
https://www.youtube.com/watch?v=Zsa0XzQ8ORs

❷ 請閱讀第二篇文章「蔡英文總統回應」。
　　a. 蔡英文總統提到的「四個必須」是哪四個？於第十六課學完後再一起討論。
　　b. 看看蔡英文總統「反對一國兩制」的原因。

蔡英文回應習近平：不接受九二共識 堅決反對一國兩制

　　國人同胞，各位媒體朋友，大家午安。

　　今天上午，中國國家主席習近平，發表了所謂〈告台灣同胞書〉40週年的紀念談話，提出了探索一國兩制台灣方案等相關內容，身為中華民國的總統，我要在此說明我們的立場。

　　首先，我必須要鄭重指出，我們始終未接受「九二共識」，根本的原因就是北京當局所定義的「九二共識」，其實就是「一個中國」、「一國兩制」。今天對岸領導人的談話，證實了我們的疑慮。在這裡，我要重申，台灣絕不會接受「一國兩制」，絕大多數台灣民意也堅決反對「一國兩制」，而這也是「台灣共識」。

　　其次，我們願意坐下來談，但作為民主國家，凡是涉及兩岸間的政治協商、談判，都必須經過台灣人民的授權與監督，並且經由兩岸以政府對政府的模式來進行。在這個原則之下，沒有任何人、任何團體，有權力代表台灣人民去進行政治協商。

　　兩岸關係的發展，我在昨天的新年談話，說得很清楚，那就是中國必須正視中華民國台灣存在的事實，而不是否定台灣人民共同建立的民主國家體制；第二，必須尊重兩千三百萬人民對自由民主的堅持，而不是以分化、利誘的方式，介入台灣人民的選擇；

　　第三，必須以和平對等的方式來處理雙方之間的歧異，而不是用打壓、威嚇，企圖讓台灣人屈服；第四，必須是政府或政府所授權的公權力機構，坐下來談，任何沒有經過人民授權、監督的政治協商，都不能稱作是「民主協商」。這就是台灣的立場，就是民主

的立場。

我們願意在「鞏固民主」以及「強化國家安全」基礎上，進行有秩序的、健康的兩岸交流，我也要重申，國內亟需要建立兩岸交流的三道防護網，也就是民生安全、資訊安全以及制度化的民主監督機制。

兩岸經貿應該互惠互利，共榮發展；但我們反對北京以「利中」為核心，以利誘及吸引台灣技術、資本及人才「走進中國大陸」的經濟統戰。我們將全力推動「壯大台灣」的各項策略跟措施，鞏固以台灣為主體、台灣優先的經濟發展路線。

過去兩年來，台灣善盡區域成員的義務，積極貢獻於兩岸及區域的和平穩定。我們不挑釁，但堅持原則，我們飽受各種打壓，但我們從未放棄對兩岸關係的基本立場與承諾。我要提醒北京當局，大國必須要有大國的格局，大國的責任，國際社會也正看著中國能不能有所改變，成為受到信任的夥伴。「四個必須」正是兩岸關係能否朝向正面發展，最基本、也最關鍵的基礎。

所謂的心靈契合，應該是建立在彼此的相互尊重與理解，建立在兩岸政府務實處理有關人民福祉的問題上。例如，眼前十萬火急的豬瘟疫情。施壓國際企業塗改台灣的名稱，不會帶來心靈契合；買走台灣的邦交國，也不會帶來心靈契合；軍機、軍艦的繞台，更不會帶來心靈契合。

最後，我要重申，九合一地方選舉的結果，絕不代表台灣基層的民意要放棄主權，也不代表在台灣主體性上做出退讓。

民主價值是台灣人民所珍惜的價值與生活方式，我們也呼籲中國，勇敢踏出民主的腳步，也唯有如此，才能真正理解台灣人的想法與堅持。謝謝。

【蔡英文總統影片】https://www.youtube.com/watch?v=8puFpfxY3U8

兩岸和平共處

LESSON.16

「政治名詞少說一點、動詞多做一點」

侯友宜

兩岸多走動關係就會好

■ 課前閱讀

請看新聞標題，再回答以下問題：

❶ 「兩岸多走動」的意思是什麼？

❷ 「動詞多做一點」是什麼意思？

❸ 你覺得哪些話是「政治名詞」？

「政治名詞少說一點、動詞多做一點」

侯友宜

兩岸多走動關係就會好

【譚宇哲、葉德正、林金池／專訪】新北市長侯友宜昨接受《旺旺中時媒體集團》專訪談及兩岸關係、九二共識，他以侯式風格、用台語直白地說，政治人物現在說那些「我攏聽嘸啦」，最簡單就是「多做少說」，也就是「動詞多做一點，政治名詞少說一點」！

「政治人物提很多政治名詞、什麼幾個互相、幾個必須，你們記得嗎？我一個都不記得，我從都不想記這些」、「隔著海峽就像去人家家裡、邀人來我家，要大家歡喜，怎會讓人嘸歡喜，嘸歡喜ㄟ話就麥講、歡喜ㄟ話多說一點，多走動關係就會好！」

侯舉過去在警界的兩岸合作經驗說，1993年大陸發生千島湖事件，他代表台灣赴陸調查，與當地公安首次合作，後來他當刑事局長，兩岸三地共打犯罪，透過不斷交流跟對岸建立良好關係，「我一直覺得人和人之間，最重要是信賴，就可完成很多事。」

侯友宜以近期正在新北市籌辦的兩岸燈會為例，他希望每年擴大舉辦，讓兩岸文化宗教交流更緊密，政府官員來拜訪彼此能更加認識互信，今年規模擴大，從本來僅跟南京合作，擴大到江蘇4城市，未來還要擴大，這些就是兩岸城市交流最好的典範。

「如果固定跟一個地方、用論壇談一談，那種大拜拜沒用，要用實際交流行動，誠意解決問題，創造出彼此最好價值。」侯意有所指說，城市競爭國際化是趨勢，最容易親近的夥伴就在隔壁，官方要鼓勵民間交流，民間會促成官方彼此信賴，從隔壁「自己的人」做起，未來也可接軌國際。

兩岸關係侃侃而談，被問到會不會擔心被抹紅？侯友宜笑說：「嘴是別人的，伊愛怎麼講就怎麼講。」他是中華民國子民，為人民創造最大福利，才是他要努力的地方，「老是停留在名詞、意識形態，這些都沒有意義。」

（取自2019/1/17中國時報）

① 名ㄇㄧㄥˊ詞ㄘˊ　míngcí　noun

② 動ㄉㄨㄥˋ詞ㄘˊ　dòngcí　verb

學習語言者都知道名詞與動詞各自代表什麼意思。

③ 走ㄗㄡˇ動ㄉㄨㄥˋ　zǒudòng　to travel back and forth, to be in frequent touch
本意是來回走，也可以是溝通交流

農曆新年期間親戚朋友會到處走動，彼此拜年。

④ 專ㄓㄨㄢ訪ㄈㄤˇ　zhuānfǎng　interview
專門訪問

⑤ 談ㄊㄢˊ及ㄐㄧˊ　tánjí　to mention
談到

那位候選人接受了電視公司的專訪，談及他從政的經過。

⑥ 直ㄓˊ白ㄅㄞˊ　zhíbái　in a straight manner
直接、淺白

她說話非常直白，不好就說不好，有時讓聽到的人不太高興。

⑦ 攏ㄌㄨㄥˇ聽ㄊㄧㄥ嘸ㄈㄨˇ　lǒngtīngfù　" I don't understand a word." (Taiwanese dialect)
台語，意思是「都沒聽懂」。攏：都。嘸：沒

⑧ 互ㄏㄨˋ相ㄒㄧㄤ　hùxiāng　mutually
兩方一起做，如：互相幫忙、互相合作

各國之間的貿易往來需要互相合作、互相協商。

⑨ 隔ㄍㄜˊ著ㄓㄜ　gézhe　to be divided by
人或物的中間有一個東西把兩者分開

台灣跟中國大陸中間隔著台灣海峽，距離並不遠。

⑩ 歡ㄏㄨㄢ喜ㄒㄧˇ　huānxǐ　delightfully
高興

爺爺一見到孫子就滿心歡喜地抱起孫子。

⑪ ㄟ（話ㄏㄨㄚˋ）　ㄟ (huà)　(a possessive inflection in Taiwanese dialect)
台語，意思是「的」。因為找不到對應的漢字，用注音符號「ㄟ」發音代替「的」

⑫ 麥ㄇㄞˋ講ㄐㄧㄤˇ　màijiǎng　"Don't mention it"
台語，意思是「不要說」。麥：不要。講：說

⑬ ～界ㄐㄧㄝˋ　jiè　sector
某個職業、某個群體範圍。如：警界、教育界、金融界

⑭ 公ㄍㄨㄥ安ㄢ　gōng'ān　public security, police (used in mainland China)
警察。中國大陸的用法

⑮ 首次 shǒucì
for the first time
第一次

因為首次在此地施放蜂炮，參加的群眾擠得寸步難行。

⑯ 兩岸三地 liǎng'àn sāndì
Three places across the Strait, i.e. Mainland China, Taiwan, and Hong Kong
兩岸指台灣海峽兩岸的台灣、中國。三地再包括香港。

⑰ 共打 gòngdǎ
to jointly fight against
共同打擊

⑱ 犯罪 fànzuì
to commit crime
做了違反法律的行為

許多國家簽訂了共同打擊犯罪的協定，若是犯了罪的人跑到別國也會被抓到。

⑲ 籌辦 chóubàn
to organize (an event)
籌畫、辦理

那個城市正在籌辦明年的世界大學運動會。

⑳ 彼此 bǐcǐ
one and the other, mutually
1. 雙方，如：不分彼此
2. 互相，如：彼此信賴

我們是好朋友，互相幫忙是應該的，不必分彼此。

㉑ 互信 hùxìn
mutual trust
互相信任

兩國需要建立在互信的基礎上，才能共享軍事情報。

㉒ 典範 diǎnfàn
model, example
學習的榜樣

那位學長無論在學習或做事方面都受到肯定，是我們的典範。

㉓ 固定 gùdìng
regular
穩定、不變

每天固定時間起床、睡覺，作息正常才能身體健康。

㉔ 論壇 lùntán
forum
公開發表意見的地方

市長在市府網站上設置了「民意論壇」，讓市民發表對政策好壞的看法。

㉕ 誠意 chéngyì
sincerity
真心對待別人

那家公司以相當大的誠意來跟我們談產學合作，校長很感動。

㉖ 意ˋ有ˇ所ˇ指ˇ yìyǒu suǒzhǐ　with implications
說的話中有特別的意思

老闆開會時請大家團結合作，其實意有所指，因為他覺得小王太愛自我表現了，希望他能有團隊精神。

㉗ 親ㄑㄧㄣ近ㄐㄧㄣˋ qīnjìn　to be close to
跟別人拉近距離

他不想跟同學親近，總是獨自坐在最後面。

㉘ 隔ㄍㄜˊ壁ㄅㄧˋ gébì　next door
某個地方的旁邊，隔著牆壁的另一邊

住在我隔壁房間的同學常常開派對，不時傳出吵鬧聲。

㉙ 官ㄍㄨㄢ方ㄈㄤ guānfāng　government authority
政府

㉚ 民ㄇㄧㄣˊ間ㄐㄧㄢ mínjiān　private sector, the general public
一般人民

若人民不信賴政府，官方的說法就無法得到民間的支持。

㉛ 接ㄐㄧㄝ軌ㄍㄨㄟˇ jiēguǐ　to link with
兩個事物連接起來

政府積極推行英語教育，希望學生未來能順利與國際教育教軌。

㉜ 侃ㄎㄢˇ侃ㄎㄢˇ而ㄦˊ談ㄊㄢˊ kǎnkǎn ér tán　to talk fluently
流利地談論事情、表達意見

他平常不愛表達意見，但碰到他有興趣的話題就能侃侃而談。

㉝ 抹ㄇㄛˇ紅ㄏㄨㄥˊ mǒhóng　to smearing and tar with a red brush (to falsely accuse people of associating with the Chinese communists)
抹：擦。「紅」指中國大陸。意思是批評台灣人認同中國人

選舉時，很多政治人物會以將對手「抹紅、抹黑」的方式來爭取選票。

㉞ 嘴ㄗㄨㄟˇ zuǐ　mouth, lip service

政治人物往往就靠一張嘴說來說去，卻沒什麼作為。

㉟ 伊ㄧ yī　he/she (Taiwanese dialect)
台語，意思是「他／她」

㊱ 子ㄗˇ民ㄇㄧㄣˊ zǐmín　people (within the jurisdiction of a country)
人民

無論富人或窮人都是國家的子民。

㊲ 老是 láoshì
always
總是，多指不好的

他老是服用安眠藥，醫師警告他會有失智的危險。

㊳ 意識形態 yìshì xíngtài
ideology
泛指個人所有關於社會運作方式的思維模式

不同黨派要合作所面臨的挑戰是如何在意識形態分歧的情況下取得一致的看法。

㊴ 意義 yìyì
significance
意思；行為、事物的價值或重要性

當義工去幫助單身老人是很有意義的一件事。

專有名詞 **Proper Noun**

①	侯友宜	Hóu Yǒuyí	Hou You-yi 新北市市長，2018 年當選
②	旺旺中時媒體集團	Wàngwàng Zhōngshí méitǐ jítuán	Want Want China Times Media Group 台灣的媒體，中國時報
③	千島湖事件	Qiāndǎohú shìjiàn	Qiandao Lake incident 1994 年發生的慘案。24 名台灣觀光客及 8 名大陸船員在遊浙江省千島湖時遭到殺害，全數罹難。
④	刑事局長	xíngshì júzhǎng	Commissioner, Criminal Investigation Bureau 掌管刑事案件的首長
⑤	南京（市）	Nánjīng (shì)	Nanjing (City) 在中國大陸江蘇省
⑥	江蘇（省）	Jiāngsū (shěng)	Jiangsu (Province) 中國大陸的一省

1 以…為例

醫師以許多護理師的身體狀況為例，說明工作不能固定朝九晚五所帶來的身體損傷。

以人工智慧在金融界的應用為例，未來的工作方式會發生很大的變化，所需人力會大幅減少。

2 從…做起

父母應從自身做起，才能成為孩子的典範。

想要使耗損的細胞獲得休養，就要從絕不熬夜做起。

課文理解與討論 ▸▸

① 侯友宜接受專訪時，對政治人物說的兩岸關係及九二共識有什麼看法？

② 侯友宜覺得應如何處理兩岸關係？

③ 侯友宜用什麼例子來說明跟對岸的來往情形？

④ 侯友宜是因為哪些事情跟大陸建立了良好的關係？

⑤ 侯友宜認為人跟人之間能合作順利的關鍵是什麼？

⑥ 侯友宜希望新北燈會擴大舉辦的目的是什麼？

⑦ 侯友宜覺得跟對岸交流哪種方式是沒有用的？

⑧ 侯友宜說「最容易親近的夥伴就在隔壁」是什麼意思？

⑨ 侯友宜認為官方跟民間應如何做才能促成兩岸彼此信賴？

⑩ 侯友宜擔心被人抹紅嗎？

⑪ 侯友宜認為身為中華民國子民的責任是什麼？

⑫ 侯友宜說「政治人物老是停留在意識形態沒有意義」，你同意嗎？

⑬ 你認為侯友宜跟蔡英文在兩岸關係上的立場有哪些差異？

⑭ 你認為政治人物為了給人民創造福利，應該做哪些事情才有意義？

❶ 請全班（可分組）設計一份問卷調查，調查台灣人民對「九二共識」的認識。

問卷可包括：

a. 是否聽過「九二共識」？

b. 是否知道「九二共識」是什麼時候發生的事情？

c. 是否明確知道「九二共識」的內涵？

d. 是否知道兩岸對「九二共識」的表述有何差異？

e. 「九二共識」對台灣政治、經濟是否有影響？

f. 針對「九二共識」，受訪者較支持民進黨的立場還是國民黨的立場？

❷ 調查對象最好包含成人的各年齡層。

❸ 統計問卷並分析及報告調查結果。

附錄：兩篇主新聞內容的簡體字版 ▶▶

第十五课 吵九二共识　国台办陆委会互呛
蔡总统指九二共识就是一国两制
国台办：刻意误导
陆委会回击：并吞中华民国台湾的致命毒药

【特派记者许依晨、林庭瑶／北京台北报导】蔡英文总统指北京当局所定义的九二共识就是一国两制，大陆国台办发言人马晓光昨反驳称，民进党肆意否定「九二共识」，诬蔑「一国两制」，暴露分裂立场。他批评，「民进党当局领导人故意将二者混为一谈，是刻意误导台湾民众。」

对于马晓光的说法，陆委会昨晚以书面回应，指各界应该要认清中共定义的「九二共识」本质，就是并吞中华民国台湾的致命毒药，绝非部分人士所说的保命仙丹，不能再跟随呼应。

马晓光昨在例行记者会上重申，「九二共识」是两岸关系发展的共同政治基础，明确界定两岸关系的性质，表明双方在努力谋求国家统一进程中均坚持一个中国的原则。

被问及习近平谈话在「九二共识」中加入「谋求国家统一」，是否意味着「九二共识」内涵有所改变？马晓光以「亲历者」身分回应称，一九九二年十一月，海协会与海基会经由香港会谈及其后函电往来，达成了各自以口头方式表述「海峡两岸均坚持一个中国原则」的共识。由此双方表述内容可以看出，坚持一个中国原则，共同努力谋求国家统一，就是「九二共识」的应有之义。

陆委会则反驳国台办称，一九九二年两岸会谈最终并未达成共识，国台办长期以来混淆视听，欺瞒事实。中共领导人在其所谓「告台湾同胞书」四十周年谈话已重新定义「九二共识」就是「两岸同属一中、共谋统一」，并提出探索「一国两制」台湾方案，两者都为达其统一意志，台湾人民从来没有接受。

陆委会表示，蔡总统担任陆委会主委在立法院应询时谈话，仅在陈述一九九二年之李登辉政府立场，蔡总统并未承认谈判过程中已有「九二共识」，更无所谓执政后拒绝「九二共识」的谬论。

陆委会指出，国台办罔顾事实、转移台湾民众不接受「一国两制」焦点，又在国际企业间霸道打压台湾，是严重侵犯我主权尊严、企业营运自主及伤害台湾民众感情的不当作为。

第十六课 侯友宜：两岸多走动关系就会好
「政治名词少说一点、动词多做一点」

【谭宇哲、叶德正、林金池／专访】新北市长侯友宜昨接受《旺旺中时媒体集团》专访谈及两岸关系、九二共识，他以侯式风格、用台语直白地说，政治人物现在说那些「我拢听呒啦」，最简单就是「多做少说」，也就是「动词多做一点，政治名词少说一点」！

「政治人物提很多政治名词、什么几个互相、几个必须，你们记得吗？我一个都不记得，我从都不想记这些」、「隔着海峡就像去人家家里、邀人来我家，要大家欢喜，怎会让人呒欢喜，呒欢喜ㄟ话就麦讲、欢喜ㄟ话多说一点，多走动关系就会好！」

侯举过去在警界的两岸合作经验说，1993 年大陆发生千岛湖事件，他代表台湾赴陆调查，与当地公安首次合作，后来他当刑事局长，两岸三地共打犯罪，透过不断交流跟对岸建立良好关系，「我一直觉得人和人之间，最重要是信赖，就可完成很多事。」

侯友宜以近期正在新北市筹办的两岸灯会为例，他希望每年扩大举办，让两岸文化宗教交流更紧密，政府官员来拜访彼此能更加认识互信，今年规模扩大，从本来仅跟南京合作，扩大到江苏 4 城市，未来还要扩大，这些就是两岸城市交流最好的典范。

「如果固定跟一个地方、用论坛谈一谈，那种大拜拜没用，要用实际交流行动，诚意解决问题，创造出彼此最好价值。」侯意有所指说，城市竞争国际化是趋势，最容易亲近的伙伴就在隔壁，官方要鼓励民间交流，民间会促成官方彼此信赖，从隔壁「自己的人」做起，未来也可接轨国际。

两岸关系侃侃而谈，被问到会不会担心被抹红？侯友宜笑说：「嘴是别人的，伊爱怎么讲就怎么讲。」他是中华民国子民，为人民创造最大福利，才是他要努力的地方，「老是停留在名词、意识形态，这些都没有意义。」

詞語索引
VOCABULARY INDEX

拼音	生詞	課次 - 編號
A		
āgōng	阿公	9-45
āi	挨	7-3
àn	案	8-7
Ānbèi Jìnsān	安倍晉三	1- 專 13
ànfā	案發	8-26
ānmiányào	安眠藥	5-48
ānquánmào	安全帽	8-39
ānxīn	安心	10-30
āoxiàn	凹陷	1-21
ATM	ATM	9-64
B		
bàdào	霸道	15-61
Bājīnsēn shì zhèng	巴金森氏症	6-2
bǎihuā qífàng	百花齊放	14-42
báirén	白人	8-37
báisè míngdān	白色名單	11-17
bǎnqiú	板球	8-30
bàofù	報復	12-3
bāohán	包含	6-43
bǎomìng	保命	15-22
bǎoyòu	保佑	14-16
bàoyǔ	暴雨	2-4
Běihǎidào	北海道	1- 專 1
Běijīng	北京	15- 專 3
Běi Kǎzhōu	北卡州	2- 專 3
bèixīn	背心	8-41
bēn	奔	8-43
běnxīn	本薪	3-20
běnzhí	本質	15-20
bìbèi	必備	9-3
bǐcǐ	彼此	16-20
bǐlù	比率	6-25

拼音	生詞	課次 - 編號
biānwǔ	編舞	13-17
biǎogé	表格	9-51
biǎomíng	表明	15-30
biǎoqíng	表情	6-6
biǎoshù	表述	15-41
biǎotài	表態	12-23
bǐngchí	秉持	10-9
bìngtūn	併吞	15-8
bóhuǒ	駁火	7-9
bólǎnhuì	博覽會	3-4
bōluò	剝落	1-40
bùdéyǐ	不得已	5-63
bùdiǎn	布點	9-68
bùduì	部隊	7-20
bǔhuílái	補回來	5-4
bùjú	布局	3-30
bùluò	部落	7-26
búshì	不適	5-18
bùyī	不一	8-9

càilánzú	菜籃族	9-55
cǎipái	彩排	13-27
cǎiqǔ	採取	12-54
cāozuò	操作	9-43
cèhuà	策畫	14-8
cèlüè	策略	11-27
chāidàn	拆彈	8-23
chǎnxué	產學	3-55
chángchéng	長程	5-37
chángtài	常態	11-14
chàngtán	暢談	4-6
chǎo	吵	15-1

B

C

Vocabulary Index

拼音	生詞	課次 - 編號
D		
duìfāng	對方	12-5
duìxiàng	對象	11-37
duìyú	對於	9-41
duìzhì	對峙	7-15
Duōbā'ān	多巴胺	6-34
E		
èhuà	惡化	12-16
èliè	惡劣	2-12
éwài	額外	9-58
èxìng xúnhuán	惡性循環	12-64
Èrzhàn	二戰	12- 專 13
F		
fā	發	9-47
fābiǎo	發表	7-31
fābìng	發病	5-74
fādòng	發動	7-19
fāfàng	發放	3-26
fāguāng	發光	13-2
fǎjīn	法金	4- 專 6
fāwēi	發威	2-7
fǎwù	法務	5-15
fǎnbó	反駁	15-11
fàndiàn	飯店	7-2
fǎnzhì	反制	12-19
fànzuì	犯罪	16-18
fángdàn	防彈	8-40
fángwèi	防衛	12-27
fángwèi bùmén	防衛部門	12- 專 3
fángwèi dàchén	防衛大臣	12- 專 4
fǎngyǎn	訪演	13-39
fángzhì	防制	4-43

VOCABULARY INDEX

拼音	生詞	課次 - 編號
F		
fèi	肺	5-32
fěi	〜匪	7-8
fēidàn	飛彈	12-30
fèishí	費時	1-33
fēn	分	4-8
fēnbié	分別	1-47
fēnháng	分行	9-19
fēnhóng	分紅	3-18
fēnliè	分裂	15-15
fēnsàn	分散	11-6
fēnwéi	氛圍	12-61
fēnxī	分析	4-34
fēng	〜風	3-38
fēnggé	風格	14-44
Fēngshén bǎobao jùtuán	風神寶寶劇團	14- 專 9
fēngsuǒ	封鎖	8-27
fènzi	分子	7-6
Fóluólúnsī	佛羅倫斯	2- 專 1
fǒudìng	否定	15-13
Fùbāngjīn	富邦金	3- 專 6
fúhé	符合	3-50
fùjiàn	復健	6-51
fūqī	夫妻	6-39
fúyòng	服用	5-50
fùzǒng	副總	4- 專 4
fùzǒnglǐ	副總理	12- 專 5
G		
gǎn	趕	13-32
gànbù	幹部	3-44
gǎnxiè	感謝	10-26
gǎngdū	港都	7-11
gào	告	15-48
gāodù	高度	2-26

拼音	生詞	課次 - 編號
gāokàng	高亢	14-24
gāoyā	高壓	5-1
gébì	隔壁	16-28
gèjīn	個金	4- 專 7
gējù	歌劇	13-10
gézhe	隔著	16-9
gèzì	各自	15-40
gēzǐxì	歌仔戲	14- 專 2
gēnsuí	跟隨	15-24
gōng'ān	公安	16-14
gòngdǎ	共打	16-17
Gòngtóngshè	共同社	12- 專 11
gōngxū	供需	1-30
Gōngyè gōngchéng xì	工業工程系	3- 專 10
gùdìng	固定	16-23
Gù Lìxióng	顧立雄	10- 專 8
guānài	關愛	13-25
guānbì	關閉	1-7
guānfāng	官方	16-29
guānfáng zhǎngguān	官房長官	12- 專 9
guānjiàn	關鍵	3-31
guānlián	關聯	7-33
guānshuì	關稅	11-4
Guānxī (jīchǎng)	關西（機場）	1- 專 12
guānyuán	官員	5-10
guǎnzhì	管制	12-11
guānzhòng	觀眾	14-17
guīhuà	規劃	4-40
guìtái	櫃台	1-38
guòguān	過關	10-7
guónèibǎn	國內版	13-21
Guópiàojīn	國票金	10- 專 10
Guótáibàn	國台辦	15- 專 1

VOCABULARY INDEX

VOCABULARY INDEX

拼音	生詞	課次 - 編號
jiāohuǒ	交火	7-21
jiāojiè	交界	2-14
jiāoxiǎngyuè	交響樂	13-18
jiāozhàn	交戰	5-9
jiàozhí	教職	3-57
jiè	～界	16-13
jiéchū	傑出	13-6
jiědá	解答	9-57
jiēdìqì	接地氣	10-19
jièdìng	界定	15-28
jiégǎo	截稿	1-4
jiēguǐ	接軌	16-31
jiéhé	結合	10-2
jiēhuò	接獲	2-27
jiērèn	接任	13-46
jiěshuō	解說	4-32
jìn	近	1-6
jǐn dié kuài	緊迭快	14- 專 11
jìnchéng	進程	15-33
jǐncìyú	僅次於	12-45
Jīnguǎnhuì	金管會	9- 專 1
jīnhòu	今後	12-22
jīnkòng	金控	3-35
jǐnmì	緊密	11-31
jīnróngkǎ	金融卡	9-63
jīn (tóufǎ)	金（頭髮）	8-38
jìnyùn	禁運	12-42
jǐnzǎo	儘早	6-49
Jīngchǎnshěng	經產省	1- 專 10
Jìnggāng xiànlì dàxué	靜岡縣立大學	12- 專 12
jǐnggào	警告	2-28

VOCABULARY INDEX

拼音	生詞	課次 - 編號
jīngjì chǎnyè dàchén	經濟產業大臣	12- 專 8
jīngkǒng	驚恐	8-42
jìnglüán	痙攣	5-16
jīngmào	經貿	12-1
jīngshén yīxué bù	精神醫學部	5- 專 3
jīngxuǎn	精選	13-29
jiǔ'èr gòngshì	九二共識	15-2
jiùnàn	救難	2-35
jiùyī	就醫	6-9
JR	JR	1- 專 11
jùbào	據報	8-21
jùchǎng	劇場	14-27
jùfēng	颶風	2-2
jùlàng	巨浪	2-5
jǔlì	舉例	5-36
júshì	局勢	12-20
jùxìn	據信	8-13
jùyǒu	具有	2-25
jùzhǎn	劇展	14-11
jùzhào	劇照	13-23
jùzǔ	劇組	14-50
jué (bù)	絕（不）	12-55
juécè	決策	10-20
juéfēi	絕非	15-21
jūnqíng	軍情	12-6
jūnshì	軍事	12-4

拼音	生詞	課次 - 編號
kāichū	開出	3-36
Kǎidá zǔzhī	凱達組織	7- 專 8
kāifā	開發	4-44
kāihù	開戶	9-4

拼音	生詞	課次 - 編號

VOCABULARY INDEX

拼音	生詞	課次 - 編號
línshí	臨時	12-34
Línwǔdé	林伍德	8- 專 4
língchén	凌晨	1-3
lǐngdǎorén	領導人	15-16
lǐngjūn	領軍	10-49
lǐngxiù	領袖	7-28
liú bíxiě	流鼻血	5-17
liúlàng	流浪	3-59
Liú Shàolú	劉紹爐	13- 專 14
liúshǒu	留守	2-31
lǒngtīngfǔ	攏聽嘸	16-7
lòushuǐ	漏水	1-35
lùdì	陸地	2-23
lǚlì	履歷	3-16
lǔmǎng	魯莽	12-14
Lùwěihuì	陸委會	15- 專 2
lún	輪	11-9
Lúndūn	倫敦	13- 專 3
lúnfān	輪番	14-20
lúntāi	輪胎	1-26
lùntán	論壇	16-24
lúnzhí	輪值	5-41
Luó Hóngyú	羅宏瑜	4- 專 3
Luó Mànfēi	羅曼菲	13- 專 13
Mǎláixīyà guójiā wénhuàgōng	馬來西亞國家文化宮	13- 專 10
Mǎ Xiǎoguāng	馬曉光	15- 專 4
máidān	埋單	9-21
Màidìnà jiǔdiàn	麥地那酒店	7- 專 4
màijiǎng	麥講	16-12
màixiàng	邁向	10-41

VOCABULARY INDEX

拼音	生詞	課次 - 編號
M		
Màoyìjú	貿易局	11- 專 6
mèilì	魅力	14-43
ménhù	門戶	1-49
Mèngjiālā	孟加拉	8- 專 6
miǎn	免	9-2
miànjī	面積	14-40
miànmào	面貌	14-13
miàohuì	廟會	14-39
mìmì	秘密	12-24
mínjiān	民間	16-30
Mínjìndǎng	民進黨	15- 專 5
mínshēng	民生	11-30
míngcí	名詞	16-1
míngdān	名單	10-5
Mínghuáyuán	明華園	14- 專 1
mìngmíng	命名	14-35
míngquè	明確	12-21
miùlùn	謬論	15-58
mócā	摩擦	11-13
mǒhóng	抹紅	16-33
Mòsīkē	莫斯科	13- 專 11
móyàng	模樣	14-23
Money 101	Money 101	9- 專 6
móuqiú	謀求	15-31
mùdìdi	目的地	12-9
mùjí	目擊	8-17
Mùsīlín	穆斯林	8- 專 7
N		
nàishòuxìng	耐受性	5-73
Nánjīng (shì)	南京（市）	16- 專 5
Nán Kǎzhōu	南卡州	2- 專 2

VOCABULARY INDEX

Q

拼音	生詞	課次 - 編號
qǐdòng	啟動	11-23
Qìhēfū yìshùjié	契訶夫藝術節	13- 專 12
qìhuà cáizhèng bùzhǎng	企畫財政部長	12- 專 6
qìjīn	迄今	1-45
qīmán	欺瞞	15-46
Qísīméiyào	奇斯梅耀	7- 專 3
qǐtiào	起跳	3-33
qìxiàngtīng	氣象廳	1- 專 5
qiānchéng	牽成	14-18
Qiāndǎohú shìjiàn	千島湖事件	16- 專 3
qiánjìn	前進	4-3
qiánlì	潛力	4-16
qiánwǎng	前往	13-36
qiǎnzé	譴責	12-13
qiàng	嗆	15-3
qiǎngcái	搶才	3-11
qiánghuà	強化	12-18
qiāngjí	槍擊	8-6
qiǎngjìn	搶進	10-1
qiángqiáng	強強	10-40
qiāngshǒu	槍手	8-14
qiāngxiǎng	槍響	8-20
qīnfàn	侵犯	15-63
qínfèn	勤奮	13-24
qīnjìn	親近	16-27
qīnlìzhě	親歷者	15-37
qíngbào	情報	12-25
qīngdān	清單	11-10
qínggǎn	情感	14-26
Qīngniándǎng	青年黨	7- 專 7
Qīngtiánqū Lǐzhǒng	清田區里塚	1- 專 8

拼音	生詞	課次 - 編號
qīngtīng	傾聽	10-32
Qīngwǎtái	青瓦台	12- 專 1
qīngzhēnsì	清真寺	8-5
qiúxié	球鞋	4-27
qùdiàn	去電	9-61
qūkuàiliàn	區塊鏈	4- 專 2
qùwèi	趣味	4-12
qūyù	區域	1-5
quān	圈	10-43
quèbù	卻步	4-23
quèrèn	確認	1-54
qún	～群	14-37
ràngbù	讓步	12-56
réncái	人才	3-2
rèndìng	認定	11-38
réngōng zhìhuì	人工智慧	4-18
rénlì	人力	4-21
rénmǎ	人馬	5-11
rènqīng	認清	15-19
rénshì	人事	9-16
Rìyuán	日圓	10- 專 1
Rìzìtuán	日字團	14- 專 17
rónghuò	榮獲	13-4
róngyù	榮譽	13-19
rúdòng	蠕動	5-35
rùkǒu	入口	7-18
rùwéi	入圍	13-14
Ruìshì	芮氏	1- 專 3

Q

R

VOCABULARY INDEX

拼音	生詞	課次 - 編號
sàngmìng	喪命	7-10
sàngshēng	喪生	8-8
sǎomiáo	掃描	4-11
sǎoshè	掃射	7-7
shàncháng	擅長	14-36
(Shāndōng Hòuzhēn) huǒlì fādiànchǎng	（苫東厚真）火力發電廠	1- 專 9
shànyú	擅於	9-42
shàngbǎi/ qiān/ wàn	上百／千／萬	8-18
shàngchǎng	上場	14-21
shāngshēn	傷身	5-67
shàngshǒu	上手	9-20
shàonián	少年	6-29
shèbèi	設備	9-27
shèlì	設立	9-24
shèshī	設施	1-53
shèxiàn	設限	3-22
shēndù	深度	1-12
shēnduàn	身段	14-22
shēnfèn	身分	9-66
shēngēng	深耕	10-34
shénjīngbù	神經部	6- 專 1
shénmíng	神明	14-15
shēnshè	申設	9-10
shēnsù	申訴	12-37
shēng	聲	8-19
shēngchǎnxiàn	生產線	11-24
shēnglǐ shízhōng	生理時鐘	5-20
shēngqiān	升遷	3-45
shēngzhǎng	生長	5-27
shǐ bú shàng lì	使不上力	6-21

VOCABULARY INDEX

T

W

VOCABULARY INDEX

拼音	生詞	課次 - 編號
wǎnjiān	晚間	7-12
wánjiépiān	完結篇	14-48
wánjù	玩具	11-11
wánshàn	完善	3-56
wǎnggù	罔顧	15-59
Wáng Jùnquán	王俊權	4- 專 5
Wàngwàng Zhōngshí méitǐ jítuán	旺旺中時媒體集團	16- 專 2
wèi	胃	5-2
Wèibào	衛報	8- 專 5
wéijī	危機	12-48
wēilì	威力	2-24
wéiyī	唯一	11-41
wèiyí	位移	1-59
Wén Zàiyín	文在寅	12- 專 2
wùdǎo	誤導	15-6
wúkě	無可	9-18
wúlì	無力	6-18
wùliánwǎng	物聯網	3- 專 5
wūmiè	誣衊	15-14
wǔtuán	舞團	13-7
wúxiàndiàn	無線電	1-52
wúyuǎn fújiè	無遠弗屆	10-36
wǔzhuāng	武裝	7-14
wùzī	物資	12-44
wǔzuò	舞作	13-12

xìbāo	細胞	5-31
xǐhuò	喜獲	13-3
xíjí	襲擊	7-13
xìjié	細節	13-34
Xí Jìnpíng	習近平	15- 專 7

X

拼音	生詞	課次 - 編號
xìmǎ	戲碼	14-30
xǐqián	洗錢	4-42
xìtǒng	系統	5-23
xiàn	〜線	1-51
xiǎn	顯	12-31
xiāndān	仙丹	15-23
xiànrèn	現任	13-44
xiànrù	陷入	12-62
xiǎng	享	9-38
xiāngdāngyú	相當於	3-21
xiāngfǎn	相反	12-58
Xiānggǎng huìtán	香港會談	15- 專 10
xiāngjiào	相較	9-29
xiángqíng	詳情	14-52
xiāngtóng	相同	6-10
xiāofáng	消防	1-14
xiàoyuán	校園	3-7
xiédìng	協定	12-7
xiéshāng	協商	5-7
xiěxǐ	血洗	8-4
xiěyā	血壓	5-51
xiézhù	協助	6-13
xīnjìn	新進	3-23
xìnlái	信賴	10-33
xìnniàn	信念	10-10
Xīn Qiānsuì jīchǎng	新千歲機場	1- 專 4
xīn rénlèi	新人類	4-2
xīnshēngdài	新生代	14-10
xīnxiě	新血	4-1
(xīn) xiěguǎn	（心）血管	5-52
xīngchén	星辰	14-34
xíngchéng	行程	13-26

VOCABULARY INDEX

VOCABULARY INDEX

拼音	生詞	課次 - 編號
yìngxún	應詢	15-54
yǒngjǐ	擁擠	8-31
yòngxīn	用心	10-31
yǒuhǎo	友好	11-36
yōuhuì	優惠	9-31
yóulún	油輪	1-57
yōushì	優勢	10-3
yǒusuǒ	有所	12-28
yōuxiān	優先	3-53
Yōuyùzhèng	憂鬱症	6-50
yùxiǎng	預想	12-57
Yuǎnchuán diànxìn	遠傳電信	10- 專 6
yuánliào	原料	11-21
yuánzé	原則	15-34
yùnqiú	運球	6-19
yùnyù	孕育	13-43
yùnzhuǎn	運轉	1-28
yùnzuò	運作	1-60
zāo	遭	1-16
zǎoāntú	早安圖	9-48
zǎonián	早年	14-41
zǎoshì	早市	5-44
zhà	炸	7-4
Zhādǎ guójì shāngyè yínháng	渣打國際商業銀行	10- 專 5
zhàdàn	炸彈	7-1
Zháhuǎng	札幌	1- 專 7
zhànchǎng	戰場	11-1
zhànlüè	戰略	12-43
zhǎnshì	展示	4-10
zhǎnxiàn	展現	4-38

拼音	生詞	課次 - 編號
zhànghào	帳號	9-59
zhànghù	帳戶	9-15
zhàngmì	帳密	9-65
Zhàofēng yínháng	兆豐銀行	9- 專 8
zhàojiàn	召見	12-38
zhāojiǔ wǎnwǔ	朝九晚五	5-60
zhàokāi	召開	12-33
zhāomù	招募	3-1
zhéjiù	折舊	9-28
zhèndù	震度	1-13
zhěnduàn	診斷	6-11
Zhènxīng yīyuàn	振興醫院	5- 專 2
zhènyāng	震央	1-10
zhènyuán	震源	1-11
zhēngcái	徵才	3-3
zhēngxiāng	爭相	13-20
zhēngyì	爭議	12-53
zhēngyòng	徵用	12-50
Zhèng Zōnglóng	鄭宗龍	13- 專 15
zhì	致	6-37
zhíbái	直白	16-6
zhíbò	直播	8-25
zhídǎo	執導	13-9
zhìdìng	制定	11-35
zhīfán yèmào	枝繁葉茂	14-9
zhíguān	直觀	9-53
zhìliáo	治療	6-14
zhīliè	之列	12-36
zhìliú	滯留	1-44
zhìmìng	致命	15-9
zhìnéng	智能	3-40

Z

VOCABULARY INDEX

拼音	生詞	課次 - 編號
zhìnéng jīnróng	智能金融	3-41
zhìpǐn	製品	12-47
zhíquē	職缺	3-6
zhìshì	制式	4-22
zhíyá	職涯	4-7
zhíyì	執意	2-30
zhízhǎng	執掌	13-41
zhízhào	執照	9-8
zhízhèng	執政	15-57
zhōngduàn	中斷	1-9
zhòngfēng	中風	5-72
Zhōnggòng	中共	15- 專 6
Zhōngguó xìntuō kònggǔ gōngsī	中國信託控股公司	4- 專 1
Zhōnghuá diànxìn	中華電信	10- 專 9
zhōngjiāncái	中間財	11-33
zhòngrén	眾人	8-32
Zhōngxìnjīn	中信金	3- 專 7
zhōngzhǐ	終止	12-26
zhōunián	周年	15-50
zhōuzhǎng	州長	2- 專 5
zhù	駐	12-39
zhúbù	逐步	12-17
zhǔguǎn	主管	5-61
zhǔzhì yīshī	主治醫師	5- 專 4
zhuāncái	專才	3-42
zhuānfǎng	專訪	16-4
zhuānlì	專利	6-4
zhuǎnxíng	轉型	4-30
zhuǎnyí	轉移	11-25
zhuàngjí	撞擊	1-58
zhuījù	追劇	9-49
zhǔn	準	3-12

Z

Other

NOTE

· · · · · · · ·

Linking Chinese

縱橫天下事 2 ：華語新聞教材 課本

策　　劃	國立臺灣師範大學國語教學中心	出 版 者	聯經出版事業股份有限公司
總 編 輯	陳振宇	發 行 人	林載爵
主　　編	杜昭玫	社　　長	羅國俊
編 著 者	孫懿芬、陳懷萱	總 經 理	陳芝宇
英文翻譯	周中天	總 編 輯	涂豐恩
		副總編輯	陳逸華
執行編輯	李芃、蔡如珮		
美術編輯	林欣穎	叢書編輯	賴祖兒
校　　對	林雅惠、蔡如珮	地　　址	新北市汐止區大同路一段 369 號 1 樓
技術支援	李昆璟	聯絡電話	(02)8692-5588 轉 5317
封面設計	江宜蔚	郵政劃撥	帳戶第 0100559-3 號
內文排版	楊佩菱	郵撥電話	(02)23620308
錄　　音	王育偉、許伯琴	印 刷 者	文聯彩色製版印刷有限公司
錄音後製	純粹錄音後製公司		

2021 年 9 月初版
版權所有 ・ 翻印必究
Printed in Taiwan.
ISBN　978-957-08-5962-1 (平裝)
GPN　1011001164
定　　價　900 元

感謝

《中央社》、《中國時報》、《自由時報》、《聯合報》、《蘋果日報》

授權本中心選用其報導資料做為教材內容

（以上依姓氏或單位名稱筆畫順序排列）

國家圖書館出版品預行編目資料

縱橫天下事 2：華語新聞教材 課本/國立臺灣師範大學
國語教學中心策劃 . 杜昭玫主編 . 孫懿芬、陳懷萱編寫 . 初版 . 新北市 .
聯經 . 2021 年 9 月 . 272 面＋76 面作業本 . 21×28 公分
（Linking Chinese）
ISBN　978-957-08-5962-1（第2冊：平裝）

1.漢語　2.新聞　3.讀本

802.86　　　　　　　　　　　　　　　　　　110012520

|目錄| CONTENTS

第1課練習

一、填入適當的生詞

> 失蹤　活埋　泥濘　運轉　失衡　首度　費時　停擺　滯留
> 罕見　設施　確認　修復　撞擊　運作　迄今　截稿

① 颱風過後，造成蔬果市場的供需＿＿＿＿＿＿，只能等農民的下一批蔬果長大才能解決此問題。

② 這家公司的規模不大，營業額不算多，但卻提供了員工非常好的福利，真是＿＿＿＿＿＿。

③ 那個俄國芭蕾舞團＿＿＿＿＿＿跟雲門舞集合作，這是全新的表演方式。

④ 根據記者報導，那個殺人犯躲進巷子後，從此就＿＿＿＿＿＿了，至今找不到他。

⑤ 台北很多年輕人覺得自己做飯既＿＿＿＿＿＿又省不了多少錢，何必麻煩呢？

⑥ 搭機以前要再一次＿＿＿＿＿＿你的機位，免得上不了飛機。

⑦ 幸虧我們提早離開，要不然可能就被爆發的火山（volcano）＿＿＿＿＿＿了。

⑧ 她一腳踏進道路旁的＿＿＿＿＿＿中，只好穿著髒鞋走回家。

⑨ 那輛汽車撞到路上的紅綠燈之後，由於＿＿＿＿＿＿力道太大，就起火了。

⑩ 公司網站遭駭客攻擊，一切業務都＿＿＿＿＿＿了，不知道什麼時候才能＿＿＿＿＿＿，恢復正常。

⑪ 現代化機場除了提供旅客用餐、購物場所外，甚至連休閒＿＿＿＿＿＿都有。

⑫ 這個強颱在台灣上空已＿＿＿＿＿＿了十幾個小時，估計明天凌晨才會離開。

⑬ 想到外國投資，必須注意該國金融市場的＿＿＿＿＿＿模式。

⑭

> 近　未　曾　該　遭

據新聞報導，西部沿海地區＿＿＿＿＿狂風與巨浪侵襲，導致＿＿＿＿＿萬戶人家停電、通訊中斷。當地居民表示，＿＿＿＿＿地區氣候一向穩定，並＿＿＿＿＿出現過此狀況；而年長居民則表示，僅＿＿＿＿＿於兒童時期看過巨浪沖上岸邊的情景。

二、連連看

（根據本課新聞作答）

1. 機場 ●	● a. 溢出
2. 泥水 ●	● b. 凹陷
3. 航廈 ●	● c. 停擺
4. 房子 ●	● d. 關閉
5. 道路 ●	● e. 液化
6. 土壤 ●	● f. 停止運轉
7. 旅客 ●	● g. 倒塌
8. 列車 ●	● h. 漏水
9. 牆壁 ●	● i. 失蹤
10. 電廠 ●	● j. 剝落
11. 居民 ●	● k. 停駛
12. 大眾運輸 ●	● l. 滯留

三、句型練習

1 到…為止

　　1-1 到機場恢復運作為止，觀光客＿＿＿＿＿＿＿＿＿＿＿＿＿＿＿。

　　1-2 A：你怎麼對下半年的經濟前景這麼不樂觀呢？

　　　　　B：＿＿＿＿＿＿＿＿＿＿＿＿＿＿＿＿＿＿＿＿

2 因…（而）…，甚至…

2-1 學校因午後大雷雨而停課，甚至_____。

2-2 A：聽說這支剛推出的新手機買氣不佳，怎麼回事？

B：因價錢_____，甚至外型也_____。

3 分別為…

3-1 台北捷運上的廣播（announcement）有四種語言，分別為國語、

_____、客語和_____。

3-2 A：你們國家的國旗（national flag）有幾種顏色？

B：我國國旗有_____顏色，分別為_____。

第 2 課練習

一、填入適當的生詞

> 自求多福　惡劣　交界　摧毀　盤旋　連日　喊話　緩慢
> 東倒西歪　高度　接獲　執意　留守　撤離　具有

① 天候相當_____，為了大家生命安全，飛機已經停止起降。

② 雖然此次地震震度僅4級，但是桌上的東西還是被震得_____。

③ 陣風太強，飛機無法下降，一直在天上_____。

④ _____大雨，大量泥流沖入屋內，警察呼籲民眾盡速_____。

⑤ 根據新聞報導，目前那個國家麻疹疫情嚴重，他還是_____要前往

旅行。

⑥ 我們社區_____警方通知，表示附近住戶常有東西被偷，提醒大家

當心。

⑦ 聽說那個都市爆發流感，公司卻要我去那裡行銷產品，我只能

_____了。

⑧ 反酒駕聯盟大力呼籲政府嚴懲酒駕者，但修法速度實在_____，酒

駕肇事數量並未減少。

⑨ 新政府仍無法遏止官商勾結的情況，_____了人民對政府的信心。

⑩ 原物料價格上漲，導致物價跟進，政府向業者_____，希望漲幅不

要太大。

⑪ 這個小鎮位於兩國＿＿＿＿＿＿＿＿處，兩國人民早已互相交流。

⑫ 每到颱風來襲，爺爺總是堅持＿＿＿＿＿＿＿家園，他擔心自己的果園災情慘重。

二、選擇

⓵ 出國旅遊時，導遊會請大家提高＿＿＿＿（a. 警告 b. 警覺），夜晚不要去危險的地方、護照、金錢要收好。但是總有人不在乎這些＿＿＿＿（a. 警告 b. 警覺），等發生事情才後悔。

⓶ 根據氣象報導，本周末冷氣團＿＿＿＿＿＿（a. 威力 b. 發威 c. 威脅），氣溫將降至5度以下。預估此波冷氣團的＿＿＿＿＿＿（a. 威力 b. 發威 c. 威脅）將比上波更強。氣溫驟降對農業是很大的＿＿＿＿＿＿（a. 威力 b. 發威 c. 威脅），政府呼籲農民要事先防範。

⓷ 夏天將至，也是颱風＿＿＿＿＿＿＿（a. 來臨 b. 登陸 c. 陸地）的季節。氣象局預報本年第一個颱風三天後將接近＿＿＿＿＿＿（a. 來臨 b. 登陸 c. 陸地），若是風速不減，10號當天將於東南沿海地區＿＿＿＿＿＿（a. 來臨 b. 登陸 c. 陸地）。空曠地區居民要注意防範。

⓸ 海面上＿＿＿＿＿＿（a. 沖 b. 漂）著許多垃圾，這些垃圾常被大浪＿＿＿＿＿＿（a. 沖 b. 漂）上岸邊，造成沿海地區十分髒亂。

三、句型練習

1 雖然…，但…仍然具有…

1-1 雖然家電汰舊換新的補助不多，但＿＿＿＿＿＿＿＿仍然具有＿＿＿＿＿＿＿＿。

1-2 A：氣象預報好像都不準，這次能相信嗎？

　　　B：＿＿＿＿＿＿＿＿＿＿＿＿＿＿＿＿＿＿＿＿＿＿。

2 一旦…，千萬…

2-1 一旦中國與美國的貿易僵局擴大，投資者千萬＿＿＿＿＿＿＿＿＿＿＿。

2-2 A：我懷疑這次股價波動這麼大是有人故意造成的，不知道現在是否該進場。

    B：＿＿＿＿＿＿＿＿＿＿＿＿＿＿＿＿＿＿＿＿＿。

3 …就連…，也…

3-1 政府下修下半年經濟成長率，就連行動通訊產業的熱度也＿＿＿＿＿＿＿。

3-2 A：酒駕肇事的刑期提高了，怎麼還有人敢酒後駕車？

    B：我相信就連＿＿＿＿＿＿＿＿＿＿＿＿＿＿＿＿＿＿＿，也有人不在乎。

請閱讀新聞後完成練習

加州野火已 81死 570多人失蹤

豪雨滅火又爆土石流危機

根據外電報導，美國加州野火已連燒2個星期，截至目前為止已有81人死亡。警方掌控的失蹤名單中，逾570多人下落不明，搜救仍在持續進行中。北部普坎山區已經燒毀了超過13000處民房，天堂鎮整個被燒燬滅鎮。

加州當地時間17日起降下豪雨，給已乾燥數月的加州帶來濕潤，減緩野火焚燒速度，這場恐怖的山林大火終獲控制。但是及時雨帶來新的危機，大雨下得太猛，預計到今天可能會達到10至15公分。豪雨使得洪水上升太快，當地消防人員提出新的危機警告，指可能導致山洪暴發，甚至引發土石流。

請根據新聞，回答問題：對 O (T) 或不對 X (F)。

1 （　　）野火是發生在山林間的火災。

2 （　　）超過570人連警察也找不到。

3 （　　）天堂鎮的居民大概都無家可歸了。

4 （　　）因為山林大火給加州帶來了乾燥天氣。

5 （　　）大雨過後就完全解決了加州居民的危機。

6 （　　）消防人員警告可能會發生洪災。

「殭屍颶風」
登陸伊比利半島
掃到法國西南部地區
大雨釀至少13死
數千人流離失所　預估死亡人數還可能再上升

請閱讀標題後，回答問題：對 O (T) 或不對 X (F)。

7 （　　）「殭屍颶風」在法國西南部登陸。

8 （　　）「流離失所」的意思是房子倒塌，居民無處可去。

第 3 課練習

一、填入適當的生詞

> 招募　釋出　類別　培訓　聘用　設限　績效　導向　因應　布局
> 關鍵　選項　斷層　完善　升遷　符合　流浪　儲備　優先　攤位

① 你的產品必須＿＿＿＿＿＿我們的要求，否則不會被採用。

② 公司會根據＿＿＿＿＿＿發放獎金，只要表現好就可以拿到獎金。

③ 那家公司將擴編，因此目前正在網站上＿＿＿＿＿＿人才。

④ 學校公布這次獎學金的人數將不＿＿＿＿＿＿，多少人申請就發放多少。

⑤ 每一年這家公司都會＿＿＿＿＿＿一些工作機會給大學剛畢業的人。

⑥ 這樣的工作並不在我的＿＿＿＿＿＿之內，我會選擇其他的。

⑦ 在醫院裡，超過80歲的老人有＿＿＿＿＿＿看病的權利，不需要排隊。

⑧ 那家公司將在全球＿＿＿＿＿＿，安排一些人員到各國去開發市場。

⑨ 我們產品設計應該以消費者需求為＿＿＿＿＿＿。

⑩ 已經太久沒有新血加入我們政黨，目前出現嚴重的＿＿＿＿＿＿現象。

> 完善　海外　儲備　流浪　聘用　升遷　本薪　培訓　職缺　看重

　　小明是一個＿＿＿博士，畢業後一直沒有固定的工作，最近應徵一家公司的＿＿＿幹部，預計將來公司有＿＿＿後就可以升為正式幹部。目前＿＿＿為32000元，還有其他獎金及福利。小明並不在意起薪高低，畢竟公司發放獎金以績效為主，只要表現好挑戰高薪不是問題。他＿＿＿的是未來的發展和＿＿＿的機會。聽說這家公司的＿＿＿制度非常好，可以學到很多的專業知識，而且公司是國際化的大公司，將來也有機會赴＿＿＿發展。小明準備了＿＿＿的履歷資料，希望這家公司會＿＿＿他。

二、句型練習

1 最…的不見得是…，更

　1-1 影響人民生活最大的不見得是＿＿＿＿＿＿，更＿＿＿＿＿＿＿＿＿。

　1-2 最理想的工作不見得是＿＿＿＿＿＿＿，更＿＿＿＿＿＿＿＿＿。

2 以…為導向

　2-1 我認為我們公司的發展應該以＿＿＿＿＿＿＿＿為導向。

　2-2 現在的服務都以＿＿＿＿＿＿＿為導向，因此＿＿＿＿＿＿＿。

3 不在意…，主要是看…是否…

　3-1 我不在意＿＿＿＿＿，主要是看＿＿＿＿＿是否＿＿＿＿＿。

　3-2 選總統，一般人不在意＿＿＿，主要是看＿＿＿是否＿＿＿＿。

三、請根據圖文回答問題

未來大門 無限可能 就業博覽會

【本報訊】國立臺灣師範大學就業博覽會，2019年3月20日在師大體育館登場，就業博覽會是為了協助畢業生盡早踏入職場的年度盛會，今年是歷年規模最大，參加企業超過80家，過去很少參加的生醫產業、資訊產業，這次都有龍頭企業來徵才，上市櫃公司高達10家以上，也是歷年來最多的一次，而徵才企業也實地展示產品，有助於求職學生更加了解職缺。

回答問題：

1 臺師大就業博覽會是什麼時候登場的？地點在那兒？

2 舉辦就業博覽會的目的是什麼？

3 這次博覽會有哪些情況創歷年新高？

一、填入適當的生詞

互動	展示	趣味	暢談	跨界	潛力	迎向	浪潮	屬於	卻步
制式	自律	轉型	資深	解說	典型	類型	思維	規劃	開發

① 一些學校讓學生穿＿＿＿＿＿＿＿的服裝，為的是好管理學生。

② 他是一個＿＿＿＿＿＿的樂觀主義者，發生什麼事都往好處想。

③ 他是非常＿＿＿＿＿＿的老師，經驗豐富，教了二十幾年了。

④ 馬路是＿＿＿＿＿＿大家的，不是你一個人的，怎麼可以把車停在這兒？

⑤ 昨天我跟同學＿＿＿＿＿＿未來的理想，一個晚上都沒睡覺。

⑥ 在國際化＿＿＿＿＿＿的衝擊之下，語言訓練成為各校的重點課程。

⑦ 看到這麼貴的價格，一般人只有望而＿＿＿＿＿＿，不敢買。

⑧ 不能只靠法律來限制媒體，媒體本身應該＿＿＿＿＿＿，重視職業道德。

⑨ 我們這裡有不同＿＿＿＿＿＿的手機，妳可以選擇最適合妳的。

⑩ 企業在＿＿＿＿＿＿的過程中，可能會帶來一些負面的衝擊。

二、選擇

① 大學生剛進入＿＿＿＿＿＿（職涯／職場），還不了解社會上的一些規則。

② 他還沒有畢業就已經在規劃未來的＿＿＿＿＿＿＿＿（職涯／職場）了。

③ 他把他旅行時所購買的東西＿＿＿＿＿＿（展示／展現）在櫃子裡。

④ 他還沒有完全＿＿＿＿＿＿（展示／展現）他的實力，他可以表現得更好。

⑤ 為了＿＿＿＿＿＿（防制／防治）香菸（cigarette）造成傷害，禁止抽菸
（smoke）。

⑥ 為了＿＿＿＿＿＿（防制／防治）傳染病，大家要常常洗手。

三、句型練習

1 ⋯以因應⋯

　1-1 企業轉型以因應＿＿＿＿＿＿＿＿＿＿＿＿＿＿＿＿＿＿＿＿＿＿＿＿＿＿。

　1-2 A：政府為什麼要擴大內需？

　　　B：＿＿＿＿＿＿＿＿＿＿＿＿＿＿＿＿＿＿＿＿＿＿＿＿＿＿。

2 ⋯是⋯的原因之一

　2-1 ＿＿＿＿＿＿＿＿＿＿＿＿＿＿＿＿＿＿＿是經濟衰退的原因之一。

　2-2 A：北極熊為什麼被迫遷徙？

　　　B：＿＿＿＿＿＿＿＿＿＿＿＿＿＿＿＿＿＿＿＿＿＿＿＿＿＿。

3 以⋯為重點

　3-1 A：你選擇職業最重要的考量是什麼？

　　　B：＿＿＿＿＿＿＿＿＿＿＿＿＿＿＿＿＿＿＿＿＿＿＿＿＿＿。

　3-2 A：你認為政府改革的重點是什麼？

　　　B：＿＿＿＿＿＿＿＿＿＿＿＿＿＿＿＿＿＿＿＿＿＿＿＿＿＿。

請閱讀新聞後完成練習

NEWS

人文 環保 表演 氣象 時尚 旅遊 社會 外交 政治 經濟

清華大學明辦徵才博覽會 科技廠起薪最高10萬

PHOTO by FHKE

2019-03-15 14:46 聯合報 記者郭宣彣 即時報導

　　清華大學明(15)日舉行「2019年清華career校園徵才博覽會」，將有290個攤位共襄盛舉，總計1萬7千個工作機會釋出。新竹市長林智堅邀請各地的在學生、新鮮人、轉職者來參與這場就業博覽盛會，求得「好薪情」。

　　市長林智堅表示，新竹市是全台最年輕的城市，市府與新竹市各大學協力舉辦的校園就業博覽會，除提供好工作，也與徵才廠商直接交流，一覽就業市場的趨勢與脈動，鼓勵全國在學以及待業的朋友，來新竹共同參與，找到最適合自己的職場舞台。

　　清華大學表示，本次活動攤位數創歷年新高，各科技大廠、新創企業如台積電、聯電、鴻海、聯發科皆開出高薪職缺，易享科技（MixerBox）更大方開出上看10萬的起薪，要徵募軟體開發人才，

而外商企業如美光、金士頓、艾司摩爾(ASML) 及旗下漢微科等，也開出近5百個工作機會。

清華大學說明，除科技業如往年參與熱烈，多家知名金融企業及文教服務企業也積極加入徵才，就是看準了清大與竹教大併校後人才更加多元，要搶招科管、教育領域的新鮮人。如兆豐、華銀、玉山及合庫等大型行庫釋出近2千個職缺，起薪最高達7萬元，還吸引到「為台灣而教」、「均一平台」教育基金會、康橋國際學校等文教服務企業參與徵才。

清大學務長謝小芩指出，本次邀集到多位創業有成的校友回母校徵才，包括以「理財機器人」在新創圈打響名號的「TradingValley」，及現為兩岸最大活動平台的「活動通」（Accupass）。

謝小芩說，本次就博會首設「手作創業平台」，由在校生及畢業校友設攤，其中以插圖及手作小物吸引到6千個粉絲頁按讚追蹤的「使大毛」小姐也在擺攤行列。她期許本活動除了提供就業媒合外，也能讓有志投入新創事業、手創工作的青年朋友，獲得更多借鏡與啟發。

勞工處黃錦源處長說明，繼本活動之後至5月8日止還有3場次的校園就業博覽會，將在元培、中華、玄奘大學接力舉行，非常歡迎即將畢業的新鮮人和青年朋友把握機會，踴躍參加。

閱讀理解是非題：

1 （　　）清華大學徵才博覽會以清華大學畢業生為主要對象。

2 （　　）新竹市是全台灣最年輕的城市，也是最適合年輕人的職場舞台。

3 （　　）這次來擺攤的廠商不但數量多，也更多元。

4 （　　）有一些文教企業參加，是因為清大和竹教大併校了。

5 （　　）清華大學舉辦的徵才博覽會是在新竹市唯一的徵才博覽會。

第 5 課練習

一、填入適當的生詞

人馬	疲憊	呵欠	連連	不適	搖頭	修補	動腦筋	撐過去
休養	蠕動	舉例	輪值	集中	加給	系統	補回來	不得已
耗損	獲得	作息	機能	朝九晚五				

01 工廠生產線規畫不佳，導致開始生產後問題_____，而且製造產品的材料也_____得非常嚴重，無法順利製造出需要的產品。

02 是否使用核能發電各有支持與反對者，雙方_____都不願坐下來協商，形成僵局。

03 經過三個小時的會議，參與者都_____得不得了，根本沒辦法_____精神，好好討論。

04 期末考試前，學生往往熬夜學習，日常的_____大亂。等考完試得花幾天才能把體力_____。

05 護理師的工作需要有人24小時_____，因此無法跟一般_____的工作者一樣時間上下班。

06 一個進步的大都市，一定有方便的大眾運輸_____、舒適的居住環境等，具有良好的生活_____，民眾才願意住在這裡。

⑦ 為了推銷新產品，主管要我們企劃部門＿＿＿＿＿＿＿，看看應該怎麼做才好。

⑧ 因為時差的關係，我上班時非常想睡覺，一直打＿＿＿＿＿＿。為了能＿＿＿＿＿＿，於是我喝了三杯咖啡。

⑨ 航空公司表示，飛機停飛實在是＿＿＿＿＿＿的，因為氣象預報颱風會在晚上登陸。

⑩ 學校請畢業校友回來暢談職涯規劃，＿＿＿＿＿＿同學的喜愛。

⑪ 王小姐感染了麻疹，雖然恢復了，但是公司讓她再＿＿＿＿＿＿幾天。

⑫ 醫生表示多吃蔬菜水果可以幫助腸胃的＿＿＿＿＿＿，使身體健康。

二、連連看

（根據新聞，在左邊這些情況下，會導致右邊哪些健康問題及身體疾病。答案可能不只一個。）

- a. 胃痙攣
- b. 胃發炎
- c. 胃潰瘍
- d. 流鼻血
- e. 自律神經大亂
- f. 內分泌系統大亂
- g. 生理時鐘大亂
- h. 荷爾蒙上升
- i. 無法修補耗損細胞
- j. 小孩無法正常成長
- k. 造成睡眠障礙
- l. 突發心臟病
- m. 注意力不集中
- n. 昏倒

1. 熬夜
2. 睡眠不足
3. 深夜腸胃持續蠕動
4. 生長激素不足
5. 熬夜並喝提神飲料
6. 身體疲勞

三、句型練習

1 千萬別⋯，否則⋯

1-1 狂風暴雨來襲千萬別出門，否則_____。

1-2 A：明天去面試，我想表現年輕人的精神，穿T恤、牛仔褲，可以吧？

　　B：_____。

2 （主題一）只⋯即可，（主題二）恐得⋯

2-1 颱風過後往往只需幾天生活即可恢復正常，這次颱風卻造成許多公共
設施破損，恐得_____。

2-2 一個塑膠免洗餐具只要花幾塊錢購買即可，但是用完變成垃圾後恐得
_____。

3 因（主題一）⋯，（主題二）也隨之⋯

3-1 因航廈關閉，各航空公司班機也隨之_____。

3-2 因_____，公司對人工智慧方面人才的需求也隨之增多。

4 站在⋯立場

4-1 站在培訓人才立場，企業_____。

4-2 A：大公司都喜歡用獎金或職務加給來吸引員工加班，員工會喜歡嗎？

　　B：站在_____立場，_____。

一、填入適當的生詞

> 專利　抖動　表情　僵硬　診斷　協助　自覺　無力　檢測　比率
> 異常　罹病　延誤　遲緩　包含　隱性　復健　和平共處　使不上力

① 若是生長激素不足，會導致小孩的成長_____。

② 近日氣溫降至零下十度，手腳凍得_____，簡直無法在外面行走。

③ 很多家族具有遺傳性的疾病，多半是因為基因_____造成的，因為

　　不易發現，往往_____了治療的時間。

④ 他是否感染到流感，得經過醫師的_____，並做過_____才能

　　確定。

⑤ 他提著行李走到六樓，累得全身_____，手腳_____。

⑥ 若是父母都想生男孩子會導致男女_____失衡，那麼男孩子長大後就

　　找不到太太了。

⑦ 政府鼓勵年輕男女在結婚前先做疾病檢測，這樣可以早點發現那些

　　_____的遺傳性疾病。

⑧ 哥哥出了車禍，醫生說需要持續_____才能讓雙腿的功能完全恢復。

⑨ 企業製作出新商品後，需要去申請_____，這樣才能避免商品被仿冒。

⑩ 老師請二年級的學長_____一年級學生學習，學長可以告訴他們選什

　　麼課較好、怎麼做好功課，但是考試這件事就完全_____了。

⑪ 他的脾氣不好，說出的話常讓別人不高興卻不＿＿＿＿＿＿。而且他也不會看別人臉色，看不出來大家已經生氣的＿＿＿＿＿＿。

⑫ 老人家說的話常＿＿＿＿＿著很多人生道理（principle; truth; reason），這些話是他們日積月累的經驗。

⑬ 世界上各個國家若是都能＿＿＿＿＿＿，應該就不會發生戰爭了。

⑭ 奶奶失智五年了，自從她＿＿＿＿＿後，整個人都變了，不是以前那個和善（kind）的奶奶了。

二、選擇

① 政府鼓勵老人家平常就做身體健康檢查（examination），很多疾病若能＿＿＿＿（a. 及早 b. 儘早）發現就能完全治好。媽媽最近一直不太舒服，爸爸告訴媽媽得＿＿＿＿（a. 及早 b. 儘早）安排去醫院檢查。

② 很多人覺得身體有小問題時不需要到醫院去＿＿＿＿（a. 診斷 b. 治療），只要在網路找相關資訊了解一下，然後自己買藥吃就好。即使受過專業訓練的醫生也可能＿＿＿＿（a. 診斷 b. 治療）錯病情，那麼網路消息怎麼能隨便相信呢？

③ 公司要布局海外業務，請我們企劃部＿＿＿＿（a. 協助 b. 協商）銷售部門來推銷新產品。至於銷售人員要擴編多少，則要我們跟銷售部門一起＿＿＿＿（a. 協助 b. 協商）後決定。

④ 今年＿＿＿＿（a. 年初 b. 初期）我發現常胃痛，吃不下東西。去腸胃科看了醫生後，醫生說是胃潰瘍。幸虧只是＿＿＿＿（a. 年初 b. 初期），只要好好治療並注意飲食就好了。

⑤一般來說，巴金森氏症不是一種＿＿＿＿（a. 好發　b. 突發　c. 突然）性的疾病，只是＿＿＿＿（a. 好發　b. 突發　c. 突然）於年齡層較大的族群，因此年輕人＿＿＿＿（a. 好發　b. 突發　c. 突然）發現自己走路變緩慢、手腳使不上力，千萬要立即去找醫生檢測看看。

三、句型練習

1 原以為…，竟…

1-1 廟方原以為夜間參加遶境的群眾不會太多，沒想到竟＿＿＿＿＿＿＿。

1-2 A：你只是去參加徵才博覽會，怎麼去了這麼久？

　　　B：＿＿＿＿＿＿＿＿＿＿＿＿＿＿＿＿＿＿＿＿＿＿＿。

2 …，所幸…

2-1 他因過度疲勞而昏倒，所幸＿＿＿＿＿＿＿＿。

2-2 A：聽說颱風把你那地區的路樹吹得東倒西歪，道路也凹陷了，你家還好嗎？

　　　B：＿＿＿＿＿＿＿＿＿＿＿＿＿＿＿＿＿＿＿＿＿＿。

3 …愈…，…愈…

3-1 經濟成長率愈高，＿＿＿＿＿＿＿＿＿＿＿＿＿＿的需求愈多。

3-2 細胞＿＿＿＿＿＿＿＿＿＿＿＿＿＿＿＿＿，需要修補的時間愈長。

4 因…，使…，而致…

4-1 因颱風登陸，使電力中斷，而致＿＿＿＿＿＿＿＿＿＿＿＿＿。

4-2 護理人員因常上大夜班，使＿＿＿＿＿＿＿，而致＿＿＿＿＿＿＿。

請根據新聞，回答問題：對O (T) 或不對X (F)。

有許多人早上一定要來一杯咖啡，才能開始一天的工作；甚至有人一天狂飲4、5杯咖啡，因為那是他的創意及能量來源。最近許多研究證實，咖啡對人體有諸多好處，美國飲食指南也提出，每天適量攝取咖啡有助降低慢性病風險；甚至世界衛生組織首度撤回咖啡的致癌性，從「可能致癌物」降級到「沒有足夠證據顯示有致癌風險」。這些消息讓嗜喝咖啡的人欣喜若狂。

但還是有一群人無法享受咖啡的好處，他們只要一喝咖啡就心悸、焦躁。為什麼會有這樣差異？科學家提示，跟基因有關。

1（   ）世界衛生組織認為咖啡會使人得到癌症的可能性降低了。

2（   ）有人能享受喝咖啡，有人不能，是因為他們的基因不同。

十多年前，多倫多大學教授艾爾索希米（Ahmed El-Sohemy）就注意到這些差異。他發現，有一組特定基因，稱為CYP1A2，可以控制我們體內的酵素，影響身體代謝咖啡因的快慢。其中一種變異型會使肝臟代謝咖啡因的速度變得非常快。如果從父母那分別遺傳到「快速變異型（fast variant）」染色體(chromosome)，就表示這個人擁有快速代謝的基因；如果只從父母中其中一位遺傳到快速變異染色體，或是遺傳到的都是緩慢的變異型，那麼代謝咖啡因的速度就會較慢。

3（   ）每個人都會遺傳到使咖啡因代謝速度較快的基因。

艾爾索希米的研究團隊找了4000名成人，其中一半有心臟病史。分析了他們的基因及喝咖啡的習慣，研究團隊觀察到在緩慢代謝基因組的受試者身上，嗜喝咖啡者（heavy coffee consumption）心臟病發機率較高。而在快速代謝基因組，這些風險根本不存在。他的團隊便指出，在快速代謝基因組，每天喝1～3杯咖啡甚至能顯著降低心臟病風險。

　　艾爾索希米認為，會有這些差異是因為，咖啡因在緩慢代謝基因組的身上停留較久，有較長時間對身體造成影響。而在快速代謝基因組身上，咖啡因代謝得很快，抗氧化物、多酚類與其他健康物質能快速作用，而不會受到咖啡因的副作用影響。

4（　　）若有代謝咖啡因快速基因者喝1~3杯咖啡容易使心臟病發作。

5（　　）咖啡因對緩慢代謝基因者的影響不如快速代謝者嚴重。

　　這些著重基因與咖啡的關係的研究，幫助我們更了解咖啡對人體、健康的影響。過去有些研究指出咖啡對乳癌、卵巢癌、第二型糖尿病，甚至巴金森氏症有負面的影響，已有科學家著手研究這是否與CYP1A2或其他基因有關。

資料來源：〈For Coffee Drinkers, the Buzz May Be in Your Genes〉，New York Times
康健雜誌 2016/07/15　作者／楊心怡編譯　出處／Web only
https://www.commonhealth.com.tw/article/article.action?nid=72636

6（　　）根據這個研究，可以說咖啡對你有什麼影響可能都跟基因有關。

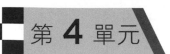

恐怖攻擊

● 第 7 課練習

一、填入適當的生詞

激進　襲擊　發動　武裝　對峙　引爆　罹難　駁火　通報
交火　擊斃　會談　極端　關聯　鄰國　部落　喪命　當場

01 為了維護總統的安全，軍方安排了＿＿＿＿＿＿部隊保護總統。

02 警察跟示威民眾＿＿＿＿＿＿了很久，直到警方開槍才結束。

03 那個男子開車闖進人群，立刻＿＿＿＿＿＿車上的炸彈，造成百人傷亡。

04 這起嚴重的車禍＿＿＿＿＿＿人數超過10人。

05 太小氣或是太浪費是兩個＿＿＿＿＿＿，都不好。

06 那座教堂在風雨中遭雷電＿＿＿＿＿＿燒了起來。

07 他酒駕被攔查，＿＿＿＿＿＿被警察重罰九萬元。

08 醫院發現麻疹病例必須立刻＿＿＿＿＿＿疾管署。

09 他歧視其他種族的人，是個＿＿＿＿＿＿的種族主義者。

10 他跟我沒有任何＿＿＿＿＿＿，他的行為我無法負責。

二、選擇

① 颱風＿＿＿＿＿＿（侵襲／襲擊）台灣東部地區，造成嚴重災害。

② 那家飯店遭炸彈＿＿＿＿＿＿（侵襲／襲擊），逾30人死。

③ 這場戶外音樂會是由義工＿＿＿＿＿＿（發動／發起）的。

④ 武裝部隊到達後，立刻＿＿＿＿＿＿（發動／發起）攻擊。

⑤ 我一有消息就馬上＿＿＿＿＿＿（通報／通知）你。

⑥ 衛福部接到疫情＿＿＿＿＿＿（通報／通知），就展開防治的工作。

⑦ 原因跟結果是互相有＿＿＿＿＿＿（關係／關聯）的。

⑧ 人與人之間的＿＿＿＿＿（關係／關聯）是需要努力經營的。

⑨ 那架飛機在空中＿＿＿＿＿＿（爆炸／引爆），全機的人都罹難。

⑩ 恐怖分子＿＿＿＿＿（爆炸／引爆）車上的炸彈。

三、句型練習

1 在…時，當場…

  1-1 他在＿＿＿＿＿＿＿＿＿＿＿＿＿＿＿＿＿＿＿＿＿＿＿時，當場笑了出來。

  1-2 恐怖分子在＿＿＿＿＿＿＿＿＿＿＿＿＿＿＿＿＿＿時，當場引爆炸彈。

2 對…負責

  2-1 公司倒閉了，我認為老闆應該對＿＿＿＿＿＿＿＿＿＿＿＿＿負責。

  2-2 學生應該對＿＿＿＿＿＿＿＿＿負責，因為＿＿＿＿＿＿＿＿＿。

3 曾多次…

  3-1 這路口曾多次＿＿＿＿＿＿＿＿＿＿，所以＿＿＿＿＿＿＿＿＿。

  3-2 我曾多次＿＿＿＿＿＿＿＿＿＿＿＿＿＿＿＿＿＿＿＿＿＿。

四、請上網查以下所列恐怖攻擊的時間和傷亡人數。

恐怖攻擊	時間年月日	傷亡人數
911恐怖攻擊		
東京地鐵毒氣事件		
莫斯科劇院人質事件		
倫敦地鐵爆炸案		
洛克比空難		
尼斯恐怖攻擊		

第 8 課練習

一、填入適當的生詞

> 喪生　疑似　直播　封鎖　現場　擁擠　救援　驚恐　槍擊　掃射
> 據報　案發　事發　形容　不一　凶手　送往　做案　赤腳　防彈

① 我無法用語言來_____我心中的感動。

② 在市區竟然發生_____案，有好幾個民眾因此受傷。

③ 他的症狀_____德國麻疹，但醫生還不確定。

④ 這棟大樓爆發嚴重病毒感染，已經遭到_____，不准任何人進出。

⑤ 因為疫情傳染太快，造成當地民眾十分_____。

⑥ 對於政府推出的新政策，各界的反應_____，有人同意有人反對。

⑦ 發生車禍當時，我就在_____，目擊整個經過。

⑧ 日本發生大地震時，各國立刻前往_____。

⑨ 現在電視上有很多_____節目，可以跟觀眾直接互動。

⑩ 周末的夜市非常_____，到處都是人。

⑪

> 逃　往　持　發　似　開

　　昨日凌晨，一名凶手____槍闖入民宅，____槍打傷了屋主，案____當時，我正好經過現場，目擊凶手做案後，____離現場，我立刻打電話到警

察局，警察將受傷的屋主送＿＿＿醫院，也問我凶手的樣子，因為當時我十分驚恐，沒看清楚，只能說疑＿＿＿金髮，好像穿著黑色背心，我也不太確定，希望我提供的資訊能幫助警察找到凶手。

二、句型練習

1 …不一，從…到…都有

1-1 各家手搖杯店飲料的價錢不一，＿＿＿＿＿＿＿＿＿＿＿＿＿＿＿＿＿＿。

1-2 A：這次速食連鎖店漲價的幅度都一樣嗎？

　　B：＿＿＿＿＿＿＿＿＿＿＿＿＿＿＿＿＿＿＿＿＿＿＿＿＿＿。

2 …要求…，以策安全

2-1 A：為什麼政府要求騎摩托車一定要戴安全帽？

　　B：＿＿＿＿＿＿＿＿＿＿＿＿＿＿＿＿＿＿＿＿＿＿＿＿＿＿。

2-2 學校要求＿＿＿＿＿＿＿＿＿＿＿＿＿＿＿＿＿＿＿＿＿＿，以策安全。

3 …當時，…剛好…

3-1 我到台北當時，＿＿＿＿＿＿＿＿＿＿＿＿＿＿＿＿＿＿＿＿。

3-2 A：你不是去日本旅行了嗎？怎麼又回來了？

　　B：＿＿＿＿＿＿＿＿＿＿＿＿＿＿＿＿＿＿＿＿＿＿＿＿＿＿。

4 在…到達前，就…

4-1 恐怖分子在武裝部隊到達前，就＿＿＿＿＿＿＿＿＿＿＿＿＿＿＿＿。

4-2 在老師到達前，他就＿＿＿＿＿＿＿＿＿＿＿＿＿＿＿＿＿＿＿＿。

▶綜合練習

請閱讀新聞後完成練習

NEWS

人文　環保　表演　氣象　**國際**　旅遊　社會　外交　政治　經濟

法國里昂爆炸案　警方逮捕一名嫌犯

2019-05-27

　　法國里昂市中心發生一起爆炸案，造成13人受傷。爆炸案發生當時，時值歐洲議會選舉，警方已封鎖當地，全力搜捕嫌犯，據信已逮捕一名嫌犯。

　　警方根據監視畫面及目擊者形容，一名身穿綠色上衣和短褲，背深色背包騎車的男子有極大嫌疑。後經證實這名已逮捕的24歲男子確實為嫌犯。

　　上週五晚間在里昂擁擠的街角旁的麵包店前發生爆炸，警方立刻前往搜捕。並將嫌犯的照片放上社群媒體，隨即接到民眾提供線報。這起爆炸案與2015年11月13日的巴黎恐攻使用的手法相同。

　　這起爆炸案造成13名民眾受傷，其中包括一名10歲女童，有11人需要送醫，但無人有生命危險。醫院表示，傷者仍需要動手術移除爆裂物的碎片。

　　法國自2015年起發生一連串恐攻，造成逾250人死亡，目前仍處於高度警戒狀態。激進組織伊斯蘭國是許多法國恐攻案的主謀，但這起爆炸案，至今尚未有人出面宣稱犯案。

（改寫自https://udn.com/news/story/6809/3837438）

閱讀理解是非題

1 （　　　）這起爆炸案兇嫌已被擊斃。

2 （　　　）爆炸案發生當時，歐洲議會正在巴黎開會。

3 （　　　）這起爆炸是伊斯蘭國激進分子所為。

4 （　　　）在法國發生多起恐攻案，多是由伊斯蘭國所發動的。

5 （　　　）法國在2015年來一直遭受恐怖攻擊的威脅。

網銀時代

第 9 課練習

一、填入適當的生詞

> 必備　回饋　出線　上手　設立　折舊　優惠　推動　擅於　操作
> 晚輩　順暢　直觀　額外　解答　利多　身分　布點　重新　視訊

① 每一項機器設備，都有如何＿＿＿＿＿＿的指示說明，告訴使用者怎麼用。

② 他並不是不關心你，只是他不＿＿＿＿＿＿表達自己的感情。

③ 那位企業家認為自己的成功是來自社會，所以要＿＿＿＿＿＿給社會。

④ 新的科技產品，應該設計得讓消費者容易＿＿＿＿＿＿，才有人買啊。

⑤ 那家有名的手搖杯店打算到日本＿＿＿＿＿＿，開發亞洲市場。

⑥ 現在網路非常便利，可以跟遠方的人＿＿＿＿＿＿連線，直接對話。

⑦ 總經理在週末的時候，給我一些＿＿＿＿＿＿的工作，卻沒給加班費。

⑧ 旅行的時候，護照可以證明你的＿＿＿＿＿＿，最好帶在身上。

⑨ 這家銀行的信用卡推出一些＿＿＿＿＿＿，買飛機票、電影票可以打折。

⑩ 一些感冒藥、頭痛藥都是旅行＿＿＿＿＿＿的藥。

二、連連看

1. 現在年輕人每天 ●

2. 比起台灣的申請速度 ●

3. 在目前的數位帳戶仍有一些 ●

4. 能夠赴海外工作 ●

5. 不擅於操作電腦的人 ●

6. 目前銀行以一些優惠措施 ●

● a. 無可避免得回實體銀行處理的狀況

● b. 是申請這個職缺的基本條件

● c. 能否享受此項便利？

● d. LINE來LINE去聊天

● e. 吸引客人

● f. 德國的快了一倍

三、句型練習

1 …相較（於）…，……

2-1 台灣的網路速度相較_____，_____。

2-2 A：你選擇工作考量的條件是薪資還是未來發展？

B：_____。

2 以…來說／對於…來說（請選擇適當的用詞填入空格內）

2-1 _____學語言來說，最有效的方法就是到使用那個語言的國家去學習。

2-2 手機改變了人類的生活方式，_____找資料來說，隨時都可以查詢。

2-3 對網銀的使用者來說，_____。

2-4 台北的交通非常方便，以_____來說，_____。

四、檢測你對純網銀的了解

1 對銀行來說，純網銀是否可以節省成本？為什麼？

2 你認為老人使用率是否一定很低？為什麼？

3 你認為在網路上開戶的手續會不會很麻煩？為什麼？

4 你認為業者應該做到哪些事才可以讓消費者「無痛」使用純網銀？

5 純網銀要推出哪些優惠措施才會吸引你使用純網銀？

第 10 課練習

一、填入適當的生詞

| 優勢 | 出爐 | 橫跨 | 過關 | 秉持 | 活躍 | 夥伴 | 決策 | 提議 | 打造 |
| 籌備 | 擴展 | 導入 | 許可 | 傾聽 | 信賴 | 培育 | 邁向 | 延攬 | 顛覆 |

01 他在學校相當_____，參加各項活動，還是足球隊的隊長。

02 雖然碰到困難，但我總是_____著堅持不放棄的信念，繼續學習。

03 這家店已經有百年歷史，_____兩個世紀。

04 獲選的名單將在明天_____，所有參選人都在等消息。

05 那家店目前還在_____當中，預計下個月開始營業。

06 企業界與科技界將合作_____一個無遠弗屆的物聯網時代。

07 科技業巨擘台積電為了_____科技專才，到各大學招募人才。

08 台灣有教育程度高、地理位置佳等_____吸引外商投資。

09 他的教育方式_____一般人的想像，太不傳統了。

10 那家公司因為_____得太快，海外市場的投資產生極大虧損。

二、選擇

01 他終於得到父母的_____（許可／獲准），能自己出國旅行。

02 本校_____（所屬／培育）的各系所都可以申請補助。

03 投資者看好台灣經濟前景，決定____（加碼／結合）購買台灣股票。

04 只要堅持＿＿＿（信念／信賴）往目標前進，就會到達目的地。

05 這個農產品的包裝上都有清楚的生產者姓名、地址，足見業者的＿＿＿

（用心／安心）。

三、句型練習

1 即使…仍…

1-1 我們即使做好完善準備，仍＿＿＿＿＿＿＿＿＿＿＿＿＿＿＿＿＿＿＿。

1-2 即使銷售的情況不好，＿＿＿＿＿＿＿＿＿＿＿仍＿＿＿＿＿＿＿＿＿＿。

2 基於…

2-1 政府基於對國內產業的保護＿＿＿＿＿＿＿＿＿＿＿＿＿＿＿＿＿＿＿＿。

2-2 基於安全的考量，＿＿＿＿＿＿＿＿＿＿＿＿＿＿＿＿＿＿＿＿＿＿＿。

3 邁向…的里程碑

3-1 第一個機器人的發明是邁向＿＿＿＿＿＿＿＿＿＿＿＿＿＿的里程碑。

3-2 ＿＿＿＿＿＿＿＿的建立，是邁向＿＿＿＿＿＿＿＿＿＿＿＿的里程碑。

● 綜合練習

請閱讀新聞後完成練習

NEWS

人文 環保 表演 氣象 時尚 旅遊 社會 外交 政治 **經濟**

全在App完成 凌晨3點也能在北極開戶...

2019-07-30 14:03 聯合晚報 記者仝澤蓉／台北報導

　　競逐純網銀執照的將來銀行表示，銀行App雖已可以承作許多金融服務，但還是很多傳統銀行仰賴臨櫃辦理，純網銀可將這一切都在App完成，如線上開立帳戶、管理銀行帳號、卡片管理及進行借款等銀行服務，甚至投資理財、收支管理、購買保險。

　　國內某大集團老闆跟記者聊天，記者問，面對純網銀來勢洶洶，大老闆銀行是否有因應對策？大老闆回應，「網銀，我們老早在做啦。」

　　許多人可能都跟大老闆一樣，對於純網銀和網路銀行印象差不多；簡單的說，所有傳統銀行能做的事情，純網銀都能做，只是依照規定，純網銀除了總行和客服中心之外，不能設立實體分行，沒有任何分支機構和營運據點，但提供全套的金融服務。

　　何為全套金融服務？據金管會規定，線上開數位存款帳戶，隨著認證強度不同，分為「第一類數位存款帳戶」、「第二類數位存款帳戶」及「第三類數位存款帳戶」，其中「第一類」可執行的交易最全面，「第三類」則是最受限，如第三類數位帳戶轉帳的收款人僅限本人帳戶，第一類、第二類帳戶

則可轉本人或他人。

　　競逐純網銀執照的隊伍，無不把目標放在「如何使客戶無痛開立第一類數位帳戶」上，也代表當純網銀開業時，即使人在北極圈，凌晨3時也可順暢地開立第一類帳戶，轉錢到朋友、家人手中都不是問題。

閱讀理解是非題

1 （　　）銀行APP可以完成所有的金融服務。

2 （　　）純網銀跟網路銀行的功能差不多。

3 （　　）按規定純網銀一定不能設立實體銀行。

4 （　　）數位存款帳戶的分類標準跟認證強度有關。

5 （　　）參加純網銀競爭的銀行都把目標放在第一類數位帳戶上。

第 6 單元　貿易戰爭

第 11 課練習

一、填入適當的生詞

> 價值　課徵　分散　打擊　損害　摩擦　常態　調適　待遇　意外
> 後續　啟動　策略　緊密　認定　對象　簡化　唯一　實施　制定　砍

01 每個國家都會以＿＿＿＿＿＿關稅方式來保護自己國家的產品。

02 跟別人合作時因為意見不同，難免會發生一些小＿＿＿＿＿＿，這應該

　　是＿＿＿＿＿＿，千萬不要因此不再合作。

03 投資股票時要了解＿＿＿＿＿＿風險的重要性，不要只買單一股票才不

　　會受到大損失。

04 東西的＿＿＿＿＿＿與它的價錢沒有直接關係，貴的東西不見得適合每

　　個人的需求。

05 那個人竟是此次恐怖攻擊的凶手，認識他的人都覺得很＿＿＿＿＿＿。

06 很多人都說空服員需要跨時區工作，會影響自律神經，但我卻

　　＿＿＿＿＿＿得不錯，沒什麼健康問題。

07 小王是很多老師＿＿＿＿＿＿的好的語言學習者，因為他有相當好的學

　　習＿＿＿＿＿＿，雖用較少的時間來學習，效果卻很好。

⑧ 政府已於今年一月起＿＿＿＿＿＿觀光簽證的手續，減少了不少申請時間。自這個政策＿＿＿＿＿＿以來，觀光客的數量大幅成長。

⑨ 長期熬夜容易＿＿＿＿＿＿內分泌系統，影響生長激素的分泌。

⑩ 兩國發生經貿戰，受害的不僅是雙方，也會＿＿＿＿＿＿到其他國家的相關產業。因為目前世界各國的經貿關係＿＿＿＿＿＿地連結在一起，不只是一國對一國而已。

⑪ 即使國內尚未出現麻疹病例，政府仍決定先＿＿＿＿＿＿防疫措施，避免屆時來不及防範。

⑫ 強烈地震造成道路凹陷、泥水溢出，＿＿＿＿＿＿是否還會出現其他災情仍須觀察。

⑬ 董事長不見得是＿＿＿＿＿＿想得出最好辦法的人，需要大家一起思考才會得到最佳方案。

⑭ 政府大＿＿＿＿＿＿了教師的福利，引起教師不滿。至於＿＿＿＿＿＿變差後的影響還需要一段時間才知道。

⑮ 政府規畫＿＿＿＿＿＿新的網路保護措施，以防範駭客入侵。

二、請參考新聞內容並連連看

1. 美國總統宣布 •

2. 川普將關稅大戰的打擊面擴大 •

3. 日本將韓國從白色名單除名 •

4. 經濟部次長分析美國新一波的關稅清單 •

5. 美國針對玩具、成衣等課稅 •

6. 電子產品多緊密連結跨國供應鏈 •

7. 消費品因課徵關稅而漲價 •

• a. 台廠需再觀察日韓貿易戰後續影響

• b. 台灣廠商因消費品生產線在東南亞而未受太大影響

• c. 將對中國三千億商品課徵關稅

• d. 將直接影響到消費者

• e. 將使美國科技產業受傷

• f. 將影響到台灣的手機、筆電等產業

• g. 即使美國課徵中國關稅也影響了大陸台商的營運

三、句型練習

1 早在…就已…，並以…方式因應

1-1 學校早在十年前就已發現＿＿＿＿＿＿＿＿＿＿＿，並以多招收外國學生方式因應＿＿＿＿＿＿＿＿＿＿。

1-2 A：亞洲許多國家都發生了豬瘟（瘟疫，pestilence, plague）疫情，政府怎麼因應呢？

B：政府早在去年就已＿＿＿＿＿＿，並以＿＿＿＿＿＿＿＿控制進口方式因應，不讓＿＿＿＿＿＿。

2 A將B從…除名

2-1 那個國家發生＿＿＿＿＿＿＿，政府將那個國家從旅遊安全名單中除名了。

2-2 A：聽說那位因為研究基因改造的得獎者被發現是偷了別人的研究
結果。

B：是啊！所以＿＿＿＿＿＿＿＿已經將他＿＿＿＿＿＿＿＿＿＿＿＿＿＿。

3 …，至於…則…

3-1 需要輪班的工作會打亂生理時鐘，至於長期作息不正常者則

＿＿＿＿＿＿＿＿＿＿＿＿＿＿＿＿＿＿＿＿＿＿＿＿＿＿＿＿＿＿＿＿＿。

3-2 巴金森氏症＿＿＿＿＿＿＿＿＿＿，至於憂鬱症則在各年齡層都會發生。

一、填入適當的生詞

> | 報復 | 剔除 | 管制 | 譴責 | 魯莽 | 惡化 | 事態 | 逐步 | 反制 | 明確 |
> | 秘密 | 終止 | 防衛 | 臨時 | 申訴 | 熟悉 | 危機 | 爭議 | 採取 | 讓步 |
> | 一致 | 氛圍 | 陷入 | 引來 | 強化 |

01 考試的時候，很多字看起來都很_____，但卻想不起來是什麼意思。

02 全班同學_____同意由小王代表我們系去參加演講比賽。

03 小王覺得小陳常在老闆面前說他壞話，才讓老闆不喜歡他，一直想找機會_____小陳。小王朋友勸他不要太_____，萬一小陳並沒這樣做，結果會更糟。

04 許多服裝公司使用動物皮毛（fur）來製作成衣，一直是有_____的話題。目前因許多人抗議，服裝公司終於_____，表示不再使用動物的皮來製作服裝了。

05 台灣的海岸線很長，有些沿海地區是受到_____的，一般人不可進入。如此是為了_____台灣的安全。

06 那對夫妻因對孩子使用暴力致其死亡，受到民眾一致的_____。大家希望政府迅速修法，_____重罰方式來嚴懲這樣的父母。

⑦ 最近這幾天只要我一走進辦公室，大家就不說話了，都低著頭工作，整

個辦公室的＿＿＿＿＿＿變得怪怪的，好像有什麼＿＿＿＿＿＿不願意讓

我知道。

⑧ 如果你覺得警察開的超速罰單（ticket (for a fine)）有問題，你可以向市

政府＿＿＿＿＿＿。

⑨ 那家公司製造的產品品質常有問題，於是公司將他們從今年供應廠商名

單中＿＿＿＿＿＿，並打算與他們＿＿＿＿＿＿合作關係。

⑩ 因經貿戰導致的＿＿＿＿＿＿相當複雜，無法一次解決，政府需要找出

因應的方法，＿＿＿＿＿＿緩和局勢。

⑪ 老師只說在火車站集合，沒有＿＿＿＿＿＿地告訴我們在哪一個門口集

合。我在火車站找了半天，同學又告訴我集合地點＿＿＿＿＿＿改到北

門捷運站了，我跑來跑去，累死了。

⑫ 爺爺的病情逐漸＿＿＿＿＿＿，醫生表示可能會＿＿＿＿＿＿昏迷

（coma）狀況。

⑬ 此次民眾的抗議行動已無法控制，＿＿＿＿＿＿嚴重恐影響社會安定。

⑭ 美國課徵電子商品關稅本想＿＿＿＿＿＿中國大陸輸出到美國的商品過

多，賺了太多美國人的錢。沒想到卻＿＿＿＿＿＿中國的加稅報復，也

損害了美國廠商的利益。

⑮ 多跟別國互相交流才能＿＿＿＿＿＿雙方的關係。

二、選擇

01 這學期我班上的學生總是遲到，我問了他們以前的老師，老師說：「遲到是這個班的＿＿＿＿（a. 常態　b. 事態）。」我聽了覺得真是不可思議，只好提醒學生不要遲到。沒想到遲到的人越來越多，甚至不來上課。我覺得＿＿＿＿（a. 常態　b. 事態）嚴重，趕緊向校長報告這個情況。

02 小張已經四十歲了，非常想結婚，可是一直找不到合適的＿＿＿＿（a. 對象　b. 對方）。上週有個同事給他介紹一位小姐，小張高高興興地去跟她見面。沒想到小張回來後非常傷心，原來＿＿＿＿（a. 對象　b. 對方）希望小張先買棟房子再談結婚的事。

03 兩國為了簽訂（to sign）軍事防衛＿＿＿＿（a. 協定　b. 協商）進行溝通，一開始＿＿＿＿（a. 協定　b. 協商）並不順利，最後終於達成了共識。

04 北韓不斷試射飛彈，為了國家安全，南韓與美國建立了＿＿＿＿（a. 軍情　b. 軍事）防衛系統，同時也與日本有＿＿＿＿（a. 軍情　b. 軍事）共享協定。

05 總統為了因應外交關係遭受衝擊而＿＿＿＿（a. 召開　b. 召見）會議，請官員商量因應之道。會後總統隨之＿＿＿＿（a. 召開　b. 召見）駐台大使表達國家的立場。

06 我出國留學以前，父母請那邊的朋友為我做了＿＿＿＿（a. 調適　b. 妥適）的安排，因此到了不熟悉的地方並沒什麼問題，一切都＿＿＿＿（a. 調適　b. 妥適）得非常快。

07 兩國發生戰爭，透過軍情所研擬的＿＿＿＿（a. 戰略　b. 策略）往往是決定勝利的關鍵。

08 我跟房東為了房租發生了磨擦，沒想到房東竟然提起＿＿＿＿（a. 訴訟　b. 申訴），告我未付房租使她遭受損失。我聽了非常生氣，事情絕不是如此，但是我不知道該向誰＿＿＿＿（a. 訴訟　b. 申訴）。

09 因為防疫做得不好，＿＿＿＿（a. 引來　b. 引發）了麻疹大流行，同時也＿＿＿＿（a. 引來　b. 引發）了周圍國家的關心及注意。

10 政府規畫＿＿＿＿（a. 課徵　b. 徵用）這個地區土地來建設新機場，為了獲得居民支持，決定從今年起不向居民＿＿＿＿（a. 課徵　b. 徵用）土地稅。

⑪ 因為日本_____（a. 收緊　b. 緊密）對韓國的出口管制，使兩國原本_____（a. 收緊　b. 緊密）的合作關係受到衝擊。

⑫ 政黨對立嚴重，總統希望反對黨以國家_____（a. 局勢　b. 大局）為重，才能在國際_____（a. 局勢　b. 大局）不太穩定的情況下有所發展。

⑬ 近年來，各國間之關係逐漸成為一個經貿_____（a. 戰場　b. 開戰　c. 交戰），每個國家都為了本國利益而與他國_____（a. 戰場　b. 開戰　c. 交戰）。無論如何，兩國_____（a. 戰場　b. 開戰　c. 交戰）一定都會有所損失。

⑭ 那個地區上個月發生了恐怖_____（a. 打擊　b. 攻擊　c. 襲擊）事件，幾個武裝激進分子_____（a. 打擊　b. 襲擊　c. 抨擊）了當地的教堂，雖然警察擊斃了激進分子，但仍有三個在教堂做禮拜的人罹難。當地新聞媒體_____（a. 打擊　b. 襲擊　c. 抨擊）警察未在第一時間趕到現場才會造成傷亡。此事件也造成觀光客驟減，當地的觀光旅遊業受到很大的_____（a. 打擊　b. 襲擊　c. 抨擊）。

三、句型練習

1 對…有所

1-1 電腦的發明對現今科技能迅速發展有所_____。

1-2 A：荷爾蒙對小孩有很大的影響嗎？

　　 B：_____。

2 移出／列入…之列／名單

2-1 熊貓（panda）已為中國大陸列入_____。

2-2 A：新聞報導，那家電子公司會歧視女性員工，妳還要去應徵嗎？

　　 B：真的嗎？那我要_____。

3 僅次於

3-1 我查了資料，加拿大在世界土地最大的10個國家中，僅次於_____。

3-2 義大利及德國都在世界盃足球賽中得過四次冠軍，而巴西得過五次冠軍，換句話說_____。

● 綜合練習

請閱讀新聞後完成練習

電子業傳統旺季 罩烏雲

【記者謝艾莉、吳凱中、蕭君暉、李孟珊、趙于萱／台北報導】美國總統川普無預警宣布將對三千億美元的大陸製品加徵關稅，範圍涵蓋消費性電子產品，其中美國市場暢銷的 iPhone、Mac系列等主力產品首當其衝，將衝擊下半年終端消費者購買意願，電子業傳統旺季烏雲籠罩。

業界認為，一旦關稅啟動，手機產業鏈首當其衝，iPhone 將是受衝擊最嚴重對象。iPhone 代工廠鴻海、緯創等目前在印尼等地的備用產能仍有限，根本無法全面支援出貨輸美產品。

國內電子代工廠已全面備戰。鴻海昨天表示，已成立專案小組，串聯各地經營團隊廿四小時持續關注；和碩指出，會與客戶討論因應對策，協助客戶降低關稅影響。鴻海並重申全球布局，近年來持續推動客戶、產能的國際化分配，因應市場實際需求及變化，將產能做到符合最大利益的調配。

（取自 2019/8/3 聯合報）

閱讀後回答問題

1 「罩烏雲」的意思是什麼？

---

2 美國總統無預警地做了什麼事？

---

3 因為美國增加關稅，第一個受到影響的產品是什麼？

---

4 對電子業來說，什麼時候是產品銷售量最多的旺季？

---

5 為美國蘋果公司生產iPhone的台灣鴻海公司，能否以其他國家生產的產品來提供給美國消費者？為什麼？

_____

6 鴻海為什麼要推動全球布局與產能國際化分配？有什麼好處？

_____

7 和碩如何因應美國最新的關稅政策？

_____

第 7 單元　表演藝術

第 13 課練習

一、填入適當的生詞

> 入圍　關愛　行程　檢視　爭相　出席　細節　迎接　榮獲　執掌
> 執導　接任　現任　累積　孕育　創立　榮譽　總監　傑出

① 他父親過世後，由他繼續＿＿＿＿＿＿公司的營運。

② 為了維護民眾安全，政府派人＿＿＿＿＿＿國內各大橋梁的安全性。

③ 市長將親自帶領市府團隊＿＿＿＿＿＿今年的跨年活動。

④ 這場活動的＿＿＿＿＿＿將公布在本市府網站，請民眾上網查看。

⑤ 為了維護本校的＿＿＿＿＿＿，一定要嚴懲破壞學校名聲的行為。

⑥ 各報記者＿＿＿＿＿＿報導林懷民獲獎的消息。

⑦ 在多元的文化環境中才能＿＿＿＿＿＿出具有世界觀的人民。

⑧ 他將多年＿＿＿＿＿＿的工作經驗跟新進人員分享。

⑨ 為了＿＿＿＿＿＿網銀時代的來臨，多家銀行推出多項線上服務。

⑩ 科技廠商到各大名校舉辦徵才博覽會，想招募最＿＿＿＿＿＿的人才。

二、克漏字

> 傑出　榮獲　劇照　執導　刊出　入圍
> 喜獲　首演　關愛　登上　出席　執掌

第三十屆電影金馬獎台灣有三部電影＿＿＿＿＿＿＿，其中「島嶼的生活」男主角極有可能＿＿＿＿＿＿＿最佳男主角，這部電影有世界有名的導演＿＿＿＿＿＿＿＿，曾經在紐約時報＿＿＿＿＿＿＿半版的男主角個人＿＿＿＿＿＿＿，可以看出該片男主角受＿＿＿＿＿＿＿的程度。當初這部電影在台北＿＿＿＿＿＿＿（第一次演出）的時候，邀請了許多原住民兒童前來欣賞，並請他們＿＿＿＿＿＿＿舞台表演舞蹈。

三、句型練習

1 …以…榮獲

A：你聽說過李安導演嗎？

B：聽說過，他以＿＿＿＿＿＿＿＿＿榮獲＿＿＿＿＿＿＿。（請上網查）

2 從…中脫穎而出

2-1 我的同學從＿＿＿＿＿＿＿＿＿＿＿＿＿＿＿＿＿＿＿＿＿中脫穎而出。

2-2 A：你為什麼決定錄用那個大學沒畢業的人？

B：＿＿＿＿＿＿＿＿＿＿＿＿＿＿＿＿＿＿＿＿＿＿＿＿。

3 …取代…成為…

3-1 紐約已經取代＿＿＿＿＿＿＿＿＿＿＿成為＿＿＿＿＿＿＿＿＿。

3-2 A：為什麼現在看報紙的人越來越少？

B：因為網路已經取代＿＿＿＿＿＿＿成為＿＿＿＿＿＿＿。

④ 透過⋯對外⋯

    4-1 那位總統常常透過臉書對外＿＿＿＿＿＿＿＿＿＿＿＿＿＿＿＿＿＿＿。

    4-2 A：他為什麼不自己出來說明事情的經過？

          B：他怕受到民眾批評，所以透過＿＿＿＿＿＿對外＿＿＿＿＿＿。

四、關於雲門

請上網找資料，回答以下問題：

① 雲門是什麼時候創立的？

② 為什麼叫「雲門舞集」？

③ 雲門孕育了哪些有名的舞蹈家？

④ 請舉出五部雲門有名的舞作。

⑤ 現在雲門劇場在哪裡？

五、建議課外活動—參觀雲門劇場

一、填入適當的生詞

> 策畫　面貌　保佑　輪番　模樣　高亢　命名　擅長　面積　風格
> 縮影　魅力　激發　獨有　詳情　要點　集結　一路　打拚　充滿

① 為了感謝第一任校長的貢獻，這棟大樓是以他的名字_____。

② 那個城市經過重新規劃後，呈現出全新的_____。

③ 抗議民眾在市政府前面的廣場_____了3000多人。

④ 那個導演最近正在_____編導一部結合科技與藝術的電影。

⑤ 她的歌聲_____，非常適合唱女高音。

⑥ 這部電影就是台灣近代歷史的_____，演的是這幾十年來的變化。

⑦ 他為了事業_____了幾十年，現在終於可以休息，傳給下一代了。

⑧ 如果你想了解這齣戲演出的_____，可以上網查詢。

⑨ 有的廣告為了_____消費者的好奇心，故意不顯示賣什麼產品。

⑩ 他演講的時候，總是展現出特別的_____，場場都吸引了很多觀眾。

二、選擇

① 《隋唐英雄傳》是明華園一___（齣／檔／集）有名的歌仔戲。

② 明華園將在十一月演出三___（齣／檔／集）好戲。

③ 連本大戲是一連演出十___（齣／檔／集）的歌仔戲。

⑭ 我跟弟弟兩個人＿＿＿＿（輪流／輪番）做飯。

⑮ 明華園讓所有新生代團員＿＿＿＿（輪流／輪番）上場演出。

三、句型練習

1 作為…

1-1 作為世界的一分子應該＿＿＿＿＿＿＿＿＿＿＿＿＿＿＿＿＿。

1-2 A：你認為作為一個國民應該負哪些責任？

　　　B：＿＿＿＿＿＿＿＿＿＿＿＿＿＿＿＿＿＿。

2 展現…的面貌

2-1 現代這個數位的年代，藝術也要展現＿＿＿＿＿＿和＿＿＿＿＿的面貌。

2-2 A：台灣是一個國際化的城市，你認為應該有什麼樣的建築形式？

　　　B：我想最好的建築形式應該是展現＿＿＿＿＿、＿＿＿＿＿的面貌。

3 （正）是…的縮影

3-1 這個村落有來自世界各地的移民，正是＿＿＿＿＿＿＿的縮影。

3-2 那家公司從電腦起家，後來發展手機，正是＿＿＿＿＿＿＿的縮影。

四、短文閱讀

　　明華園總團長陳勝福表示，「連本大戲」是歌仔戲內台時期最具代表性的表演形式，就像8點檔連續劇一樣，連本大戲通常10集，高潮迭起之餘，還要留下伏筆，吸引觀眾每天到戲院報到。這次明華園慶祝創團90週年，首席編導陳勝國一口氣寫了4集《隋唐英雄傳》，黃字團斥資數百萬製作，劇情將於這週末進入第9、10集最高潮精采結局。

回答問題：

1 「連本大戲」一共有幾集？

2 怎麼吸引觀眾進戲院看戲？

3 這次演出的「連本大戲」叫什麼名字？

4 為什麼要演出這齣「連本大戲」？

5 這齣戲將在什麼時候結束演出？

綜合練習

請閱讀新聞後完成練習

NEWS

人文 環保 **表演** 氣象 時尚 旅遊 社會 外交 政治 經濟

國泰金攜手雲門戶外公演 觀眾喊讚

2019-07-30 05:30 自由時報

〔記者廖千瑩／台北報導〕國泰金控攜手雲門舞集合辦的「國泰藝術節—雲門戶外公演」，24年來累計62場演出、遍及全台21縣市，已是每年7月最盛大的藝文活動之一，感動逾200萬人次。今年戶外公演也是雲門藝術總監林懷民退休前最後一次率團戶外公演，現場超過4萬名民眾一同見證，活動圓滿落幕，國泰也承諾把戶外公演推向第25年。

公演前一晚，國泰和雲門也舉辦親子生活律動，讓大、小朋友也能透過律動，體驗舞動身體暢快感。今年南投場與台北場的生活律動，分別吸引超過2000位學童和家長參與，而國泰也規劃環保綠能遊戲，號召學童、家長們一同為環境、地球盡一份心力。

國泰金控主辦「國泰藝術節—雲門戶外公演」，自1996年起在台北兩廳院藝文廣場首演，今年邁入第24年，也是林懷民退休前最後一次率團戶外公演，國泰金控總經理李長庚27日參與兩廳院藝文廣場的戶外公演時表示，國泰與雲門自1996年開始，每年夏天「國泰辦桌、雲門上菜」，已累積

超過200萬人次一起參與這場藝術饗宴，非常感謝觀眾熱情參與，讓國泰有信心繼續辦下去。

來自台南的鄭先生是連續第3年參加戶外公演，追著雲門從台南、屏東到台北。他說，有機會見證林懷民老師率領資深舞者的最後一次戶外公演，「不管再遠都要來！尤其可以一次看到林老師歷年舞作的精華選粹，非常值得！」他期待國泰能持續與雲門合作戶外演出，讓更多人欣賞到精采的表演藝術文化。

至於家住台中的黃女士，則是欣賞在南投的演出。黃女士說，她是雲門粉絲，特地邀了兒子、女兒一起到南投看表演，國泰金控的付出令人感動，提供機會讓更多人欣賞到國際級演出。

女兒則說，「藝術人文是先進國家重要指標，國泰願意跟雲門攜手合作，讓台灣的軟實力被看見，發自內心地想幫他們按讚！」

隨著雲門舞集藝術總監林懷民即將卸任，國泰金控與雲門的合作也邁入新里程碑，國泰藝術節的歷程也將持續記錄每一個階段的感動記憶，這場藝文美感的旅程將持續進行，為2300萬人共創文化力。

閱讀理解是非題

1 （ 　 ）這次戶外演出是雲門和國泰金控合辦的最後一次的演出。

2 （ 　 ）每一次戶外演出的時間都在7月。

3 （ 　 ）演出時，國泰金控同時提供餐點讓觀眾享用。

4 （ 　 ）國泰藝術節－雲門戶外公演的首演是在兩廳院藝文廣場。

5 （ 　 ）國泰金控與雲門的合作因總監換人而將改變合作方式。

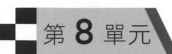

第 8 單元　兩岸關係

■ 第 15 課練習

一、填入適當的生詞

> 誤導　併吞　分裂　誣衊　認清　界定　重申　謀求　進程　原則
> 內涵　達成　混淆　欺瞞　意志　談判　謬論　罔顧　霸道　打壓
> 侵犯　尊嚴　自主　作為　焦點　絕非　混為一談

① 網路上的假新聞氾濫，不但常＿＿＿＿＿＿視聽，而且導致許多人被假

　新聞＿＿＿＿＿＿而不能認清事實。

② 在選舉時，候選人會說一些＿＿＿＿＿＿競爭對手的話，比如：他有外

　遇。支持者往往會相信。

③ 王先生自稱是大企業董事長來吸引那位明星，＿＿＿＿＿＿對方自己已

　婚的身分。那位明星宣布要嫁給王先生時才有人告訴她被騙了，她很後

　悔沒早點＿＿＿＿＿＿王先生，使自己受到極大損害。

④ 有人認為「讀書無用論」有道理，有人卻認為是＿＿＿＿＿＿，一般人

　應是透過學習才能增加知識與競爭力。

⑤ 在法律上，總統的權力應該＿＿＿＿＿＿得非常清楚，否則他可能濫用

　權力。

⑥ 那兩個國家針對貿易摩擦進行＿＿＿＿＿＿，為了＿＿＿＿＿＿本國的最大利益，雙方都不願意讓步。

⑦ 小型企業在與大型企業協商時，常感受到大企業不願讓步，有點＿＿＿＿＿＿。若雙方的商品類似，大企業就會想辦法＿＿＿＿＿＿小企業的銷售、生存空間。

⑧ 中華民國存在於世界上是一個事實，中國大陸不能＿＿＿＿＿＿這個事實，也不能任意用武裝軍隊＿＿＿＿＿＿中華民國。

⑨ 那家大電腦公司想＿＿＿＿＿＿一家具有發明專利的小公司，若成功就能使自己公司在半導體業的影響力更大。雙方經過多次談判，都未能＿＿＿＿＿＿共識。

⑩ 第二次世界大戰後，德國＿＿＿＿＿＿成兩個國家。但在1990年，國際注意的＿＿＿＿＿＿也在德國，因為東德、西德又合成一個國家了。

⑪ 對於「同性是否可以結婚」之法案，政府再次＿＿＿＿＿＿支持的立場，希望以「人人有自由決定結婚對象」的＿＿＿＿＿＿立法。

⑫ 有人認為自由民主的國家就是想做什麼就可以做什麼，但一個人的自由不能違反法律，「自由」需在「法治」範圍內，兩者不能＿＿＿＿＿＿。

⑬ 那位市長無法獲得市民支持是因為過去四年他給人沒什麼＿＿＿＿＿＿的感覺，市民還是有＿＿＿＿＿＿性的，能清楚知道該把票投給誰。

二、選擇

① 為了哪個銷售方案較佳，提案雙方＿＿＿＿（a.吵 b.嗆）了起來。脾氣較急的張先生忍不住＿＿＿＿（a.吵 b.嗆）了對方一句話：「你們不懂專業」，把大家氣得說不出話來。

② 有些政治人物在選舉時常＿＿＿＿（a.肆意 b.刻意）製造一些混淆視聽的話題，即使他知道話題可能引發支持者＿＿＿＿（a.肆意 b.刻意）誣衊對手也不在乎。

③ 員工提出加薪的要求，老闆考慮了三天才＿＿＿＿（a.回應 b.呼應）。老闆表示今年經濟景氣不佳，僅加薪2%，若明年營業額大幅增加就再加薪4%。許多資深員工都＿＿＿＿（a.回應 b.呼應）老闆的決定，同意還是要考慮公司的狀況才行，不能只要求個人加薪。

④ 一般人認定的「毒品」大多是＿＿＿＿（a.保命 b.致命）的物品，但是在醫療方面，有時毒品是能＿＿＿＿（a.保命 b.致命）的物品。

⑤ 「槍」的＿＿＿＿（a.性質 b.本質）是一種機械，可以是藉由射殺動物來賺錢的工具，也可能是殺人致死的武器，因使用的＿＿＿＿（a.性質 b.本質）而有不同的結果。

⑥ 警察請發生行車糾紛的雙方＿＿＿＿（a.表述 b.表明 c.陳述）事情的經過，雙方說法完全相反。警方認為這兩方如同兩岸對「一個中國」的定義，都在「各自＿＿＿＿（a.表述 b.表明 c.陳述）」自己的立場。事後，有一方找來警察高層人士關心處理情況，但是辦案的警察＿＿＿＿（a.表述 b.表明 c.陳述）一定會非常公平地處理此案。

⑦ 市議員帶著群眾到市政府前抗議，場面陷入混亂。市長＿＿＿＿（a.跟隨 b.隨之）出動大批警察警告抗議者離去，否則就開槍。如此一來，引爆了那些＿＿＿＿（a.跟隨 b.隨之）市議員去抗議者的怒火，事態更趨惡化。

⑧ 支持者表示不能因為表演者未能獲獎就＿＿＿（a.反駁 b.否定）了他的努力，但是也有觀眾＿＿＿（a.反駁 b.否定）這句話，認為沒獲獎就是努力不夠、能力不夠。

⑨ A國因為貿易戰而取消了原本給B國的優惠措施，B國企業受到的＿＿＿（a.回擊 b.打擊 c.襲擊）相當大。於是B國政府也打算以提高關稅來＿＿＿（a.回擊 b.打擊 c.襲擊）A國。

三、句型練習

1 意味著…有所…

1-1 台灣年輕一代認為＿＿＿＿＿＿＿＿＿＿，意味著年輕人的觀念與老人有所不同。

1-2 A：林懷民獲得世界傑出舞蹈家獎，意味著什麼呢？

　　B：他能脫穎而出＿＿＿＿＿＿＿＿＿＿＿＿＿＿＿＿＿。

2 以…身分

2-1 李先生以駐美大使身分，＿＿＿＿＿＿＿＿＿＿＿＿＿＿＿＿。

2-2 A：林先生不是我們公司的人，他怎麼能提出勞資爭議訴訟呢？

　　B：他＿＿＿＿＿＿＿＿＿＿＿＿＿＿＿＿＿＿＿＿。

3 …僅…，並未…，更無所謂…

3-1 此次貿易摩擦談判結果僅提高汽車關稅2%，並未禁運物資，更無所謂＿＿＿＿＿＿＿＿＿＿＿＿＿＿＿＿＿。

3-2 獲獎者僅輕描淡寫地表示＿＿＿＿＿＿＿＿＿＿＿＿＿＿，並未＿＿＿＿＿＿＿＿＿＿＿＿，更無所謂大聲尖叫。

一、填入適當的生詞

> 談及　風格　直白　互相　隔著　隔壁　犯罪　籌辦　意有所指
> 互信　固定　誠意　接軌　老是　意義　親近　典範　侃侃而談
> 彼此　意識形態

① 那位藝術家獲得藝術界最高榮譽，受訪時＿＿＿＿＿＿，說出他成功的
過程。

② 學校首次＿＿＿＿＿＿大型跨校舞蹈比賽，希望藉由比賽讓各校學
生＿＿＿＿＿＿交流。

③ 既然我們是好朋友，就應該不分＿＿＿＿＿＿，你當然可以接受我的幫
助，我是非常有＿＿＿＿＿＿來提供協助的。

④ 那位舞蹈家的穿著打扮具有個人＿＿＿＿＿＿，讓人印象相當深刻。

⑤ 陳美美從小就住在我家＿＿＿＿＿＿，我們兩家只＿＿＿＿＿＿矮矮的
牆。我們總是一起上學一起玩，所以我們是非常＿＿＿＿＿＿的朋友。

⑥ 政府的發言人說話往往不能太＿＿＿＿＿＿，要保留一些空間，免得出
問題，因此很多人不曉得政府的立場到底是什麼。

⑦ 只要＿＿＿＿＿＿九二共識，他們就開始爭論不停。因為兩人都有自己

的＿＿＿＿＿＿，最終都是不歡而散（part on bad terms）。

⑧ 現在世界貿易往來密切，為了順利與他國＿＿＿＿＿＿，了解各國法律

極為重要。

⑨ 孫先生總是秉持服務信念為人民辦事，又極具責任感，是公務人員

的＿＿＿＿＿＿。

⑩ 基於海峽兩岸官方＿＿＿＿＿＿的基礎不足，目前無法在一個中國的議

題上達成共識。

⑪ 太太認為先生欺瞞自己而外遇就是＿＿＿＿＿＿，但先生可能覺得只要

跟對方分手就沒事了。

⑫ 執政黨擬舉辦「九二共識論壇」來了解人民的意見，但反對黨認為沒

有＿＿＿＿＿＿，因為執政黨的意識形態不會改變，再討論也沒用。

⑬ 小李說畢業後想去中國大陸就業，這個想法讓周圍不喜歡中國的人討

厭，＿＿＿＿＿＿以「中共支持者」來抹紅他。

⑭ 政府雖譴責發動恐怖攻擊的組織，卻也＿＿＿＿＿＿地表示都是因為前

政府通過槍枝合法化所造成的。

二、連連看

1. 侯市長認為政治人物 •

2. 人與人之間最重要的是信賴 •

3. 持續並擴大籌辦文化宗教交流 •

4. 官方鼓勵民間交流 •

5. 官員為人民創造福利 •

6. 民進黨認為九二共識的本質 •

7. 中共認為1992年已達成 •

8. 中國大陸提出一國兩制台灣方案 •

• a. 就能成為兩岸交流最好的典範

• b. 民間會促成官方彼此信賴

• c. 互相信賴可以完成很多事

• d. 兩岸各自以口頭方式表述一個中國的共識

• e. 應多做一點、少說一點

• f. 台灣執政黨認為是罔顧事實

• g. 比只停留在政治意識形態有意義

• h. 是併吞中華民國的致命毒藥

三、句型練習

1 以…為例

1-1 以極端氣候為例，地球正面臨＿＿＿＿＿＿＿＿＿＿＿＿＿＿＿＿＿。

1-2 A：這次疫情對哪些行業造成嚴重的影響？請舉例說明。

　　　B：＿＿＿＿＿＿＿＿＿＿＿＿＿＿＿＿＿＿＿＿＿＿＿＿＿。

2 從…做起

2-1 想要解決槍擊殺人事件，應該從＿＿＿＿＿＿＿＿＿＿＿＿＿＿＿。

2-2 A：你認為政府能以什麼政策來解決少子化的問題呢？

　　　B：＿＿＿＿＿＿＿＿＿＿＿＿＿＿＿＿＿＿＿＿＿＿＿＿＿。

請閱讀新聞後完成練習

NEWS

人文 環保 表演 氣象 時尚 旅遊 社會 外交 **政治** 經濟

馬英九：蔡英文講「中華民國」令人驚艷

 　　蔡英文總統在國慶演說上六度提中華民國，稱「中華民國台灣」是社會最大共識。前總統馬英九上午出席華僑節大會致詞時表示，蔡國慶大會上講中華民國讓大家都有驚艷感覺，希望蔡繼續講，強化國家認同，也讓大家相信蔡講這些不是因為選舉快到了。

　　至於蔡總統引發爭議的「中華民國台灣」共識說，馬英九也提到，「中華民國台灣」這個名詞不管是不是蔡總統口中的藍綠共識，在中華民國正式場合，身為中華民國總統還是應該講「中華民國」，這樣才符合中華民國元首身分。

（取自2019/10/12 聯合新聞網）

閱讀後回答問題

1 馬英九總統為什麼說「蔡英文總統講中華民國讓大家驚艷」？

———————————————————————————

2 馬英九為什麼希望蔡英文繼續說「中華民國台灣」？

———————————————————————————

3 馬英九認為蔡英文說「中華民國」是應該的，為什麼？

———————————————————————————

4 你認為馬英九相信蔡英文的說法及立場嗎？為什麼？

———————————————————————————

NEWS

人文 環保 表演 氣象 時尚 旅遊 社會 外交 **政治** 經濟

認同蔡「中華民國台灣」
柯：現階段最大公約數

　　蔡英文總統在國慶演說上提及「中華民國台灣」引發熱議。身兼台灣民眾黨主席的台北市長柯文哲，11日陪同自家板橋選區參選人吳達偉掃街拜票，結束後接受媒體訪問，被問到對蔡英文「中華民國台灣」的看法，柯文哲表示「國是中華民國、家是台灣」，現階段這已經是最大公約數，至於對蔡英文演說打幾分，他則笑說不要問他。

（取自2019/10/11 聯合新聞網）

閱讀後回答問題

5 柯文哲對「中華民國台灣」這個說法的看法是什麼？

_____

6 柯文哲說「現階段這已經是最大公約數」的意思是什麼？

_____

7 你認為柯文哲相信蔡英文的說法及立場嗎？為什麼？

_____